U0939706

·文脉中国散文库·

乡梦村庄

吴鸿璋 / 主编

中国文联出版社

图书在版编目（CIP）数据

乡梦村庄 / 吴鸿璋主编 . -- 北京：中国文联出版社，2017. 5（2023. 3 重印）

ISBN 978 - 7 - 5190 - 2730 - 8

Ⅰ. ①乡… Ⅱ. ①吴… Ⅲ. ①散文集—中国—当代 Ⅳ. ①I267

中国版本图书馆 CIP 数据核字（2017）第 084474 号

主　　编　吴鸿璋
责任编辑　袁　靖
责任校对　李海慧
装帧设计　中联华文

出版发行　中国文联出版社有限公司
地　　址　北京市朝阳区农展馆南里 10 号　　　　邮编　100125
电　　话　010 - 85923025（发行部）　　　　85923091（总编室）
经　　销　全国新华书店等
印　　刷　三河市华东印刷有限公司

开　　本　710 毫米×1000 毫米　　1/16
印　　张　13
字　　数　226 千字
版　　次　2023 年 3 月第 1 版第 2 次印刷
定　　价　75. 00 元

序

伴随着城市文明的进化，在建设魅力中国、美丽乡村的发展中，对村庄的眷恋，一直是人类永恒的情怀。有情怀才能构筑梦想，才能坚持把梦想融入到我们的血液里，并为实现梦想而坚持不懈，这就是“筑梦天下·圆梦土楼”的宏伟蓝图，正缓缓在南靖的土地上展开。

南靖，位于福建省南部，漳州市重点侨乡和台胞重要祖籍地之一，是我国建兰、墨兰的主产区之一，古时就因多出名兰佳品而被称为“兰陵”“兰水”。在南靖境内，一座座土楼沿溪而上，高洁清婉的兰花香飘百里，村落错落有致。这样多彩的绚丽画卷，正是梦开始的地方。

乡梦是什么？是“明朝望乡处，应见陇头梅”；是“春风一夜吹乡梦，又逐春风到洛城”。这样的梦，滋养着人们的心灵。在中国传统的观念里，村庄不仅仅是中华民族的精神家园，还是我国宝贵的文化资源。南靖独特的地理位置，有不可比拟的优势，在此次“筑梦天下·圆梦土楼”的建设过程中，不仅仅是对村庄外在的修整，揭开村庄清秀的面容，还着力挖掘村庄的魅力和风范。一个村庄一个梦，每个村都有其独特的建筑风格和村落布局，都有属于自己的历史与沧桑，发展与梦想。每一个村庄都记载了岁月流逝的印痕，同时也向人们传递着丰富的历史信息。这些村庄，或如大山般浑厚深远，或如溪流般清幽绵长，不管哪一种姿态，它都是我们的根、我们的梦，更是承载着人们生活点点滴滴的历史片段。

为让人们更好地了解南靖，我们邀请了一批活跃在漳州的本土作家，走进我们的村落，充分挖掘村庄的文化底蕴，辑成《乡梦村庄》一书。书里描述了南靖的53个村庄，或具良好的生态环境，或具优雅的古典神韵，或具深厚的历史信息，各种各样的文化景观汇集在此，构成具有“史印”“史承”和“史貌”的建设价值。它们是南靖最具特色的产物，也是中国乡村的缩影。

当我们用笔、用行动、用思想描绘出每个村庄的美好愿景，进行美丽乡村建设的同时，也希望留下你的足迹，为村庄的发展和传承尽一些绵薄之力。不管是文创作品还是乡间小屋，让我们圆梦于此，共同携手开辟出一方温馨的天地，感受文化传承，感受创业精神，留下美好愿景，实现人生价值。我们深信“梧高自有凤凰栖”，我们将全力以赴，将更多的外资与外智引入到我们的“乡梦村庄”建设中来。

是为序。

乡梦村庄

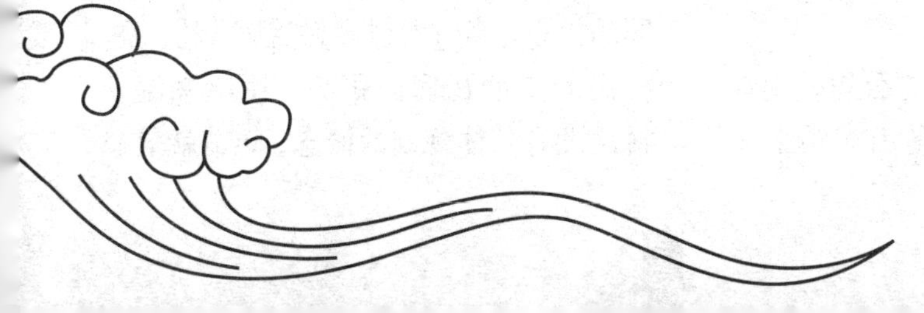

一个梦想成真的村庄

□文卿

走向南靖山城镇坑尾村的路，水泥硬化，整齐平坦。太阳能路灯亭亭而立，两边植物茂密繁盛，若不知道去向，还以为行走在名胜景区中。植物的后面是一排排大棚蔬菜，一畦畦，白色波浪般铺将开去。这一片大棚里的土壤轮耕中，休养生息。今日的休耕是为了明天的深耕。一切都在韬光养晦、蓄势待发中。

这是坑尾村的村道，这让我们对坑尾村有了期待。

坑尾村总面积1.3平方公里，山地1200亩，耕地520亩，是山城镇最小的行政村，全村144户，577人。1998年全村农民人均纯收入不足400元，是南靖县最贫穷的乡村之一。2015年全村农民人均纯收入达4.48万元，是全县较富裕的村庄之一。近20年来，收入翻了好几番，单从数字上我们就不禁想了解坑尾村走过了怎样的发展历程。

除了还是那个位置外，1998年以前的坑尾村与现在的坑尾村像两个不同的村庄。当时的村容村貌脏、乱、差。村民的土墙瓦房面积小，阴暗潮湿。村民没有整体规划的概念，想盖就盖，想搭就搭，这儿搞个猪圈，那儿建个菇房。

村道被占，大路变小路，小路变死路，下雨一路泥泞，垃圾满地，人也难行，车也难行。整个村庄像一盘下得乱七八糟的棋。

坑尾村村党支部下定决心要理顺和盘活这局棋。

1999年，坑尾村抓住被列为“新农村建设试点村“的契机，通过当地政府牵线，请来专家对村庄进行统一规划、统一设计，分四个阶段建设新村小别墅，硬化道路、巷道及房前地面，并统一预埋管道设施。村道下井井有条，别有洞天，规划设计和施工时，布置了完善的地下管网，所有污水排入地下，集中汇入村前一个池塘，池塘中放养了一些生命力较强的鱼类，对池塘进行净化。

说到乡村，耕地是绕不过去的话题。坑尾村村党支部深知耕地对于坑尾村的宝贵，拆旧建新是在“不占用一分耕地”的原则下开展的，分步实施。原宅基地不论有几处，均实行一户一宅，决不允许多占。每户120平方米的宅基地，规划建设二层半的小别墅，由村民自建，量力而行。

十几年来，坑尾村累计拆除旧房建筑面积近9000平方米，猪圈、草棚、菇房等废旧建筑近3万平方米。全村已有98.6%的农民住进小别墅，新建楼房建筑面积4万多平方米，占地面积1.6万平方米。工作成绩往往用数字体现，数字是最具有说服力的，但数字背后的大量工作却无法单纯用数字来表述。动到地，要拆房，这搁谁家都是大事一件。

例如第一期工程开始建设时，很多村民就不理解，不配合，“金窝银窝不如自己的狗窝呀”。村干部就挨家挨户上门解释，从大形势到小个体，从政策从情理，于公于私各角度，面面俱到。有的村民听信风水之说，不肯统一朝向和层高，更改自家地基座及房屋高度，有的哪怕只高出30厘米，村干部也得上门做思想工作，让他们将不合规划的部分拆掉重建。还有的村民对一楼留一间车库不以为然，很抵触，说人还没住好，还得给车准备房间？怎么可能买得起车，只能放农具等杂物，浪费地方。但时间证明了这个规划的远见性，后来收入提高了，有的村民购置了汽车，就有地方停车了。

经过多年的建设，坑尾村先后获得“省级文明村”“省级美丽乡村”“市社会主义新农村建设示范村“等称号。

如今的坑尾村早已旧貌换新颜，花园式的小别墅，门前房后花草葱茏。我们顺着平坦的村道来到村党支部办公室，各年份、各种名称的奖状挂了一墙。妇女学校、交通管理服务站、妇女儿童家园、幸福院等都有奖状陈列。两位老人在外面长亭的石桌上玩纸牌。日光懒洋洋地斜照进长亭，映着老人的银手镯，随着抽牌打牌的动作，明亮地晃一下，再晃一下。一位老人抿着嘴，笑眯眯，是不是摸到好牌了呢长亭外的空地上晒着黄灿灿的谷子，铺了一地。空气中草木的气息悄悄流动，舒缓，慵懒，从容。这就是想像中的美好生活，一处乡间小院，草木蔓蔓日茂，闲暇时候沐浴阳光，并且有一个什么都不操心的晚年。

凤凰树、榕树枝叶茂盛，随风轻摇，时不时露出别墅红色的屋顶。

村庄的外表如此容光焕发，那它的内核又是如何的呢？内核应该是经济的腾飞，强劲有力、源源不断地为村庄输送可持续性发展的动力。

一边建房修路，一边发展经济，双管齐下。往往经济发展得快走几步，走在前头。发展经济还是要说到土地。无论什么年代，土地是乡村的经络，是村民的命脉。

坑尾村村党支部决心带领村民先整治水患，实现致富的梦想。这是坑尾村村干部的梦想，也是全村人的梦想。心往一处想，劲往一处使。“村集体出一点儿，群众集资一点儿，向上级争取一点儿，投建商垫资一点儿“，公开招标集资建设，坑尾村的电排站建了起来，并修固堤岸，清理沟渠，完善田间的路沟渠配套、机井建设等基础设施建设。从此，雨季，通过水泵排除低洼地带的积水，防止内涝的发生；旱季，通过水泵引水灌溉等，防止干旱发生。

人们都说祸福相依，只要对症下药，不如意的有时竟也能变成好事。坑尾村土地因水患留不住庄稼，总是

坑尾村地势低，水往低处流，排水不畅，稍下点儿雨都淹了，年年内涝，水稻种不活，菜也种不活，种啥啥不成，烂在地里。村民们只好上山拓荒，种香蕉、柑橘、麻笋等，但山地又是另一极端，贫瘠缺水，种出来的东西勉勉强强，这样下去当然无法致富，坑尾村林民们做梦都想改宓种境遇。

经济不发展，其他都谈不上了，

减产甚至死亡，村民们望而兴叹，但也正因为长年这样受淹淤积，耕地积累了土壤有机质，提高了土壤肥力，土层松软肥沃，竟滙出了一片好地。水患问题解决后，坑尾村的资源劣势变成了优势。

看着肥沃的土地，人们看到了致富的希望。果然，“短、平、快”的反季节大棚凝种植成功。至吃001年，全村520亩地都搭起了大棚，一部分

人还通过土地流转，到邻村租地种菜。2006年，坑尾村将全村520亩耕地统一收回，对沟渠、道路、田块进行统一建设、平整，然后再按每户原耕地面积进行分配，提高了土地利用率。耕地集中连片，灌溉施肥容易，照看方便，省时省力。

黄瓜、长瓠绿了，西红柿、辣椒红了……好的土壤种出好的菜，种出人们的好心情好前景。好东西还得会吆喝，广而告之。为解决蔬菜销售问题，坑尾村专门成立了大棚蔬菜种植专业合作社，组建营销队伍，建设占地近3000方米的蔬菜收购中心。坑尾村的蔬菜销售市场很快从省内的福州、厦门拓展到省外，远销杭州、武汉、上海、北京、沈阳等地。周围的村庄看到坑尾村实实在在地发展，日子越来越红火，他们也心动了，也发展大棚种植，丰收后的蔬菜全部运送至。坑尾村包装后远销省外。这样反过来又带动了坑尾村销售业、运输业、物流业的发展……产销一条龙，产业发展实现良性循环。

当然，坑尾村不只有大棚蔬菜，还有还在努力发展旅游业。

人们告诉我，在坑尾村的另一侧，由台湾客商打造的澳洲龙虾养殖场也已搭好架子，50亩的水域将建成一个生态休闲农庄。汽车绕过几条村道，我们来到一个正在建设中的休闲山庄，游泳池已建好，就等着涌入潺潺流水。四周环抱各种果树，它们迎风而立，层层依山形次第而上。满目苍翠，清风徐来。山庄的办公室宽敞明亮，我注意到茶桌上摆着一盘没下完的象棋。褐色棋盘，玉石一般的棋子，静静地等候主人。

坑尾村也是一盘没有下完的棋，人们永远在探索下一步该走什么，怎么走才能落子无悔，掷地有声，从而赢得人生这盘棋。

诗意象溪

□珍夫

美好的生活哪里来？要靠双手劳动创造。诗意的生活有哪些？答案可能各种各样，但在自然保护区生活肯定算一种。阳光照耀树林，晚霞镀亮山峦，风来林涛阵阵，雨去绿浪滚滚，房前菜园青翠，屋后果树飘香，听着鸟鸣早起，伴着潺流入眠……这样的生活够不够诗意？当今社会，有多少人向往并追求这样的生活方式啊！

340多户、1300多人的象溪村就处于福建虎伯寮国家级自然保护区和南靖县城居民饮用水源头保护区，1砰村民小组有2个在核心区、6个在缓冲区、2个在实验区。他们的生活的确十分富有诗意，然而他们必须遵守保护区各种法律法规，生活便会与一般农家有些不同，比如规模养猪、养鸡、养鸭、养鱼是禁止的，不允许随意开荒种地，不能随便砍伐林木……难免显得“异类”。

古时候，这里就是动物栖息地，“虎伯寮“闽南语是“老虎爬扑山寮”，意为老虎经常出没，“象溪”也因大象沿溪流行走而得名。也许有人不信，不过在《漳州府志》中，对宋淳熙三年（117年）任职的漳州知州赵公绸的“宦绩”，有过这样的记载：“象害民稼，民设机阱弊象，官府责输其牙，害尤甚。适有献象牙者，公绸还之，且命自后弊象听自有其牙，于是人争弊象而稼得无害。”说明宋代漳州山区大象普遍存在，象湖、象牙、象坑、象溪等地名均与大象有关。

象溪人民世代相传，已经繁衍生活了几百年。2001年6月，国务院批准成立福建虎伯寮国家级自然保护区，由虎伯寮、乐土、鹅仙洞、紫荆山4个保护小区组成，范围涉及南靖县4

个镇、13个行政村，总面积3001平方公里（包括农田等非林地）。虎伯寮属保护区最大片区，象溪从此成为南靖，乃至全省特殊的村落，村民的行为受到一定限制，所以，他们只能居住原有的房子，耕种有限的田地，过着特色的生活。

政府鼓励象溪村迁移出保护区外，给予村民外迁建房土地、子女就学、资金补助等各项优惠政策。一些村民响应号召，陆续到县城和外地安家落户，更多人选择外出做生意或者打工。有的村民恋土情结深厚，故土难离，仍然留在象溪生活。他们严格遵守规定，在限定的区域种植香蕉、蜜柚等水果，过着简单而快乐的生活。

放眼望去，楼墩、楼仔两个自然村200多人完全被掩藏在核心区中。除莽莽苍苍的万亩森林外，紧挨象溪村落的香蕉、蜜柚及零星水稻、菜地总共五六千亩，村民收入与自然保护区成立前大幅度减少。可是，象溪村民一直识大体，顾大局，毫无怨言，他们主动积极地把"自有林"交给国家，并且自觉服从、配合保护区管理局的统一管理。

象溪村大力支持福建虎伯寮国家级自然保护区发展，村部没有设立幼儿园、小学，所有适龄儿童全部到县城幼儿园、小学就读。仅从这一点，便可看出象溪村民付出的艰辛和努力。

为了弥补"县级贫困村"象溪对保护环境做出的牺牲和贡献，政府每年给村民生态林补偿近30万元；与此同时，县环保、水利、老区办等有关部门也给予最大限度的支持。从县城通往象溪的15公里公路，政府投入400多万元拓宽改造为水泥路面，大大改善了基础设施条件。

福建虎伯寮国家级自然保护区是中国沿海唯一保存完好的原始亚热带雨林群落，具有重要的旅游、科研价值，在世界林业会议上被定为"珍贵稀有的亚热带雨林"。虎伯寮保护区内人文景观也十分丰富，各种传说、故事趣味横生，有雷打石、卧狮、乐水溪、北坑瀑布、九曲渠等景点，奇岩怪石层拱错叠，形成无数洞穴泉井，有"九洞十八景"之称。

雷打石位于象溪溪旁，为一块均匀地裂为三瓣的大石头。传说，很早以前在象溪溪旁有一块大石头，大石头底下有一条鳗鱼修炼多年，修成人形，经常变成一个女孩到象溪路口买东西，人们发现这女孩不是本地人，来路不明，问她从哪里来又不说，后来就想了一个办法，在女孩买东西的时候偷偷将一条红线缝在女孩的衣角上。女孩走后，大家沿着红线寻找，发现红线到象溪溪旁一块大石头底下就不见了。过了一些日子，虎伯寮下了一场雷雨，有一响雷将那块大石劈打成均匀的三块，人们发现从劈开的石头下流出了一条大鳗鱼，已被雷劈死了。从此，再也没发现那女孩到象溪买东西了。

卧狮位于象溪塔石小组的塔石衆，海拔708米，远眺犹如一尊栩栩如生的卧狮，呼之欲出。传说有一神仙（有人说是铁拐李）发现山城北边有一缝隙，即现在的北隙岭，对山城的风水造成一定影响，便从别处找了两块巨石，欲用扁担挑到北隙岭塞住。途经虎伯寮时，一不小心，扁担竟然断了，两块巨石掉了下来，一块掉在南坑镇的南塘村，一块掉在象溪村的塔石，就变成了现在的塔石索。据说站在石头上还可看到断了一截的扁担，在小山城村有一大脚印也是当时那位大仙挑石头时留下来的。

象溪溪涧中生长着一种独特的“文公螺”，是村民宴请客人的一道名菜。传说古时候，山高林密的虎伯寮有一穷书生，为了考取功名，独自一人来到一座“文公（孔子）庙”借居苦读。一次数日连绵阴雨，书生已几天无米可炊。当晚，无奈和衣睡下，蒙胧之间，忽见庙里供奉的“文公”走到床前对他说：“后生一心上进，天鉴可怜，今天我教你一法，可暂解饮食之忧。你把平日练字写秃了的毛笔头全都丢进庙前的清水涧里，一个时辰后，再提盏灯到涧里石头上捡拾一种尖尾螺煮着吃，即可饱腹。”书生梦中醒来，将信将疑地按“文公”的教法去做，果见涧中石面上爬满了状如毛笔头的黑乎乎的尖尾螺。书生大喜，一口气拾了两碗，回到庙里立即煮着吃。这种螺不仅味道鲜美可口，而且清凉退火滋阴，此后，书生每日以这种螺为菜下饭，学业日进，终于考取了功名，当地百姓遂把这种生长在清水涧里状

如毛笔头的淡水螺叫“文公螺。”

“只要我们还居住在象溪，就有责任共同保护美丽的家园。”问起“脱贫”之路，村民们回答：“我们靠种金线莲、石斛等药材和花卉，完全可以发家致富。”

“有一天，福建虎伯寮国家级自然保护区的科普旅游或者生态旅游发展起来了，受益的不止我们，还有大家啊！”

透过自豪而朴实的话语，似乎看到了象溪村民憧憬的未来。

寻访张渠

□徐洁

偶然听人说到南靖县张渠村的几个关键词：月眉山、花山溪、油杉、古厝、水乡渔村……单听名字，就觉清丽脱俗，脑子里快速勾勒出一幅山清水秀、富庶安宁的山乡美景图，急切地想走进其中，寻幽览胜一番。

据史料记载，张渠村位于九龙江支流花山溪的东南岸，1805 年一场特大洪水带来的泥沙冲积而成一个平坦的小盆地。天长日久，渐渐形成今天秀丽富饶的张渠村。小村坐东向西，三面环山，正面对水，恰好形成东似椅背，南北犹如座椅扶手之状，从高处俯瞰，活脱脱犹如一张稳妥而舒适的“宝座”，寓意村庄平安富贵，让张渠人喜不自胜……花山溪，水面宽百米至二百米不等，水平如镜，清泠秀丽。郁郁葱葱的张渠村像朝气蓬勃

的少年，安然自适地依偎在大地母亲的“宝座”里，和着小溪悠然甜美的轻歌，遐想着山外精彩的世界，放飞憧憬美好未来的梦想。

村里人告诉我：张渠村拥有1500多亩耕地，其中水田面积达1000余亩。小村土地肥沃，阳光充足，雨水充沛，属于亚热带气候，非常适合农作物生长。但由于地势较低，每逢雨水季节，极易形成内涝，民居、庄稼常常被淹没，给人们的生产生活带来重重困难，甚至是灾难性的打击，村民苦不堪言。2014年，村镇痛下决心，投资数百万元，建立起电排站，彻底消除内涝灾害，小村从此摆脱了“小雨到处水坑，大雨汪洋一片”的悲惨局面，村民们一扫愁眉，铆铆足干劲儿，发展生产，安居乐业。

花山溪，犹如小村的护村河，蜿蜒逶迤、温情脉脉，给小村平添灵动秀气的清新之美。只是，村民在陶醉青山秀水美景的同时，出入村庄的交通问题，却令人十分头痛人们进出村庄，花山溪是必经之路，祖祖辈辈都靠搭船摆渡往返。早年也曾搭建过简易的石桥，但只适宜挑担、步行而已，与现代生活的需求相去甚远，给人们的生产生活带来极大不便，村民为此颇为苦恼。

建桥铺路势在必行。2008年，村“两委”经过再三测量、商讨、筹备，镇村多方筹集资金200多万元，动工兴建了长132米，高26米，宽4.5米的钢筋水泥大桥。张渠村终于摆脱了望“溪”兴叹、出入困难的历史，可以舒心地朝着梦想的美好未来，昂首挺胸、阔步向前……

张渠村山地资源丰富，生态环境优良，有3000多亩被列为省级生态保护区。在形如弯月的月眉山，散布着五棵珍稀树种——油杉，最大的一棵需四人方能勉强合抱，周长足有6米多长，高10余米，伟岸挺拔，遒劲壮硕，十分罕见。油杉的树根，具有祛除无名肿痛的神奇疗效，是开基祖在缺医少药的年代，为造福以耕种为生的儿孙，早在600多年前种下的。村人若有病痛，常有人上山挖掘，定能药到病除。在村人眼中，古树早已不是一般的树木，而是历尽沧桑日夜守护在儿孙身边的慈祥长者。有这样的长者看护，村民们心中倍感温暖踏实，他们对古树情深谊厚，悉心爱护，不允许任何人加以破坏。

村主任黄先生骄傲而又惋惜地告诉我们：油杉原有18棵，笔直挺拔，

蔚然成林，有十八罗汉的美誉。可惜，20世纪50年代，激进的人们砍树劈柴，使山林严重毁坏。有幸逃过一劫的五棵老树，越发坚强地屹立故乡肥沃的土地，成为村民心中慎终追远、怀念祖德的又一凭证和温暖的故园记忆。2009年南靖县人民政府评定为“福建古树名木”，并挂牌加以保护。

在村庄中部，一座庞大而破败的庭院，深深吸引了我们。这是一座具有典型闽南古民居风格的“同”字形三进宅院，占地约2500平方米，院埕宽阔，青石铺地，门楣飞檐翘角，端庄秀丽，墙身以青砖石壁脚砌成，屋宇堂皇，建于道光年间，算来已近200岁高龄了。

这是张渠黄氏十六世祖公黄丽当年精心修建的私人宅院“湖里大厝”，现为县级文物保护点。据说，当年在建设湖里大厝时，黄丽公砌墙所用的砖头十分讲究，每块都要经过精工细磨。他给磨砖工匠规定了每天磨砖的个数，磨多了，会被视为粗制滥造，有被“炒鱿鱼“的风险。这一说法，从大厝砖缝细薄俏丽的模样以及建筑工艺不同凡响的种种表现上，还是令人深信不疑的。因年代久远，中厅堂已严重倒塌，后进天井处也损毁严重，已无法看出原貌，但其舒朗的建筑布局、周到体贴的厅房安排、精致细腻的建筑装饰和落落大方的雍容气度，让我们不难凭借想象，在脑海里重塑当年宅院的锦绣富丽和华美姿容。

说起张渠，说起湖里大厝，黄丽公是不可不说的人物。

相传，黄丽公为人诚实忠厚、富甲一方，一生乐善好施，是南靖历史上的名人。当年，漳州官府正修建府衙，号召社会各界捐资铺设“府埕”，黄丽公以铺设“府埕”所需费用的双倍白银捐赠。官府感其豪爽慷慨，特地任命黄丽公为“南靖县名誉县长”，

公　告
张渠湖里大厝：
2013年1月11日被确认为县级文物保护点、受法律法规保护
任何单位、个人不得破坏
南靖县人民政府
2015年10月

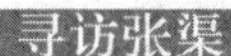

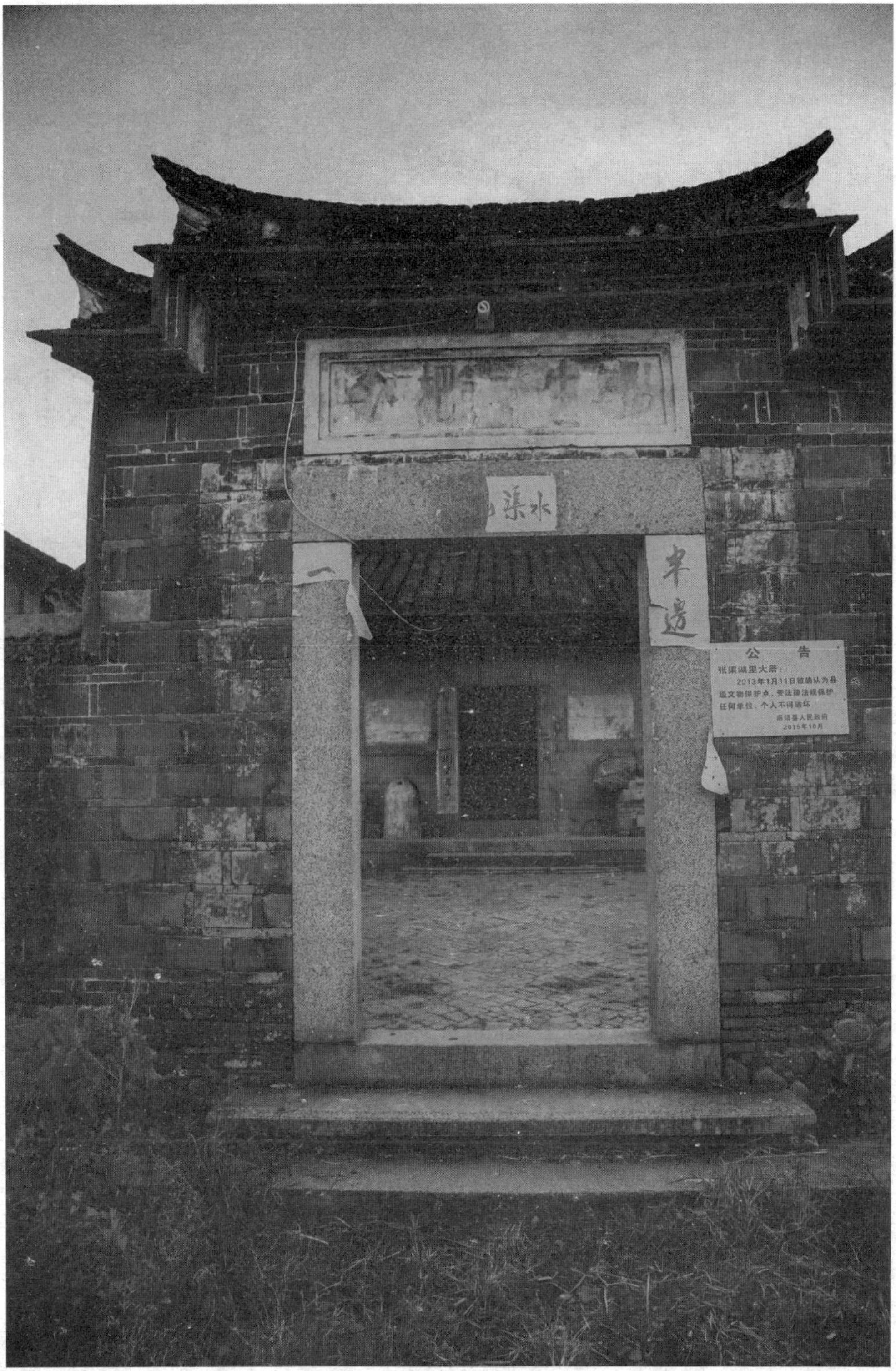

以示奖赏。

追溯张渠村的起源，至今流传着这样一段故事：张渠村这块宝地，风水极佳，在早年却是一片荒凉的无主墓地，且颇为阴厉，据说不断有人看上这块宝地，可都是刚一动手，身体就有诸多不适。久而久之，迷茫的人们揣测一定是冥冥中的墓主不同意，故出招阻拦。现实的遭遇加上种种阴森恐怖的猜想，许多人选择了放弃，另选他地。黄丽得知这一情况后，就备礼焚香向墓主祭拜：一定为其另择吉地建墓，并年年供奉祭扫。只求准许在此开基落户，男耕女织，繁衍裔脉。

也许是黄丽公的诚意打动了墓主，黄丽公在此垦荒播种十分顺利，黄氏家族从此在此安居乐业，甚是富足祥和。黄丽公一生共娶五妻，育有十儿十女，据说，如今的张渠村大部分都是黄丽公的后裔，可谓真正的儿孙满堂，香火绵延。是全县少有的纯姓氏的乡村之一，成为张渠村的一大特色。

在张渠村，矗立着初建于明朝末年的茶湖庵、水波宫两座庙宇，是村民祖辈传承的民间信仰，虔诚供奉观音佛祖和保生大帝，每年的正月十三和三月十五日，是庵宫的圣节，届时前来朝拜的人们络绎不绝，请神明出巡，搭台演戏等等，场面盛大，热闹非凡，人们喜气洋洋，互相问候，互祝平安，陶醉在对未来吉祥福瑞的祈盼和对美好生活的憧憬之中。

如今的张渠人，在村“两委”的带领下，为实现建设富美乡村的美丽梦想，加快旧村改造，奋力拼搏——

建设“水乡渔村”，小村生态环境优良，清冷的山泉水清甜甘美、完全达到国家饮用水标准，用来饲养鲈鳗、白对虾等，肉质鲜美，品质优良，着力发展淡水养殖业，让更多人家由此摆脱贫困，踏上小康之路……

大力开发果蔬种植，进一步扩大大棚蔬菜和蜜枣、香蕉、杨桃等优质水果种植面积，促进现代农业风生水起，使特色农产品远销全国各地……

建设乡村文化广场，拟投资100多万元，规划用玷20多亩，架设安装华美路灯，种植花卉草木，为村民健身、休闲提供舒适优美的舞台……

建设占地1000平方米的幸福园，让村中老人在那里娱乐休闲、安度晚年。

加速推进全长7公里的环村大道硬化工程，沿途装点绿化林木和萋萋芳草，扮靓新农村……

修葺开发虽已破败荒凉却古香古色、风韵犹存的“湖里大厝”，推出“闽南乡村古民居展示馆”，让山外的游客穿越数百年光阴，感受老祖宗高超的建筑工艺和追求美好生活的精神风貌……

悉心保护得天独厚的生态自然环境和珍稀树种，让青山秀水永远与村庄相依相偎，携手美好时光，与日月一同永恒……

张渠，有这样的梦想，真好。

有这样的梦想，未来，一定很美。

火梨花绽放的村庄

□老皮

鸿钵村来到我的记忆中是在一个秋天的早晨。这个早晨我们从山城出发，车窗外微风轻抚，空气清新。散漫的心绪像来不及收起的放纵的笑容，没多久，鸿钵村已呈现在我眼前。

鸿钵村地处福建省南靖县山城镇东部，九龙江支流荆江南畔，是一个历史悠久、古迹众多、人文荟萃的小山村。全村总面积5平方公里，382户，1503人，村民主要种植香蕉、果蔬等。鸿钵村村子虽小，但古迹众多，现存有“合兴宫”“始平堂”两处文保单位以及小宗祠、九间、顶楼、下楼、杭厝、旧楼等众多古民居群，具有较高的历史人文价值。

镇里接送我们的车子直接驶到始平堂。一下车，早已等候在那里的村支书、村长和几位家族长老便热情洋溢地将我们迎进始平堂。始平堂是鸿钵村冯氏族人的祖厝堂号，如今已辟成民俗陈列馆和“火梨花传统手工技艺讲习所”。这里，是整个鸿钵村的聚焦点，承载着一代又一代鸿钵人的成长与梦想，其中的神采，却是那么的光艳夺目，让人惊叹不已。因为这里有着传承数百年的非物质文化遗产“火烧尪“民俗，因为这里是火梨花绽放的村庄。

人类的文明总是存在于地域文化的发生和传承之中。而所谓的民俗，即是社会意识形态之一，又是一种历史悠久的文化遗产。

依我个人理解，民俗文化便是泛指某一地域的民间民众依附着生活习惯、情感信仰而产生的一种风俗，是该地域聚居的民众所创造、共享、传承的，在长期的生产生活过程中所形成的一系列非物质的东西。

鸿钵村的“火烧尪”民俗，至今已经延续了400多年。据始平堂的长老们介绍，该民俗最早起源于风水地之争。

相传明末清初，有个外乡人在鸿钵的山上做下了一块叫“老鸦墓”的风水，鸿钵就出现了“鸡不鸣，犬不吠”的怪状。据说那地是“活地”，百日之内，墓中孕育的百只乌鸦将于正月十五日出世，那将是灾难之日。因而，鸿钵人伺机欲将其铲除。无奈那外乡人派了许多人把守，鸿钵人想方设法要把那些守护者引开，最终在正月十四晚上用声色俱全的“火烧尪”成功把那些守护者引来观看，乘机偷袭得手，将那墓铲除。鸿钵就此恢复太平，人丁兴旺。“火烧尪”这种独特的民俗也得以流传下来。

于是，每年的正月十四这一天，便被确定为鸿钵人至高无上的、最喜庆的盛大节日。除了纪念祖先那段独特的历史之外，“火烧尪”在数百年的传承中，又逐渐融合演变成为具有神明游村、保土安民、添丁发财、祈福安康等诸多心理诉求的民俗活动形式。

就这样，一个历史性的事件成就了一个民俗。历史性的事件我至今难以想象，但这一民俗的独特性在福建省乃至全国范围内均属罕见，让人叹为观止。民俗里洋溢着不可知的期待和紧张度，总在热切地触碰着我的神经。

“尪“在闽南话里就是神明、神像的意思。“火烧尪”常会误解成用火将神像烧掉，其实不然，是用当地一种特制的烟花爆竹“火梨花”对抬着神轿的人群喷射，喷射出来的火花炫耀夺目，呼呼作响，远远看去好像在燃烧的样子，世人就将这情形称为“火烧尪”。火烧，寓意洗礼、淬炼。

“火烧尪”民俗活动都是在晚上举行的，地点在鸿钵村里的古庙“合兴宫”。合兴宫始建于宋末明初，是鸿钵村最著名的古建筑，也是世世代代承载着鸿钵人无数梦想的精神福祉。

合兴宫供奉的是伽蓝王金身。“火烧尪’民俗活动开始的前几天，用麻绳绑得结结实实的“尪轿“，就会被置放在庙前的池塘里浸泡。麻绳和尪轿经过水的浸泡膨胀后，会变得越发结实。这样，在跑桂和争抢的过程中，显得更加庄重。到了正月十四日傍晚举行神明出巡仪式，由庙里“头家”选定的一群年轻人抬载着伽蓝王金身的尪轿出合兴宫到村里的各个路口巡游、定符（保土的意思，神符所定之处，意味着神恩笼罩的范围）。巡游中一边接受“火梨花”的洗礼，一边鼓乐随行，挨家挨户接受村民们的朝拜、许愿。巡游完后，出巡的队伍来到村中河边的大路头举行新婚男子争抢伽蓝王金身回家供奉祭拜仪式。参与抢神的都是村里的新婚男子，据说第一个抢到者会生男孩。村里的新婚男子都热衷于投入到激烈刺激的拼抢中，以展示勇敢强悍的一面，也意味着男子长大，娶了媳妇，成家立业有出息了。

伽蓝王金身在接受众新婚家庭祭拜后会直接奉还合兴官，神像归位，此后的桩轿实际是空轿子。这时，庙前争夺桩轿的重头戏便开始了，这也是“火烧尪”的最高潮部分：一群人抬着神轿要冲进合兴宫，另一群人在庙门口把守着不让进。于是，双方在庙前展开激烈争夺。此时，有专职的人员拿着“火梨花”对着双方人群的下肢喷射，火星四溅，人们上蹿下跳，又勇投其中，呐喊声、锣鼓声、掌声以及火梨花发出的呼啸声响成一片，无数火梨花同时绽放，漫天飞舞，光彩夺目，场面十分壮观，无不令人震撼。

这是一场乡梦的激情绽放，人们簇拥着桩轿，就像簇拥着他们的梦想，尽情地欢呼着，冲向那寄托梦想的合兴宫。在一次又一次受阻之后，人们丝毫没有退怯，争夺激烈时还把尪轿推入庙前的池塘里，在池塘里争抢。然后捞起，一次又一次地重新冲刺、争夺。火梨花在眼前绽放着、跳跃着，整个村庄被璀璨的火树银花围绕着，天边被烧得通亮透彻，映衬出的是多彩多姿的乡村梦想。激昂亢奋的人群置身于熊熊燃放的火梨花的花海中，掀起一种推波助澜的律动。火梨花的绽放越是旺盛，人们的欢呼声越是激昂。直到凌晨两三点，村民们经历了水与火的洗礼，笑欢了、玩够了，把守庙门的小伙子才最终放行。待桂轿被拥抬入庙，“火烧尪“民俗活动才宣告结束。

火梨花看似无迹可寻，却赋予了平凡的生活更加斑斓绚丽的色彩，让梦想生长出不同的姿态。民俗活动的最终目的，即是为了祈求风调雨顺、五谷丰登、驱魔疫、合境平安。在闽南语系里，火烧桩的“桩”字与“旺”字谐音，也寓意着来年的生活像火焰一样，越烧越旺。

而对于我来说，火梨花则是生命中那些闪烁的不连贯的瞬间。细碎的瞬间相互联结复合，形成大家看到的一种民间艺术形式。甚至，火梨花的制作，每一个细节都是对于梦想的一次选择。这些梦想交叉的细节，正是创造惊喜的过程。

火梨花是由硝酸钾、铁屑、酒精等物质按一定比例混合填充在竹筒里，竹筒前头装上引信、后头用黄土封口夯制而成。燃放时，手握竹筒，点燃引信，焰火射程远，呼呼作响，呈开放状，光亮炫目。

据始平堂的长老们介绍，鸿钵的火梨花制作工艺起源于明朝，祖传秘制，自古传男不传女，制作场所一般选在冯氏宗祠里，妇女和外人是不允许观看的，具体的材料配比和制作工艺十分保密。目前掌握这一制作技术的仅局限于村里几位火梨花配制传承人。

火梨花的制作流程通常要先由村里有经验的“头家理事”，在上一年的春天到村口竹园里选出三年以上粗壮修长的老竹（麻竹），做上“合兴宫”记号，待农历八九月份砍下，搬回屋内阴干。阴干的过程也很讲究，每隔几天都需上下左右翻动，保证所有部位干度均衡，因竹子不能暴晒，裂开就不能用。然后将竹筒进行清污、抛光、钻孔，再填充按照秘传比例配制的硝酸钾、铁屑、酒精等捣实，装上引信，黄土封口，经传承人验收合格后，印上“合兴官”字样的印记，一支火梨花的制作才算完成。因火梨花属于易爆危险品，制作工序复杂，制作过程极其严谨，填装火药需精细夯打，所以每个人一天最多只能生产出五六支火梨花，由此可见每一支火梨花都是相当珍贵的。而每一次“火烧尪’活动，需消耗一千多支火梨花。千支火梨花竞相绽放的情景，不仅体现了村民们的大方，更是呈现出了一个族群的精神和品格。

回过头去看，我竟然有些恍惚了，不止是火梨花让我着迷，对于灵魂而言，“火烧尪”民俗带来的奇迹是神圣而富于生命活力的，它所传承的非物质文化，更多地呈现出精神生态的象征意义。

毫无疑问，火梨花即是鸿钵人的心花。落到实处即是一种图腾的意念，是人们对于自然和内心最本初的生活态度。

在火梨花绽放的村庄，鸿钵作为一个地理概念，更是拥有一种独特的色彩，以及触抚历史、追忆时光的情怀。仿佛神明的衣锦还乡，尔后引领着生活在这片土地上的人们直奔幸福的康庄大道。人们尽情地欢呼着，奔跑着，经由火梨花的洗礼淬炼，很快，乡村的梦想开始了速滑和飞翔。

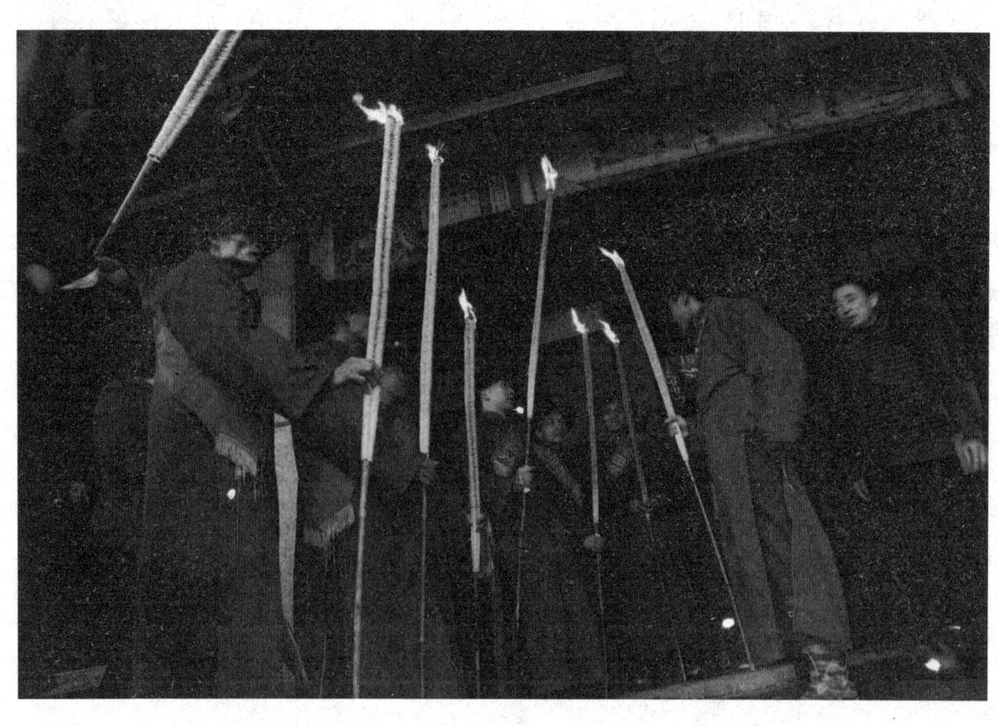

溪边兰谷梦

□吴常青

我来到九龙江西溪上游，这里山川秀美、人文丰富，是世界文化遗产土楼故里。这里素有“树海”“竹洋”之称，草木芬芳的气息洋溢着四周。溪边村，是福建省漳州市南靖县的一个村，是县委、县政府所在地。溪边村拥有朝古岭大伯公庙、侯疆楼等历史文化古迹，建成麒麟山公园、月眉公园、南苑公园、江滨西景观大道、儿童乐园等，充分展现溪边村秀美的自然风光。蓝蓝的晴空下，山风验荡，氧气十足，满目青翠，令人心旷神怡。南靖古称兰水县，置县于元至治二年（1322）。也许因这个古称，莫名地，我就对“溪边”这两个字非常有好感，我想，溪边就是兰水在俗世里的俗称吧。

到溪边村，其实是看兰花。兰水生兰花，应该是天造地设吧。

溪边村的兰花挺出名。在溪边村，由南靖县和福建省林业科技试验中心共同投资建设福建省最大的兰花新品种繁育基地，建有3万平方米的花卉智能温室大棚及花卉展示厅、研发中心、实验室和完备的道路水电配套设施，目前引进、组培兰花新品种1万瓶，种苗25万株，培育兰花达7万盆。据说基地主要品种有春兰、建兰、下山墨兰、大花蕙兰、蝴蝶兰、卡特利兰、金华山等，同时引进珍稀品种企墨、小桃红、大石门、万代福、大屯麒麟等。

参观溪边村兰花基地，是一种愉悦内心的享受。在这里看到众多的兰花佳品，花姿都非常美丽，有的俊逸潇洒，有的幽雅端庄，有的雍容华贵，花架上的每一盆兰花都让我乐意假设、想象着养兰的快乐。盆缀于书房、客厅、卧室等处，倍增诗情画意；瓶插于案头、走廊、几架上，倍感富有情趣；栽植在假山、亭榭、露台，野趣天然自成。我虽然不是养兰花的好手，却

也喜欢在家里的阳台、客厅陈设佳品，欣赏着光滑的墨绿色叶面，千姿百态：直立为剑的立叶、弧线如刀的凤尾叶、海浪般的浪状叶、纵横驰骋的行龙叶、宽为马耳态的龙须与耳叶……兰花的英姿、秀气、雅质，令人赞叹！朱德元帅曾赞曰：“建兰株丛蓬勃，刚劲有力，轩昂挺秀，一派英姿。”

“秋兰映玉池，池水清且芳。”这是晋代诗人傅云先生的诗句。凉风吹送兰香，使人倍感清幽。走出兰花繁育基地，去看看兰花交易中心，一路上你可以真切感受到南靖的兰花种植业蓬勃发展。这里的兰花种植推广“龙头企业（公司）+ 基地 + 标准 + 农户“和“专业合作组织（协会）+ 标准 + 农户”等建设模式，创新种植方式，推进农业产业化发展，促进农业增产、农民增收。通过对兰花的组培和扩种，南靖国兰繁育发展非常快，以南靖县溪边村兰花市场为轴心，建设墨兰、建兰优质种源培育保护生产基地等，辐射南坑镇、丰田镇等地。南靖拥有建兰、墨兰、寒兰、春兰等近千个品种，全县兰花种植面积达 3200 亩，种植品种有 8 大类 1000 多个，年产兰花 6000 多万株、组培兰花苗 200 万株，兰花企业 62 家，年创产值 10 亿多元，年销售 6.5 亿元，是全省种植规模最大的兰花生产基地、集散地。

南靖县属南亚热带海洋性季风气候，年平均气温 21.5 摄氏度，年降雨量 1700 毫米，是兰花栽培繁育的最适宜区。按 1981 年《南靖县地名录》云：今南靖县东北靖城古称“兰”，或谓“兰陵”，盖因地处丘陵，且产兰花，故以名县。南靖山多林密，气候温和，无霜期长，适宜各种兰花生长，野生兰花资源十分丰富，自然生长的兰花共有 8 大类 1000 多种。当地栽培繁育兰花历史悠久，具备丰富的栽培技术与实践经验。早在明清至民国时期，花农已将野生兰花移植到庭院盆栽。南靖兰花以建兰、墨兰、寒兰、春兰品系为多，珍稀品种 400 多种，如矮种叶艺晶艺、奇花墨兰、山城绿、四季素心建兰、奇花建兰、素心中华寒兰，深受海内外兰人的青睐。兰花已成为当地农民手中的“绿色股票”。1997年，兰花成为南靖“县花”；1999年，南靖县被授予“中国兰花之乡”；2008年，南靖兰花获得国家工商总局“南靖兰花“集体商标地理标志；2009年获得福建省著名商标；2010年获得中国驰名商标，成为全省第二个、全国第三个花卉类驰名商标。兰陵，兰水，兰花，因果关联，南靖的名兰佳品，誉满天下。

也许是溪边村的兰花基地孕育了南靖人保护与开发兰花资源的一个大创意，南靖县委县政府提出打造“世遗兰花·中国兰谷”发展思路，把兰花培育列入高优农业项目，加强闽台合作，出台优惠政策，鼓励、扶持农民发展兰花产业等。2016年3月，“兰香两岸·南靖县第七届兰花展“在县城凤翔兰花之都开展。省内外以及台湾地区兰花业界知名人士纷纷前来参展，近2000平方米的展馆展示国兰、洋兰精品1200盆。除兰花展览外，还进行兰花赛评选、“十佳“兰花企业评选、书法美术摄影展、文化产业论坛、旅游线路踩线推介及“海上丝绸之路“与南靖东溪窑瓷器展等兰花相关活动，全面展示“世遗兰花·中国兰谷”独特风采。南靖的兰花文化，蒸蒸日上，充分展现南靖的人文意蕴。

有趣的是，设置在南靖的福建省林业科技试验中心，通过400多对兰花父本母本的杂交组合配对，在成功的168个品种里精选出“南靖兰花”太空育种材料。经过重重挑选的100克优质兰花果荚由专人护送到中国航天研究院，于2016年9月搭乘天宫二号开启为期51天的太空之旅。利用太空特殊的环境诱变作用，兰花种子将会产生变异，返回地面便能培育出奇特的新品种。通过这种“太空技术+”的新理念、新技术，将有利于推动南靖兰花科研化、市场化、产业傑艘展。

也因为兰谷梦，溪边村麒麟山公园变得非常有意义所在。这里的景观，是梦想的“绿富美”建筑。溪边村的人们爱兰花，爱生活，爱美好未来。近年溪边村新建成的麒麟山公园，与原生态森林相得益彰，登山眺望县城，观光休闲皆相宜。“麒麟湖”中名叫“麒麟献瑞“的铜雕麒麟，身背经书和金元宝，踏着祥云，昂首傲立于清澈湖水中。这只铜雕麒麟长9.2米、宽4米、高8米，重达13.6吨，据说是目前我国最大的麒麟铜雕。公园里，拾阶而上的崇德广场很大，一汪碧水闪闪映照着蓝天，广场上高耸着一根圆柱形的“敬天爱地”雕塑，雕塑由花岗岩雕刻而成，顶端是一只朝天吼。石雕柱直径1.8米、高19.62米，象征南靖县版图1962平方公里的土地风调雨顺。石柱上雕刻着一双双男女老少的手，手手相牵，手手相扣，象征着南靖人民心手相连、同心同德、双手共创美好明天之意。

在溪边，我禁不住要感叹：兰花，兰水佳人，心中的美梦最终会梦想成真。

谁在桥头等待

□文卿

前段时间微信上流行网友诗歌接龙，第一句是“村庄不远“。活动很热烈，许多人都接了，所有村庄都在那时苏醒了似的，炊烟、田埴、柴扉、黄牛、父亲的腰、母亲的目光，我看着一行行诗句，却无法介入，因为村庄离我很远。对村庄我总是走马观花，村庄变成一种意象。意象中总觉得一个村庄首先要有一座宗祠，就像南靖山城镇桥头村的谢氏宗祠宝树堂。

这是一座非常普通的宗祠，位于一个非常普通的村庄。普通得就像身边的家人，他们没有灿若星辰，没有声名在外，皱纹爬满额头，手掌粗糙，衣裳的褶皱忘了抹平，但他们却是最亲最近的人。

桥头村的名字让人浮想联翩。有水才有桥。这个村庄确实临水而居。现在每年农历五月初五的端午节村里还保留着划龙舟的习俗。村里成立理事会，大伙捐资，有企业单位，有个人，并建了一功德碑，记录捐资方和金额，阴刻金字。浪花飞溅，锣鼓喧天，美食飘香，全村热热闹闹地过端午。

桥头村村民近 1400 人，98% 的村民都姓谢，谢氏宝树堂在 2013 年 1 月被确认为南靖县文物保护点。但在南靖德远堂等众多有名的祠堂中，宝树堂不算出众，1997 年的《南靖县志》也并未收入。

不过我的猜想并不准确，再普通的祠堂背后也有悠长而神秘的历史，有它的来龙去脉，经过岁月的淬炼和沉淀，有史实有传说有故事，蕴藏了

丰富的内容，只是白云苍狗，时过境迁，太多的变数，让我们遗失了历史的脉络。宝树堂是天下谢氏家族最负盛名的堂号。这个堂号据说还是皇帝封的，东晋第九任皇帝司马曜看到宰相谢安家堂前柏树枝繁叶茂，也许正好心情不错，也许正想找谢安商议个事，也许没话找话，司马曜赞了一句："宝树也"，并亲书谢安宅为"宝树堂"，传说中皇帝的恩宠有加。

当然，这不代表，南靖桥头谢氏一定是谢安那支。

桥头谢氏宝树堂始建于明洪武十年（1377），距今也六百多年了。谢姓最早活跃于河南。桥头谢氏应也是从河南固始而来吧。唐高宗总章二年（669），朝廷派陈政（固始东乡人），后又派陈政之兄陈敏、陈敷率中原兵将数千人，随军的还有陈政之母及子陈元光，先后两次府兵共 7000 余人，到闽粤交界处绥安县（今漳浦县），征服"蛮獠"。乱平后，陈元光任漳州刺史。当时入漳数千兵将计 58 个姓，加上随军家眷等共有 80 个余姓，其中就有谢姓。五代十国时随王审知入闽的也有 71 个姓，其中也有谢姓。权且猜想，开枝散叶，迁徙转移中有那么一支到了漳州，到了南靖山城镇桥头，扎根繁衍生息。

我们现在看到的宝树堂是 1994 年由村里的乡亲们集资重修的，明代风格。到如今也二十多年了，祠堂整体完好，绿色镂花窗极，门当石被摩挲得平滑光亮，飞檐斗角，装饰屋顶的瓷花朵、花篮和代表福禄寿等人物依旧鲜亮。但一些局部显出寂寥黯然，比如门槛和柱子原有的红漆褪了，露出原木的无光泽，比如有的地方墙壁熏黑了，还有祖先的木质牌位草草而就，简简单单地摆着，供桌上香炉的灰堆积得高高的，插着几根燃尽已久的香。祠堂内挂着几块匾额，有"玉燕重来""明经进士""武魁""百代瞻依"等，金色大字，非常耀眼。匾额往往是祠堂建筑的点睛之处。但宝树堂的这几处匾额都是司空见惯的，没有特殊的意味，没有明确的出处，祠堂外虽立着两处旗杆石，但似乎没有明确为谁而立。若没有留下白纸黑字，让后人有迹可循，曾经的热闹和荣光很快就遗失在历史深处和不经意时，让人嘘唏不已。

说到匾额，有一块值得一提，那块木匾额挂在宗祠右侧一座一厅二房民居走廊的厅门上，横刻"厚德延年"，黑底红字，这是一块有出处的匾额，四个字正中刻"南靖县印"，左边竖刻"题赠瑞河谢先生时年八十有一"小字，右边竖刻"南靖县知事王震丰中华民国十一年十月"小字和"王震丰印"。谢瑞河是什么人，为什么当时的知事王震丰会送这块匾呢？这不能不提到谢瑞河的儿子谢持。谢持本以教书为生，后弃教从医。他行医期间，口碑极好，他治疗疑难杂症医术高超，乐善好施、济困扶危、爱国爱家，为家乡造桥修祠堂。抗日战争时期，捐献救国款，教育和支持两个儿子参军抗日。虽然在后来相关谢持的一些材料中没有提到这块匾，但谢持救人无数，作为一方父母官的王震丰对谢持赞誉有加，也为了肯定和发扬这种精神，王震丰借谢持父亲寿辰之际赠了块匾，这完全是可能的。儿孙出息也是幸福的一种，有福之人才会长寿。无论什么年代，多福多寿的生活总是圆满的。

供桌上还有花瓶状的支架，插着树枝，树枝上挂着许多小灯。那是举行“丁戏”民俗时留下的。桥头村谢书记介绍说每年正月十二有抬“赶”游村活动，他说的“赶”是保生大帝昊本。桥头村还保留了“丁戏”习俗，每年元宵至正月十九期间择日举行，上一年村里生男孩子的家庭会商议一起请剧团来唱戏，就在祠堂外的空地上，让大家分享添丁进嗣的喜悦。在祠堂贴对联、挂大红灯笼、祭祀祖先。谢书记说梦剧会唱上两晚。

祠堂外有两圈大大小小鹅卵石铺就的路面，上下两层微微错开，内低外高。人们已说不清它们的来历和作用，只知道时间久远，好像一直就在那里。有人说是水渠，有人说是跑马道，各种说法，但还是没能确定它们最初的用途。我们踏着鹅卵石走了一圈，有些枯草夹杂其申。祠堂周边是老房

子，大多不住人了。它们经历了许多年的风风雨雨，现在静静等待蜕变。

祠堂进门处坐着几位老人，他们或闲聊或抽烟，或什么都不说都不做，静静地坐着，静静地看祠堂外那池塘那香蕉。其中一位老人年事最高，眼睛已看不见了，只静静地听和回忆。老人们不一定能说或会说一些前尘往事，他们也不会讲得生动鲜活，但所有的岁月都蕴藏在他们胸中，了然于心。

和许多祠堂一样，宝树堂对门处也有一个代表聚财的半月形水池。水池里养鱼，罗非鱼，纯红，一大群一大群聚集一起觅食，红浪翻动。水池那边是密密的香蕉树，祠堂和水池间的水泥村道是2016年8月刚刚拓宽的。

村道的尽头有座金属雕塑，我看了半天，很抽象，但正因为抽象，可以有各种想象。三只鸟在高高的雕塑顶上展翅欲飞上云霄，下面萦绕几圈光滑细长的金属条像鸟儿扶摇而上的轨迹，似乎象征着桥头村不断向上的发展。人们认定那是江鸥，也是，水边的村庄嘛，谢书记介绍说那是20世纪90年代末的作品。雕塑附近有棵大榕树，浓荫蔽日，树下有石条椅，村民在树下休息，雕塑后还是一个水塘。

20世纪90年代，为加快农村“奔小康、建新村“的步伐，进一步改善农民居住环境，促进农村经济和社会发展，实行统一规划村庄、集镇建设。当时桥头村是省级明星村和市23个社会主义新农村建设示范村之一。

谢书记指着雕塑后隔水而立的一排房屋说，那是新农村建设时建的。这排和祠堂后的旧屋老厝形成鲜明对比。我们可以想象当年的风景，新雕塑，新房子，新生活。近十年来，又建了许多房子，村民住上舒适的新房，周围的生活环境也日益改善，幸福的日子像花朵一瓣一瓣地绽放。如今的桥头村经济发展和新农村建设已取得成效。创办民营企业，招商引资等。村民主要种植香蕉和大棚蔬菜，香蕉销往全国各大中城市，为村民提供了很多就业机会，转移了大批富余劳动力。大棚蔬菜有四五百亩，黄瓜、西葫、芹菜等，绿油油，一畦一畦。

乡村的黄昏与晨曦如约而至，池塘里的红罗非鱼聚聚散散，池边觅食的鸡和鸭羽毛光亮多彩。桥头村生活的面目清晰明朗，我只是纠结一个似乎无意义的问题，桥头村地名的由来？我总是固执地认为桥头村原先是有一座桥的吧，乡亲一起筹资一起建造，成为村里，乃至附近十里八乡的地标。落日余晖，帆船从远方驶来，桥头站过许多等待的身影吧。桥既是出发地又是归宿地。那座桥是什么时候起始又是什么时候湮灭在时间的流沙里的呢？听有的村民说，村原来叫玉桥村，船可以开到村头，但似乎没有过桥。哎呀，却原来只是我的一个烟云弥漫的想象和梦幻。后来又听村里老辈人说，很久很久很久以前是有过桥的，走过去呀呀有声。其他一概不知了。还是时间惹的祸，久到变成传说，变成梦里的一道彩虹。

小山城，有美人

□吴常青

南靖是福建省漳州市的一个山区县，青山蜿蜒，绿水淙淙，有很多自然风景天生丽质。小山城村地处县城山城镇西部，是“中国兰花之乡”南靖的一个秀美的村落，也在国家级自然保护区——虎伯寮保护区内。全村土地总面积4平方公里，闻名县内外的名胜“美人照镜”瀑布位于该村，是一个小小的景点，尚未真正得到开发宣传，“养在深闺人未识”。兰花历来有空谷佳人的美誉，“美人照镜“似乎也因此显得倍加有兰花气质。

香草、美人、空谷、照镜，小山城实在令人仰慕。这里飞瀑轻扬、清潭幽雅、草木郁郁，隐藏着一种鲜为人知的神秘感。驴友“笑语无风”在他的旅游记录中无限眷念这里：“记得还是学生时代，或者学校组织秋游，或者三五个小伙伴自发踏春，有一个很好的目的地，小山城的“美人照镜”潭，瀑布很美、水很蓝，还记得小溪弯弯、石头俊美，也有长长的藤蔓、翠绿的竹林……80年代，那是一个未开发的时代，需要爬山，越过小径，摸着崖壁，蹚着溪水才能到达，那是一处深山中的美景，那里留下了我学生时代很多美好的回忆……”

人的心理有时候很奇怪，以前的风景总是特别美好。对于自然界的风景，人们偏向于喜欢本色的，而非现代规划与建设的。据说，南靖县城的人们敝帚自珍，喜欢这里的安静、荒野，大自然恬静的气息十足。据说，这里有灵气，死过的美女可以神奇复活，只可惜时辰没有掌握好。来这里的人们最喜欢洗瀑布澡，喜欢坐在高高的岩石上，看山看水，看绿树看蓝天，照镜子照人生。本地外地的”驴友”来过，口碑相传，“美人段山路时，必须十分小心。“美人照镜”在业界内知名度越来越大。就像农村自酿的好酒不怕巷子深，普通的百姓也渐渐得知，周末、节假日、暑假期间，慕名而来的人们三三两两，细细欣赏着“美人照镜“的自然风采。

耳闻如此佳境，我当然想来一睹芳容。

于是，我来了。穿过兰花幽香的溪边村，再进来就是小山城村了。2014年之前，有记者来采访，曾经这样描述：“小山城村离南靖县城大约8公里远，狭窄的进村道路，蜿蜒曲折的盘山路就有近4公里。这4公里村道有二十几个弯，更有多个360度急弯，一边是峭壁，另一边是山涧……“真可谓是无限风光在险峰啊。山路虽是水泥路，却又弯又陡，无论驾摩托车或者小车，走这段山路时，必须十分小心。“美人照镜”恰好就在山

村小道边，在斜坡拐弯处。这地方，若有两车相遇，必定有一边要担心车头车身碰壁，另一边惶惶然害怕翻车。可能翻车的地方恰好就是“美人照镜”绝妙风景线，貌似一堆乱石坑，有山涧水突兀奔流，据说源头来自猪母坑的水。涓涓细流，水流到石坑突

然坍塌处，汇集形成断崖瀑布，远看水在岩石上飘荡。碧绿的山崖，高冷的瀑布直冲悬崖下面幽蓝的清潭，落差十五米左右，水量充沛，清洌的山涧水由此叮咚弹琴，淙淙远去。不过，整个风景区，估计就几百平方米吧，小家碧玉，站在山路边，仿佛可以一览无余。

如果你就此别过，那就可惜了。跳下山路，正是石涧的河床。瀑布就在河床上的蓝色天空地下，山崖巨石高耸。当地村人说，瀑布恰似一位美女梳理长发，闪亮的发梢垂落；镜子是指潭水侧上方的绿色山坡，一簇一簇的绿色树叶紧密挤成一大片的绿色方块，像早年间家里使用过的玻璃镜台。同游的几个文人一致反驳，认为应当是指一汪清潭如镜才对，水的清澈如镜才说得通嘛。如此的话，"美人"是特指传说中死而复活的美女吗？或者，"美人"依旧是指瀑布长发飘飘？村人被我问倒了，一时语塞。我环顾四周，心里忽然另有所悟。也许"美人"有多种存在方式，以前的"美人"是死而复活的美女，后来的"美人"是瀑布水姑娘，现在的"美人"应该是潭水周边的"树姑娘"。这里的树啊，樟树、榕树、松柏、麻竹……郁郁葱葱，密密麻麻，散发着原始树林的野蛮气息。她们是小山城的野蛮村姑吗？"美人"是谁尚不得而知，爱美之"驴"、"好摄之徒"却纷至沓来。

我赞叹大自然恩赐穷荒野林如此静谧之美、碧绿之美，氧气十足，令人心旷神怡。瀑布奔泻，所经之处，大都是硕大的岩石，层层叠叠的石块，错乱随意的石块，会让你发呆。周遭的环境，满眼都是茅草、铁芒箕、不知名的野花野草，随风摇曳。好想像一只小野兽出没其中，像一只不起眼的麻雀飞来飞去。休闲度假，其实就应该在腐朽与蓬勃相生相惜的山沟沟里，才会放松地放下世间的各种杂念。远离尘嚣，质朴的山野裸露人迹稀少的原生态，正是"美人照镜"神秘又吸引人的气质吧。

站在清灵透绿的潭水边，红尘滚滚的烦扰立刻消失在这清凉世界。心会沉浸下去，不由自主。清澈的水，沉静的水，美人照镜，灵韵生动。我来的时候正是艳阳高照的正午时刻，俯瞰着这幽蓝的潭水，恍然遗世独立。

我心里想，如果是自己一个人来，面壁思过，对镜观照自我内心世界，一定更符合这里的寂寞氛围。人若有孤独与寂寞，临水而立，自然而然，会获得神灵的额外补助，内心更可能充盈丰沛。

短短不足半小时的停留吧，我与她见过一面，却让我眷恋不已。不知为什么，在内心，回响起一支歌，“村里有个姑娘叫小芳……”

小山城村，应该是歌谣里的村庄。小芳，应该是“美人照镜”，是小山城村的最美村姑。纯美的风景，也有忧伤的镜头。之前，了解到小山城村的概况。有点心酸，得知小山城村还是贫困村，以前村里每年的村财收入也就 4 万多元。目前全村有接近 5000 亩的山地、耕地，主要种植香蕉、蔬菜、麻竹等。以前，由于村道狭小、年久失修，再加上弯道众多，村民们种植的农副产品常常无法及时运送出去，村民普遍增收困难。近几年，小山城村积极推进富美乡村建设，村庄的规划、建设、卫生、风俗等，有日新月异的变化。村庄的脱贫工作在扎实开展中，产业增效、农民增收成为村里经济发展的主旋律。据简单了解，短短几年里，小山城村完成新投资建设水尾至过溪水泥路工程、紫溪线二桥头翻修工程，以及猪母坑危桥工程建设、过溪至顶楼水泥路建设、组组通村道水泥硬化工程，极大地方便了小山城村人们的生活与创业环境。村里还积极推进旧村复垦农田，复垦后的耕地主要用于种植农作物以及建设农民公园公益项目。村里的能人，开始往外冲了，更特别想把外面的人们吸引进来。也许是因此，“美人照镜”已经不仅仅是当地人避暑纳凉的好去处了。“美人照镜”，不知不觉聚焦了小山城村人们的乡村梦。村里希望通过开发“美人照镜“的旅游资源，建设特色旅游乡村、建设富美乡村。“美人照镜”特有的自然资源，成为小山城村的梦想加工场，倍加值得珍惜，好好利用。

当我远望青山的峻峭英姿，溪涧的清澈秀丽，瀑布的柔美欢乐，对“美人照镜”自然有美好的、现代的遐想。我坚信，一个恬静又神秘、淳朴又现代的小世界将在眼前展现。

旧地新貌阡桥梦

□许初鸣

漳州母亲河九龙江绕过高山，越过丘陵，川流不息，奔腾向前，千百年来以她甘甜的乳汁滋润了两岸肥沃的土地，哺育了勤劳智慧的漳州人民，造就了闻名遐迩的“花果鱼米之乡”。九龙江有两条干流，一条是北溪，一条是西溪。西溪由龙山溪和船场溪两条主要支流汇合而成，汇合地点就在我们今天采风的村庄南靖县靖城镇阡桥村的东边。

阡桥村就是这样得到上天特别的眷顾，村北是龙山溪，村南是船场溪，两条溪流分别翻越千山万水，一南一北欢呼腾跃而来，好似一对久别重逢的小姐妹，在南靖县靖城镇阡桥村的东边握手言欢，然后一起继续快乐地向东奔腾，流向漳州市区，与北溪汇合后流向大海。阡桥村地处九龙江西溪两条支流汇合处的三角地带，在靖城镇区南边1公里处，距离南靖县城和漳州市区都是18公里，厦蓉高速、319国道都从村子北面穿过，龙厦铁路则从村子南面穿过。这样优越的地理位置真是得天独厚，让人羡慕。

我们从靖城镇区经阡寨大桥，跨越即将与船场溪汇合的龙山溪，来到这个上天钟爱的三角地带。汽车在平整的水泥路上奔驰，路两边是看不尽的香蕉园和龙眼树。农家的房舍都躲在绿树丛中向我们偷窥，以翠绿的枝条和繁盛的叶片向我们表示欢迎。可以看到这里土地肥沃，自然条件优越，各类农作物欣欣向荣，长势良好。

靖城镇宣委吴小姐介绍说，靖城镇与中国香蕉之乡天宝镇山依水偎、紧紧相连，也是著名的香蕉主产地。阡桥村有5个自然村，15个村民小组，共894户3458人，土地面积2800多亩。这里是中国香蕉之乡，经济作物主要是香蕉、龙眼等水果。吴小姐特别强调，这里经济比较发达，农民比较富裕，除了地理位置得天独厚、自然条件优越外，更重要的是这里的农民特别勤劳。吴小姐在这个镇任职三年多时间，与阡桥村有较多接触，对此感触很深。一年四季，农民都有干不完的活，不是种植什么，就是收成什么，或者除草、施肥、田间管理，忙个不停，没有“农闲”的日子。这个村子多王姓，还有蒋姓和杨姓等。虽然这个村子的族谱已毁，各姓氏何时在此开基立业没有明确的记载，但从村里现存的庙宇和古碑可以推测，阡桥村是一个历史悠久的传统村落。

为了说明阡桥村历史的悠久和文化的厚重，吴小姐带我们来到村子里有着600多年历史的寺庙清水岩，这是阡桥村里最大的寺庙。清水岩供奉的是清水祖师。清水祖师是人演化成的神，俗姓陈，是宋时泉州人，生前行医救世，独力募化，修桥铺路，做了许多好事善事。他仙逝后，人们感念他的恩德，在泉州市安溪县蓬莱镇建立祠堂崇祀，称清水岩，他被称为“清水祖师”，也有传说他晚年就已经在安溪清水岩任住持了。作为一位民间俗神，清水祖师在泉州、漳州一带拥有众多信徒，后来被闽南人分香带到台湾，也在台湾传播开来。据说，台湾供奉清水祖师的庙宇有500多座。近年来，台湾的一些供奉清水祖师的庙宇经常有人来阡桥清水岩与他们进行信俗交流和文化交流。

阡桥村清水岩坐西向东，朝向九龙江西溪两条支流汇合处，朝向漳州人民特别崇仰、传说故事也特别丰富

多彩的圆山。清水岩是元至正十九年（1359），僧月海募建。明天顺二年（1458），知县陈士名重修。清水岩面前的池塘“溪仔”是明朝年间靖城镇进士陈李白捐款以人工开挖的。

阡桥村一代又一代的农民心中都藏着一个梦，就是希望村子能富能美。他们特别喜欢建设富美乡村的想法。村民说，人世间的美好梦想，只有通过诚实劳动才能实现。他们努力用辛勤的诚实的富有创造性的劳动铸就自己心中美丽的梦。村民利用清水岩前的池塘，利用原生态的自然景观，发动清水岩的信众和村民捐款，并争取上级支持，投资300多万元建设清水岩公园，于2015年全面竣工。整个生态景观公园占地30亩，看得见山，看得见水。鹅卵石铺成的甬道掩映在富于地方特色的奇花异卉之中，在大自然的怀抱中蜿蜒、伸展，让游客在鸟语花香中悠游漫步。阔大肥厚的香蕉叶片每天清晨迎着东升的旭日，每天黄昏目送西斜的夕阳。池塘旁的小亭与池塘中的双层攒尖顶亭子隔着水面遥遥相对。连接池塘岸与双层攒尖顶亭的是一座九曲桥。在九曲桥上眺望，一边是鳞次栉比的村居农舍，一边是历史悠久的清水岩寺。好像古代与现代、神界与人间，在这里水乳交融。

阡寨现代农业休闲观光园已经做出规划，主要种植香蕉和蔬菜，目前已经引进百汇绿海、尚禾农业和鸿盛荣等公司30家，计划总投资1.07亿元，目前尚禾农业和鸿盛荣已经开始投建，阡桥村的富美乡村建设正在加快步伐。

如今展现在我们眼前的是阡桥村一派欣欣向荣的景象，古老村落发生了翻天覆地的变化，真是旧地新貌。然而，阡桥人不满足于现状，他们认为这只不过是初步的变化，富美乡村建设刚刚开了一个好头，他们的梦更加宏大，更加美好。一代又一代的阡桥人薪火相传，不断辛勤劳作，不断努力奋斗。这一代阡桥人与过去的阡桥人有更高的综合素质，有不可比拟的时代优势，梦幻蓝图正在一笔一笔地精心绘制，阡桥人的梦正在成为可以看得见、摸得着的现实。我从心底祝福阡桥人。

濂溪祠下仰珠山

□许初鸣

《爱莲说》是人们熟悉的古文名篇，“予独爱莲之出淤泥而不染，濯清涟而不妖，中通外直，不蔓不枝，香远益清，亭亭净植，可远观而不可亵玩焉”是许多人倒背如流的经典名句。一个秋高气爽的早晨，我们踏上寻访这一名篇作者的旅程。

在南靖县靖城镇宣委吴小姐的引领下，我们穿过葱茏树木和烂漫山花组成的绿色长廊，进入一座两面匾额上分别镌刻着“宝珠岩”和“崇圣得益”的牌坊，走过条石铺就的甬道，登过几十级台阶后，来到一座小山包顶。这个小山包叫宝珠山，属南靖县靖城镇尚寨村，因为其形浑圆如珠，夹于镜山与磨石山之间，好似二龙抢珠状，故得名。映入我们眼帘的是一座祠堂和一座石亭。

祠堂叫周濂溪祠，坐西向东，单进大木大式歇山斗拱廊式，殿堂建筑面积约160平方米，雕梁画栋，金碧辉煌。祠内供奉孔子、周濂溪、朱熹三位古代思想家的雕像，因而周濂溪祠也被当地人称为孔子庙。周濂溪就是《爱莲说》的作者周敦颐，就是我们今天要寻访祠堂的主人。许多人熟悉《爱莲说》，但不了解这一名篇的作者周敦颐。这是一位北宋时期的理学家，道州营道（今湖南省道县）人，曾知南康军。因筑室庐山莲花峰下的小溪上，取营道故居濂溪以名之，后人遂称为濂溪先生。周敦颐是宋代理学之鼻祖，他的学生中有程颢、程颐两兄弟，都成为宋代著名祠堂的主人，史称二程，而朱熹是程颐的四传弟子。周敦颐被朱熹誉为“先觉“。朱熹著有《濂溪先生像赞》，推崇先师的学问和人格。

按照史书的记载，周濂溪祠是明洪武二十九年（1396），由当时新科进士、官居余干县丞的黄仁义，庠士卢遂，黄功等人领衔启禀县令杨通经核准后兴建的，距今已有600多年历史。在不是周敦颐出生、生活、任职的地方建其祠堂，在国内并不多见，在南靖县乃至漳州市更是独一无二。岩的原意是岩石、洞穴或岩石突起而成的山峰，但漳州民间习惯上把山寺称为岩，称某某岩常既指某座山，也指某

座寺庙或祠堂。因而，位于宝珠山上的周濂溪祠也被称为宝珠岩。这里同时设有社学，让靖城的学子在这风光秀丽、空气清新的环境中攻读，这可能是南靖县最早的一所民办学校。清乾隆版的《南靖县志》描述祠的周边环境很有意思："祠以圆山五峰为屏障，榜眼大帽为藩篱，天马诸山，势如星拱，明灯继昏，如珠发炬，自此，地多出科目。"对祠旁镜山的描述就更绝了："望镜山者，当于双溪之上珠山之下，仰见镜台高架，圆峰如镜，值夕阳返照，天光云影与镜山珠水互相辉映，光彩异常。"

在这样的风水宝地读书不得功名才怪。果然，在明永乐九年（1411）的辛卯科，当时在周濂溪祠社学读书的学子7人上省赴试，就有5人考中举人。到了永乐十三年（1415），这5人中又有一人榜眼及第，一人中进士，传为"宝珠瑞气多，七子五登科"的佳话。民国时期的《南靖县志》对此有这样的记载："永乐辛卯（1411），邑诸生赴省试者七人，领荐者五人：李贞、赖清、江澄、张骥、卢闰，皆在宝珠山内，室庐相望。贞已乙未第二名及第，澄亦同捷南官，时有'宝珠瑞气多，七子五登科'之谣，洵连茹盛事也。"要知道，漳州1300多年历史中科举三鼎甲的没几个。我们深深地吸了几口充满负氧离子的空气，想穿越时间隧道体验一下古人刻苦攻读、金榜题名的感受，耳边似乎响起学童们稚嫩的琅琅读书声："学而时习之，不亦说乎？有朋自远方来，不亦乐乎？人不知而不愠，不亦君子乎？"在这里极目远眺，远处一边是镜山，一边是磨石山，漳州母亲河九龙江西溪的两条主要支流龙山溪和船场溪就在前面汇合，农舍民居掩映在青翠茂密的龙眼树、香蕉园中，在秋天的艳阳下都披上金黄色的衣装。

与中国其他历史建筑一样，周濂溪祠也是多次修缮和重建。周濂溪祠在明正统年间（1436—1449）倒塌后，于明嘉靖二十五年（1546）重建。这年山城下碑人黄美中中举，做了松阳县令。他鉴于100多年来毁祠废学、科名顿减的教训，乘中举进士，社会名望提高的良机，挺身而出，重新兴祠办学，发出请帖延聘四方名贤前来讲学，这里的教育一时又兴盛起来。到了明末清初战乱时期，周濂溪祠又一次被废，清康熙三十四至三十五年间（1695—1696）和乾隆八年（1743），乡贤和文人曾两次议论重修社学，但都没有实施。直到嘉庆十七年（1812），由当时的县正堂太老爷刘朝祚、学正赵鉴等官员和本县的知名人士筹资再次修建祠堂、社学，记载当时重修祠学情况的碑刻至今还在。周濂溪祠的屡废屡建证明，人们对于文化的追求锲而不舍，其他建筑倒塌了，倒了就倒了，可能就此烟消云散，而有历史价值、文化内涵的建筑，人们总会想办法让它恢复起来，让它浴火重生。

周濂溪祠旁就是建筑形式奇巧独特的道原亭。这是一座六角空心三层三檐、平面呈六角形的花岗岩亭子。高有12米多，第二、第三层建有石栏杆，以此推测游人原本是可以登上亭子的。石板建筑仿木结构，不用一根铁钉，全靠禅卯，衔接缜密，稳固坚牢，工艺精巧，令人惊叹。据说，已经历经多次地震而无虞。镌刻着亭名石梁下两边石柱上的楹联是：“珠海环流水面长披太极，镜山肇峙峰头直探天根。”“道”之意，谓道须穷根源，是为纪念周濂溪而建的。周敦颐以儒学为基础，融合道学，间杂佛学，曾著《太极图说》，以太极探索宇宙本“原”，著《通书》以易经融通三教根本精神，提出新的“道”理。据史书记载，亭子始建于明洪武元年（1368），原为木构，后改为石构。论历史比周濂溪祠要长些。一祠一亭，比肩而立，珠联璧合，交相辉映，成为远近游客休闲游览的胜景。近年来，常有学生经过“崇圣门”前来朝拜古代圣贤，在里诵读国学经典，如同山门牌坊上镌刻的那样，相信都会“崇圣得益”的。

尚寨村现有1005户，4204人，姓氏单纯，基本上都姓吴，从开基始至今传至24代。尚寨村有很多古建筑，麟峰大宗祠“至德堂”“追远堂”“继述堂”“文德堂”，还有3座举人府第，一座“御前侍卫府“，古民居六巷通。村民们对自己的悠久历史和优良传统十分自豪，对这些文物古迹十分珍惜，对历史悠久、文化厚重的宝珠岩，对这一祠一亭更是珍爱有加，细心呵护，近年多次进行修缮，同时整治周边环境，修通上山道路，方便游客登临寻访。

我们来宝珠岩寻访周敦颐这一理学鼻祖、文化名人，只看到了他的雕像，其实历史上周敦颐也没来过南靖，他与南靖并没有直接来往关系，只是因为南靖人仰慕他的学问和为人而为他建立纪念标的，他的精神的确也影响和荫庇了南靖人。

清朝举人吴士霖曾有诗歌吟宝珠岩：“古道岩晓不可攀，濂溪祠下仰珠山，也知此日吟风月，谁识当年乐孔颜。“我们寻访周敦颐实际上只是寻访周敦颐的纪念标的。这样，我们的这次寻访就算有意义了。

廊前村的“三宋”

□蔡刚华

想和宋朝来个不见不散的约会，就去靖城廊前吧。在这个小村子里竟保存着宋代的经幢、石桥和水井。

宋代是个有艺术气质的时代，打开宋词，字里行间总能飘逸出乡愁与眷恋，嗅出了那力透纸背的感伤，那典雅贵气的风姿。而宋时的文人画客又精于细如发丝的工笔勾描，呈现的尤如历史深谷处的幽兰，千百年来始终散发着沁人心脾的芬芳。在那用心与用情都渐臻佳境的宋代，一定也是呼唤工匠精神的时代。在漳州一提起宋代时期的建筑，你不由得会想到九龙江畔的江东桥，会想到云洞岩顶上的宋亭，更一定会想到漳州古城内的比干庙……因而大凡宋代时期的漳州留存建筑多伴有强烈的视觉震撼，巨大而厚重的石板，严丝合缝，历经地震、暴风屹立不倒的石结构，林林总总。时至今日也件件精湛无比，以致一听到是宋代所建时，我总会先深吸一口气。

靖城镇廊前村位于荆江和龙山溪汇合处，这条不知名的小河静静地流淌着，涨水时，九龙江西溪的水会漫至石桥。石桥建于南宋孝宗乾道六年（1170），距今已有800多年历史，至今保存完好。由五根大石条铺就而成，每根条石长近10米，每根巨形条石约有9吨多重。在其中外侧的一根条石上镌刻着“贵山主黄、杨二承事造桥一所，乾道六年庚寅岁，福遵院僧绍祖舍钱二百余贯，化诸坊助工重修，以此良因。福资存没干当，监造僧道源化，首正开仲拜题，都料邵贵”六十四字，道出了石桥的历史背景、出资人和与造桥各位相关人员。据史料称该桥是南靖县迄今为止最早的石砌双孔桥，并被列入南靖县第六批文物保护单位。

石桥下的小河流往九龙江。宋时，同在廊前的正峰寺（古称福遵院）香火鼎盛、每逢重大佛事香客云集，原先只有一座简易木板搭成的小桥，福遵院高僧绍祖将平日里来自乡里信众奉献的添油香钱节攒下的二百余贯铜钱，叫来周围村庄民众共修石桥，方便香客与民众。

每次来参观宋桥的人站在桥边的土地庙边，望着平静古石桥，端详着这些饱经沧桑的条石，人们会感喟古人的智慧与毅力。石板桥的取材与建造充满了勇气和智慧。哪怕河边不远处就是盛产花岗岩山体，单是掘岩取石就充满了玄机与运筹。用常见的开凿方法显然是行不通的。首先是挑选石材的石质，选定的石材必须是符合石梁桥所需尺寸的单体石料。其次要选择好切入点，把软部位作为“破向”凿眼的位置。更要从岩石的纹路走向中去“找势”，熟练的石匠发现花岗岩石体有着与鱼肉一样石肌走向，它们也有一定规律的横纵纹路与软硬的部位。正确地布放凿眼，利用石料自身的横断面，恰到好处的凿眼能起到“四两拨千斤”的功效。而且凿眼点要多分布，凿线要直，凿眼间隔要均匀适度。钢凿垂直安插打凿用力匀称，直至通体石材按照原取材设计自行胀裂为止，石梁桥的条石就在这样的布

局下被完整取下。把石条从山间运送河边装船，则要借助以人工撬推圆木滚动。圆木要选用有一定硬度的，如樟树、松木等耐压耐磨，在负重载的情况下依然可以滚行。在石梁运送过程中，还可以利用磨盘车牵引力来把握方向、控制速度，才可确保石梁准确无误地运送至事先准备好的大船上。最后还要充分利用天文知识和潮水的涨落规律，运用船只进行最后的石梁架设。尽管廊前的古石桥每根条石约有 9 吨多重，但在宋代能工巧匠的集体智慧下，还是让它安稳地在此静候了 800 多年了。

廊前石桥完工之前，福遵院（正峰寺）香火一年四季一样的旺盛。许多从漳州城里慕名而来的香客，大多会相约从内城的子城濠沟码头上船，雇只小杉板船一个时辰就可以到达福遵院了。而今宋代时期福遵院内的大部建筑已经不存在了，但当年两座经幢石塔其中的一座又一次回归到了信众的视野。重寻回并修复后的正峰寺四面佛经幢石塔，这是当年刻有龙、虎、象雕像，上部四面刻有四幅佛像，保存完好，分别为释迦牟尼佛、阿弥陀佛、药师佛、观世音菩萨雕像。后来寺内的两座四面佛经幢石塔被毁，部份石构件被丢弃在离正峰寺 400 多米的园地里。直到 2016 年春节前村民又将寻回的四面佛经幢石构件配上新置底座，送回正峰寺原址，然而，另有一座却 l 仍未寻到。

位于南靖县靖城镇廊前村的正峰寺，有着近千年的历史，是漳州九禅名寺之一，其第三殿“萃觉楼”曾是

理学名儒王履亨(字咸熙)的“读书处”,殿内供奉着儒家学派创始人孔子神像和理学名儒王咸熙牌位。萃觉楼大门两侧镌刻着:“至圣无域泽天下;威德有范垂人间。”厦门大学著名教授叶国庆、黄典诚也撰文评王履亨是“程朱理学在漳州晚近一人”。全国人大常委傅杰题“寄闲亭”云:“厚俗正蒙,地灵人杰;寄闲味道,山高水长。”当年正值清末,漳州名儒王咸熙平生喜欢在幽静的环境攻书,在他19岁时,特别选择漳州郡东赤岭帝君庙边古觉缘禅室作为读书处,22岁时又辗转到南靖县廊前正峰寺继续攻读,并为名寺留下一联:“借尔暮鼓晨钟;警吾芸窗雪案。”隔年,考进龙溪县学秀才,宣统元年己酉考中岁贡,同年被举为孝廉方正,越年庚戌赴京,应保和殿召试,授承德郎,以岁贡投絵吏部,却不就职而归乡。时龙溪县知事曹本章聘请他主持龙溪县南隅义学。后来,王咸熙率领三儿子迪寿、四儿子迪庄在家居上苑街创办旌孝祠、砾斋两所学塾,学徒四五百人,倾动四邑,还两次上狮子岩讲学。

王咸熙之子王作人先生,笃信程朱理学崇尚礼仪纲常,精通诗词典故,任教40多年,桃李满天下,著有《括斋吟草》诗集,在世时被学界称为“漳州活字典”。王作人曾多次登临正峰寺,并写下:“喜寻古寺正峰寺,恍听先辈读书声。”如今在古城内王家老宅仍可见王咸熙部分遗物和楹联一对:“任老子婆娑风月,看儿曹整顿纲常。”至今读来仍回味悠长。这些年来,王咸熙萃觉楼读书的历史故事,一直激励着廊前后生学子。

始建于宋代元丰戊午年(1078)这口双孔古井,方形井檐由四片石护石板镶砌而成,每片石护栏板均与相邻两板镶嵌其间。石板上分别镌刻:“正峰院僧惠圆奉舍鼎新重砌,岁次戊午谨题。”“丙寅周广重修。”“信士周旺沾口同蔡裕、陈戴共舍石砌重修,癸卯谨题。”“僧道初舍,辛卯重修。”从碑文里可以看出,这口古井分别于宋代进行了4次修葺。捐资者分别为正峰院的僧人惠圆和道初,信士蔡裕、陈戴、周广、周旺治等人。

据传北宋年间,当地遇到百年一遇的大旱,致使田园龟裂,禾苗枯焦,就连九龙江水也几乎干涸。廊前村附近一带村民喝水成了问题。正峰院僧人惠圆主持重砌此井,掘深老井让人们喝上了甘甜的井水。村里百岁老人回忆,无论天气如何大旱,这口古井从没有干涸过。古井虽历尽沧桑,仍为廊前村民所用,如今掬一捧井水浅尝仍清凉甘甜。

宋桥、宋井和宋代经幢是靖城廊前宋代三物。找个双休日的午后,来趟九龙江边的廊前老村,走走宋桥,看看宋井,在宋代经幢前仔细辨寻岁月的遗痕。眺望圆山,夕阳余晖不温不愠;亲水龙江,江风徐徐花木幽香。

宋代,从这里一眼望去……

探寻阁老楼

□黄荣才

阁老楼在南靖县丰田镇。阁老楼其实是民间的说法，在官方的版图里，这里是南靖县丰田镇凤安村古楼。前往阁老楼很方便，国道319线从旁边经过，我们很容易抵达。阁老楼是一座土楼，楼是四方弧角的，不是很大，只有两层，这座楼原来是三层的，只是后来因为岁月的汰洗，有部分毁坏了，就改成两层的，可以从部分残留的楼墙看到当年三层土楼的痕迹。楼属于外廊式，二楼始开窗户，楼墙是三合土夯筑的，在楼里可以见到一些木雕、石刻。在楼的正门有两块石碑，“林釬故居”和“阁老楼“几个字赫然在目，石碑后的保护碑文载：“阁老楼为明代东阁大学士林釬居，因忤魏忠贤，称病弃官，避居于此。”时与黄道周过从甚密，该楼始建在明崇祯年间，修葺在清康熙年代，原为三层，属土木结构弧角方楼，造型美观，墙体为三合土混河石夯筑，部分砖砌建筑，占地面积15亩左右。楼内的居民大部分已经迁走了，最为显赫簇新的是尚宝卿林公家祠。

每一座土楼都有故事，故事总会有人物，而阁老楼的故事主角就是明朝东阁大学士林釬，这位明神宗万历丙辰四十四年（1616）的探花。古楼村因为有阁老楼而得名，阁老楼就是林釬修建的，当初本地人叫它告老楼。之所以修建了阁老楼，是因为时任国子祭酒的他触犯了当时炙手可热的宦官魏忠贤，当时，国子监有铜鼎铜缸，用以“贮水备火”，魏忠贤无视朝廷法度，欲用铜鼎、铜缸私铸钱币，以中饱私囊。林釬敢于触犯魏党，坚不让给。当时，国子监里有个叫陆万龄的监生，是魏忠贤的阉党，要在京城最高学府——“太学“旁边，建立魏忠贤生祠，“以忠贤配孔子，以忠贤父配启圣公”。林釬坚决反对，他认为，如果把魏忠贤与孔子并列，“他日皇上入学释奠，君拜于下，臣偃于上，能安乎？”当陆万龄一伙将凑集建祠资金的簿册启事送到林釬面前，强迫其倡导捐献时，林釬气愤之下，“授笔涂抹”。林釬惹了奸党，自知难以在京城存身。当日晚上，他“即夕挂冠棂星门径归”，把自己的乌纱帽挂在棂星门上，匆匆收拾行装，连夜逃离京城。陆万龄碰了壁，从林釬手中夺过簿册及启事，即去向主子禀报，“忠贤怒，矫旨削其籍”，魏忠贤伪造圣旨削去他的官职。

在众多的顺从和阿谀奉承的声音之中，林釬的抗议和反对有着掷地有声的质感，在一片鞠躬和跪伏的背影中，林釬傲然而立的身影让众多男人汗颜。但老家是无法居住了，林釬来到了南靖中埔总，这楼也就有了“告老还乡”的意蕴，其时林釬年富力强。不过朝廷的氛围是宦官当朝，那时候魏忠贤需要的不是忠良，不是能力，不是年富力强，他需要的是依附，是听话，是奴才走狗。无法低头的林釬以自己的方式竞争，让自己蛰伏在这个角落，修建一座土楼，停留曾经慷慨激昂的身躯，还渴望那厚重的城墙可以抵挡住外力的入侵。等林釬重新出山的时候，他官拜东阁大学士，告老楼的名称不适合已经入阁的林釬，还有对于林釬的尊重，于是告老楼就成为阁老楼。当所有的尘埃落定，明朝离我们很远的时候，那座楼老成古色古香，阁老楼也就成为古楼。

阁老楼在夏日下很静寂。历史留给后人的都是片段，横截面居多。尚宝卿林公家祠把这些片断串起来，让我们可以顺着时光的足印走回去，多少看到一点儿背影，或者清晰，或者模糊。林肝的后裔期待通过这座尚宝卿林公家祠诉说对祖宗虔诚的景仰，还有对自己血脉来路的追寻。阁老楼的地板条石或者鹅卵石，没有整齐划一。尤其是那些房子，明朝风格的有之，清朝风格的有之，民国风格的有之，当代风格的也有之。这些完全不是同一时间建造的房子，被楼墙围拢，在阁老楼的范围内传递不同历史时期的信息。这样的错杂或许就是生活的滋味，酸甜苦辣，荣光和辛劳，多种滋味搅合在一起，不同的历史片段叠加累积，阁老楼的历史才得以传递，也不至于单薄，仔细品尝，有着厚重的沧桑，沧桑的厚重。老房子的屋檐是一种语言，尽管有些地方已经残损或者脱落，这些残损或者脱落类似于老人的皱纹或者老人斑，看起来似乎不吸引眼球，甚至有煞风景，诉说的却是历史。走进一个小巷子，在楼内居然有小巷子，而且没有形成规则，这也是一种奇特。巷子很窄，尺把宽，只能容许一个人行走，两个人擦身而过就必须侧身了。门是关着的，好像里面藏着丰富的信息。有几家挂着竹帘，这是当年朱熹老夫子知漳州府留下的规矩。

阁老楼楼门上鸿江吴钟题写的匾额“淡宁馀休”四个字遒劲有力，两边的对联上联为：“前人何休祗此淡泊宁静中正和平八字”，下联为：“今日所务实惟勤俭恭恕睦姻孝友二言”。吴钟是何许人，我找不到他的背景，但相信不是普通人，能在林釬修建的楼门上刻字留痕不是等闲之辈，他和林釬的生活如何交集找不到当年的痕迹，很可惜，林釬入阁只有数月即去世，在官方的明史或者民间的文字记载留下的痕迹就很有限，让今天追寻林釬背影的目光就显得有点儿空落。

站在土楼中间，感受到一种韵味，

让阁老楼从众多的土楼里别有一番风采。这样的韵味是一种气节，刚正不阿的气节。正是林釪让阁老楼出现，并且让阁老楼有了这样的气节，就连其四方弧角也可以解读成刚毅又不失明智。

不仅仅是气节，阁老楼的韵味还有知己的书香。与其紧密相连的名字是黄道周。当林釪挂冠后，居住于古楼期间，那时，黄道周亦因避魏党势炎而归里隐逸，两人结为知己。也许他们的开始有知交半零落的感慨，有生不逢时的愁闷，有同是天涯沦落人的悲情，但所有的愁绪在两个人惺惺相惜或者志同道合之中烟消云散，换之的是执手论道的欣喜和抵足而眠的快慰。黄道周仰慕林釪的学问和为人，经常上门拜访，议论时事，我们可以从《南靖县志》卷六的记载寻找林奸的背影:“时林釪自龙溪移寓邑之中埔，道周尝数四往来其家，谈论古今时事，夜不寝。”一辈子中可以通宵达旦畅谈的人肯定不多，林釪和黄道周都遇到了。所谓的“酒逢知己千杯少”，相信当年的林釪和黄道周应该少不了这酒，也许是另一个局面，那就是“寒夜客来茶当酒”，无论是哪种场面，这两位在漳州历史上都留下浓重痕迹的人，在人生落寞的时刻汇聚在一起，他们的背影不会是落寞，更多的是欢畅淋漓和慷慨激昂。如今的阁老楼，已经无法印证当年他们在哪个角落或者哪个房间彻夜长谈，只有那种知己难得的感觉从楼墙的缝隙携裹历史的味道飘逸而出。

在南靖的阁老楼，留下履痕的人士中，无法忽略徐霞客。这个明朝的著名旅行家，他把自己的脚步印在许多大明皇朝的土地上，包括南靖。他在南靖停留，更多的是因为林釪。明天启四年（1624），徐霞客的母亲作八十大寿，徐霞客得悉林釪在南靖，

欣喜异常，便专程到中埔拜访，同时为其母王孺人《秋圃晨机图》向林釬索诗求字。也许是互相仰慕，也许是林釬的达观，具体细节无从考究，留下的只有林釬为徐霞客母亲留下的祝寿诗：“北堂有高树，郁郁凌霜露。延陵有贤母，殷殷勤作苦。夙有林下风，繁华罕所务。疏植一顷豆，野香生秋圃。秋飘豆叶飞，秋白豆花吐。秋实豆累累，采撷自成趣。凌晨效纺织，日反不遑度。轧轧发轻声，寂寂鸣幽索。仲氏好游仙，每与青鸾遇。手持蟠花枝，归来为母具。长跪着斓斑，起作回风舞。胜气繁华堂，彩幄悬春缕。阶头磽磽生兰玉，彩眉亦应换新绿。”当林釬掷笔直身，无论是他或者徐霞客，雅致飘逸的背影肯定是一道风景。这样的诗句如今以仿制品的姿势留存阁老楼，挽留一段历史，唤醒曾经的记忆。

走出刻有篆刻小字“乘颖”的侧门，是道路，还是田野。当年的林釬或许常驻足于此，遥望京城。渴望、落寞、期待、愤慨、忧心等等，让林釬的背影少了潇洒和淡定。当来自京城的消息果真来临，林釬要重新启程的时候，可以想象，林釬平时寂寞，或者多少有点佝偻的身影瞬间挺拔了不少。

走出阁老楼，似乎看到当年林舒绝尘而去，直奔京城的背影正从远处的道路拐弯处消失。把目光往回寻找，林釬曾经从这里出发，前往平和。三平寺、灵通山等地都留下林釬漫步、攀登的身影。一次次出发，一次次回来，林釬的背影就在这楼门前往返。如今，林釬的背影只能回望，只能想象，现实行走的身影是这个村庄的人。兰花的香味飘逸，在世遗兰花、中国兰谷的建设中，兰花的香味和倩影会在南靖的不同地方闪现，阁老楼周边的兰花，也许因为交通的便利，更容易抵达人们的视野。回望阁老楼，兰花的香味，果树的枝条，生机从每个角落蓬勃而上，看到来来往往的车辆，和路旁众多厂房，阁老楼，已经不是当年林釬隐居的地方，他从偏远走向前台，走向热闹的地方。这种热闹，是一种底气，一种机遇。历史的帷幔已经拉上，即使偶尔轻轻掀起帷幔的一角，多少透出一点端倪，但已经足够。正如戏剧中，每一次幕落之后的幕启，总是一种新的出发，新的开始。梦想就在前方，追梦，唯有前行。

一个叫宝斗的乡村

□何也

据说全国的行政村有 69 万多个。小的行政村如山西省平顺县羊老岩乡武安庄村，只有 20 多个村民。大的如位于无锡市华士镇的华西村，是誉满海内外的“天下第一村”，全村面积 35 平方公里、逾 3 万的人口比寻常乡镇还多，是一个“有青山、有湖面、有高速公路，有航道、有隧道、有直升机场”的乡村，被美国媒体评为中国的新加坡，社会文化事业发达，村民年均收入之高令人咋舌。乡村的发展是不均衡的，地理区位、气候、人口的不同，文化背景不同，有没有抢抓到发展机遇等等，都决定各地乡村虽然行政级别相同，其发展却千差万别。

位于南靖县龙山镇东部的宝斗行政村，交通便利，距离漳州市区仅 38 公里。九龙江支流流经此地，是个气候宜人的乡村。村民种植香蕉、麻竹、蔬菜，兼营运输、养殖，是个拥有农民公园的山青水秀的富美乡村。走进宝斗村，你的目光就会被该村的“蔬菜大棚示范基地”和那座独特的威惠庙吸引。

宝斗村的蔬菜种植

2016 年 3 月底的一天，一则通讯经纸媒、网站传播四方，报道的内容是南靖县蔬菜种植的“标准化”。举

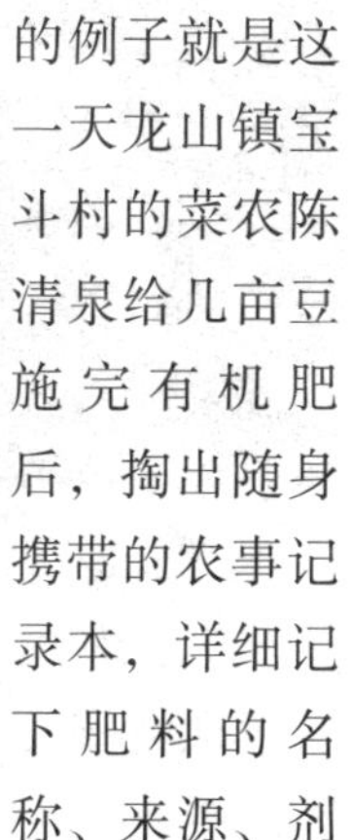

的例子就是这一天龙山镇宝斗村的菜农陈清泉给几亩豆施完有机肥后，掏出随身携带的农事记录本，详细记下肥料的名称、来源、剂量。他为什么要这样做？因为他在两年前加入宏顺果蔬专业合作社。他告诉记者说：“加入合作社后，统一采购种子，统一施肥用药，统一贴牌出售，标准化种植出来的豆，每公斤能多卖四毛钱。”农民同样的劳作付出，种出来的农产品，既保证销路还能卖得好价钱，还让消费者得到品质的保证，这是三方都赢的大好事。

南靖是蔬菜种植大县。近年来在县政府、农民与工商资本共同发力，探索种植模式，推进了蔬菜生产标准化、产业化，带动了蔬菜产业转型。宏顺果蔬专业合作社理事长陈顺水是宝斗村蔬菜种植大户。几年前陈顺水发现由于种子采购环节问题，不少农户买到陈年毛豆种子，发芽率不到一半，导致那些农户血本无归。对于农户而言是惨痛教训，陈顺水却认准了这个时机，2010年由他牵头成立了合作社，引导菜农探索标准化种植模式，提升品质与产量。而后陈顺水又与南靖县农业局合作，请来农技专家开办“农民田间学校”，大力推广新品种、新技术、新设备。此外陈顺水还建立了一套标准园生产制度：统一发放农资，并对每一个生产环节进行严格控制。农户在农事作业时，需对农业投入品的情况一一记录；蔬菜进入市场前进行严格检测；只有各方面都合格的蔬菜，才能贴上附有可追溯条形码的“宏源顺“品牌进入市场。消费者根据条形码，就可进行质量追溯。推行了这样的市场准入机制，所生产的蔬菜其质量可信任度在消费者心目中大幅提高。

加入合作社，蔬菜种植走进大棚。品质的保证，宏顺果蔬专业合作社抢占了市场发展的先机。时至今日社员已从当初的5户发展到100多户，蔬菜种植面积扩大到近千亩，还通过省级标准园验收。目前宝斗村已建成大棚蔬菜40亩，预计今年将达到300亩。通过合作社检验合格的蔬菜统一品牌出售，宝斗村的蔬菜畅销全国各地，农民可支配收入比5年前翻了一番。现代化标准大棚的建立，也间接带动了村里的交通、水利等基础设施建设的完善，宝斗村因此成了龙山镇靠生产致富的明星村。

宝斗村的成惠庙

宝斗村有一座名声在外的威惠庙。这座庙始建于1694年。在漳州、台湾有无数座供奉开漳圣王的威惠庙，在

宝斗村这座威惠庙可能与别处有所不同，因为这座威惠庙供奉的主神有两尊：开漳圣王陈元光和保生大帝吴卒。近年来，宝斗村的这座威惠庙，与台湾、东南亚等地的开漳圣王庙开展民间信仰方面的文化交流，是南靖县对台交流的一座重点宫庙。

位于宝斗村的这座威惠庙四面环山，周遭山清水秀，前有九龙江支流，远望龙山群峰，后有七座山头连在一起的背山。山门就坐落在山脚下，是高达 10 多米的石牌楼。走进那座气派的石雕山门不远，便看见上盖琉璃瓦的威惠庙及功德牌廊。威惠庙主殿单檐歇山顶，飞檐悬铃，加上屋顶上贴瓷雕脊兽装饰，一派神韵其中、金碧辉煌的气象。威惠庙内雕梁画栋，悬挂连战、王金平等人题写的牌匾，正殿居中由斗拱构成的八卦穹顶尤其让人惊叹，墙面的壁画表现的是开漳圣王和保生大帝那些在民间流传的感人至深的故事。

让人奇异的是左侧墙面装有一块“神明写字台”。据村民介绍，几百年来当地流传一种类似“扶乩”的民间信俗文化：信众在神像前燃香求问，后将开漳圣王或保生大帝神像请下神座，坐在轿子上，轿杠前端挂着一支笔，等神明附身后抬轿者便人颤轿抖，觳觫无状，挂轿杠前端那支笔便会在“写字台”的纸张上游走成字，所书写的内容便是给人们的指引。

有了这样一座威惠庙，无疑为宝斗村增添了许多话题。

只要走进宝斗村，你就会觉得，不管有意无意，这座威惠庙都是宝斗村对内对外交流的人文中心。

宝斗村的威惠庙公园

2015 年 1 月 31 日，首届海峡两岸龙山宝斗威惠庙开漳圣王、保生大帝文化节在宝斗村威惠庙隆重举行，来自我国大陆、台湾以及马来西亚、新加坡等地的几千名嘉宾参加了此次庆典活动。这一天宝斗村彩球飘飘，高朋满座。其间进行揭牌仪式、祭拜大典、书画笔会、兄弟宫庙间签约、互赠纪念品等活动，吸引众多游客前来观摩。

每逢庙庆或节日，坐落在山脚下、高达十多米的石牌楼山门就会张灯结彩，被打扮成彩门。威惠庙前有戏台，右侧为功德牌长廊，庙后左侧是由道旁栽种紫薇花结成廊顶的登仙梯。走上登仙梯，便见山头上被开辟出来的广场，并排座立开漳圣王、保生大帝两尊高大的神像雕塑，这就是村民心目中的“神像观光园”。

原来宝斗村已把这一带打造成威惠庙公园。

2012 年 10 月 1 日，由宝斗村村民及信众自主出资修建的龙山宝斗威惠庙山门（彩门）及开漳圣王、保生大帝两尊神像在龙山宝斗威惠庙公园正式落成。根据威惠庙公园设计方案，除了此次建成的山门（彩门）、两尊神像外，威惠庙公园还要在七座山头建三座凉亭，并修建登山小道，以及老年活动中心、遮阴长廊、健身器材区、羽毛球场、游客休闲戏水区等，为村民提供丰富文体生活、休闲锻炼的场地。广场舞被引进公园，越来越多当地妇女加入到舞蹈队中，并且很快形成一支拥有五六十名成员的文艺队。每逢村里举办大型庙会，擅长大鼓凉伞和广场舞的当地妇女就成了表演的主力军。

经济发展了，日子过红火了，文体活动自然而然就走进村民当中。

那一座窑，还有森林人家

□何也

良禽择木而栖，女子择郎而配，商者择城而市，不管做什么样的选择，总要有他的理由。所以笔者一直在想，为什么古代的东溪窑和当代的聚业长青森林人家会选址南靖龙山镇的西山村？

南靖龙山东溪窑

在古代，烧制瓷器窑址的选择有诸多考究：要有大储量的原材料高岭土，烧制时所需的木柴或煤炭，用水便利等；生产的瓷器要销售，在古代陆路交通闭塞的情况下，水道航运是否便利也会成为权衡利弊的关键所在。“东溪窑一带山岭耸峙，河流纵横交错，高岭土储量大，生产瓷器条件得天独厚。”正如长期从事东溪窑文化研究的南靖县方志委研究员陈春梅对记者作介绍时说的，龙山镇西山村这一带的方方面面，都具备烧制陶瓷的优越条件。当然东溪窑还切入了非常关键的一个历史节点，那就是明隆庆元年（1567）东南沿海最大的私商港口——漳州月港解除海禁，迎来中国海外贸易的月港时代。

从西山村村部出发，沿永丰溪自

南向北溯流而上，依此顺行的还有连接华安县高安镇与南靖县龙山镇的县道高龙线。就在这个区域间，分布着大量临水而建的古窑炉。沿溪流东侧的山头，便是窑址遍布的封门坑。

窑址分布范围大、数量多、产品种类丰富的东溪窑，是明清时期闽南地区著名的外销瓷产地。而具有米黄釉与冰裂纹特色的漳窑，则是东溪窑的名片。

封门坑窑址无疑就是东溪窑的一处中心窑场，具有重要的考古研究和文物保护价值。在封门坑窑址的具体位置上，窑炉、作坊区、生活区、瓷土窟洞等瓷器生产体系，其遗址至今仍能清晰地进入人们的视野，而让时光倒回一百多年前，甚至更早的五六百年前。

可以说东溪窑的崛起见证了世界大航海时代，见证了我国海上贸易的盛况，而跻身于“海丝文化”的重要组成部分。

因为国内外许多博物馆都收藏不少漳窑精品，但其产地却一直迷踪难寻。几十年来国内学者不断到各地调研查找，直到20世纪90年代，经过反复勘察与考证，才确定东溪窑就位于华安与南靖交界的这一地带。

据说东溪窑到了明朝中后期，随着漳州月港崛起，迎来瓷器生产和对外贸易的全盛时期，活跃于此的制瓷工人及家属高达数万之众。此刻站在封门坑窑址，我们可以想象得到，当年那不舍日夜舂撞大地的水碓声、窑场连片那漫山红火白烟的情景。在封门坑1号窑炉西侧的一座向北的小山包上，我们看到了与窑炉配套的作坊区。在这里制瓷工人将成形的坯体送往窑炉高温燧烧，出窑后合格的瓷器，被运至山下距离封门坑七八百米处一个叫渡船头的码头上船，船顺永丰溪进入九龙江，在月港换乘大帆船，然后漂洋过海远销东亚、东南亚、欧洲、非洲、美洲。

厦门港取代月港后，东溪窑依然窑烟不断，其盛况一直延续到了清末民初，由于贸易重心转移、战乱等因素的影响，最终让东溪窑走向式微甚至湮灭于历史的深处。

在东溪窑时间停摆了100年之时，

2013年国家提出“一带一路”战略后，南靖县重启东溪窑申遗工作。2014年国家文物局批准对南靖东溪窑进行抢救性考古挖掘。2015年1月各级文物部门对封门坑进行了首次挖掘时又发现了10余处古窑址，其中位于南靖县金山镇荆都村的碗窑坑遗址，将东溪窑制瓷年代推前至宋朝。当前，省文物局已将南靖东溪窑列为“海上丝绸之路”重要组成部分，并争取列入申遗预备名单。让人欣喜的是，民间的努力也没有落下，已有漳窑瓷器收藏家、商家让窑烟重燃，并成功恢复了漳窑传统烧制的工艺，还入选第三批省级非物质文化遗产保护名录。这样的历史回响，让我们充分地领略到了东溪窑的文化内涵与价值所在。

因为东溪窑，龙山镇西山村在这个历史节点上再次粉墨登场，吸引了世人的目光。

西山村的聚业长青森林人家

近年来随着人们生活水平的提高，社会、经济和科技等方面的发展，人们逐渐从传统的大众旅游中脱离出来，以认识自然，欣赏自然，保护自然资源、自然环境，不破坏其生态平衡为基础的观光、度假、休养、科考、探险和科普教育等新兴生态旅游形式正在迅速兴起。乡村旅游、农家乐旅游的兴起并迅速发展，就是这方面的例证。

“森林人家”是2006年年底，福建省林业厅借鉴了四川等地农家乐旅游的成功经验，结合本省森林旅游资源优势，首次在全国范围内提出的休闲健康游的发展理念。森林人家以具有游憩价值的森林景观为载体，把森

林文化与当地民俗风情、林业与服务业有机结合，为旅游者提供吃住、娱乐等多方面服务的新型旅游形式。

在这个历史节点上，深具眼光的商家再次看中了龙山镇西山村。

南靖聚业长青森林人家由厦门某集团投资建设。该项目所在地南靖县龙山镇西山村，位于亚热带海洋性季风气候区，气候温暖湿润，四季分明。地处九龙江流域的永丰溪上游，境内溪流众多，水系发达，森林植被覆盖好，无污染源，水质佳。距离项目几里外还有温泉资源，热水点年出水量为250.5万立方米。西山村对外交通以漳龙高速公路、国道319线(漳龙公路)、漳龙铁路和省道208、209两干线为主贯穿南北。

聚业长青森林人家以良好的森林资源为背景、以具有较多游憩价值的山水景观为依托，融休闲观光、康体健身、科普教育、野外拓展、商务会议、员工培训等多功能为一体的五星级森林人家。该项目拥有林地面积13194亩（林权证林地使用期限至2074年11月24日），建设规模38650.53平方米。一期投资2亿元，主要建设游客服务中心、休闲服务中心、健康活动中心、主大门、次大门、观音庙、四合院、游泳会所、长青山庄、天香庭院等建筑物，共计2万多平方米。目前已完成环山硬化公路10公里，接待中心，网球场，4号楼“四合院”展馆，5号楼“苏州园林”，6号楼“天香庭院”。

聚业长青森林人家就镶嵌在秀丽的山水间。

森林人家必定成为旅游的新宠。我们可以预期，聚业长青森林人家建成的和正在建设之中的，都将以独具的品质出现在世人眼中，像古代的东溪窑一样，让西山村再次扬名在外。

在移民村唱响田园牧歌

□江惠春

一座座红瓦白墙的楼房坐落在青山绿水之间，流水潺潺石拱桥清波涟漪，“美丽库区移民示范村”的招牌随之映入眼帘，依山傍水，整个村庄的景致尽收眼底，这幅美丽的画卷，就是风景如画的南靖龙山坪埔村。远离尘嚣，整齐规划住宅建设，得天独厚的地理环境造就了坪埔村旖旎的风光。

这里，民风淳朴。

这里，清新宁静。

好的生态造就好的景象，位于龙山镇南部的坪埔村，是1972年为安置从南安市山美水库移民而设立的行政村，全村1000多人，全村总面积为0.7平方公里，下辖6个自然村，人口占比不多，却是全省20个“省级库区移民环境综合整治试点村”之一，是漳州市“城乡环境‘点线面’综合整治竞赛项目点”和市级“富美乡村”创建村。

近两年来，坪埔村充分利用当地资源，推广现代农业项目，打造田园牧歌式富美乡村。南靖农友种苗现代农业项目落户坪埔，美丽乡村建设从一花一木、一树一菜开始。精致的门楼、洁净的小院，这是移民村的新村风貌。农友种苗有限公司在坪埔村建有育苗大棚和温室种植大棚，主要进行蔬菜、花卉等品种的示范推广，引领市场进行科技交流。引进了一些时令有机蔬菜的种植，并引导农民科学合理地种植瓜果蔬菜，让更多的农民从中受益。通过改造花卉市场，发展花卉科技示范基地项目，推广花卉新品种，用全新的面貌打造移民村的小康家园，让这朵深山里的生态之花悄然绽放。

绿菜红花，衬托着红色屋顶特

别耀眼，万绿丛中几点红的意境，是坪埔中新村建设的新景观。不仅仅是景观，在坪埔村，还有一座始建于清朝的崇兴楼，俗名“八卦楼”。说起八卦楼，大家都熟知漳州市区有一座八卦楼，题名“威镇阁”，而坪埔村里这座崇兴楼，列入南靖第二批文物保护单位，由陈氏族人始建于清嘉庆十九年（1814），因坐东向西偏南，平面正八边形，当地称“八卦楼”。

崇兴楼外绿树成荫，放眼望去一片绿意盎然，人们将它打造成八卦楼休闲公园，也成了村民休闲娱乐的好去处。优良的生态环境是适合树种生长的自然条件，那绽放的鲜花，无一不彰显着生命的气息。崇兴楼的主体为二层瓦面砖木结构，占地面积 180 平方米。屋脊雕饰着花卉鸟兽，门框及匾额石质细腻，上书楷体“崇兴楼”三字，苍劲有力。天井地面铺设花岗岩条石，房间内均铺设红地砖，楼门外有砖堤，门两旁有瞭望口、枪眼等防御设施，八卦楼与环境有机融合，构成理想的生态格局。

在木门边上的灰砖墙面上，还可见到被火熏得焦黑的墙体，彰显着浓重的人间烟火味。当年，这座八卦楼有着一段兴衰史，陆续住过建设兵团、上山下乡的知青、库区移民……不仅仅是人们观赏性的建筑，还让人感觉到团结的力量。一个大家族守着这座楼，日出而作，日落而息。他们在此聚族而居，一间间楼房独立而又相互牵连。随着春去春回，人来人往，八卦楼见证了一段段历史，即使现在基本上已是人去楼空，而不能改变的，多少年来的风雨沧桑、风云变幻都无法割断他们曾朝夕相处、和睦共居的状态，八卦楼是他们心中温馨的家，坚守的港湾。

踩在年代久远的木楼梯上，木质的阶梯，有咯噔、咯噔的声响，那种悠远恬静的感觉油然而生。这样的木梯，我们可以感受到那种古朴的气息；西侧的那口老井，承载过日常用水的重担，或许不是最醒目的，却是最绵长的记忆；那些雕工细腻的花瓦则按照中国传统的风格而建，精湛流畅，透着华丽和富贵，将八卦楼的时代背景表现得淋漓尽致。楼里太多的老物件，一一藏着时光的故事，缓缓地流淌在时间的记忆里。这些老物件，深具历史、艺术与科学价值，它是八卦楼与众不同之处，也为坪埔村增添了久远的文化底蕴。

暮色罩着傍晚的八卦楼，洒下一片金黄的色彩。夕阳将远山近树染成一片金黄时，崇兴楼在夕阳光影中恬静得像一幅美景。在与青山绿水的相伴中，崇兴楼犹如花儿破蕊，随着光明绽放的来临而绽放着独具特色的光彩。在创建富美乡村的举措中，南靖县出台了一系列的保护修护措施，修旧如旧，以存其真。这些旧物件，就此留存下来，带着人们对复古，对怀旧，对未来深邃的梦想。有怀念，有向往，有思索，更有创新。

人们都知道，“衣食住行“是人们生存最基本的条件。一个人，首先考虑衣食无忧，再者就是住和行。在过去的年代，与住房相比，汽车消费相对较高，是列入奢侈行列的消费品，而今，随着经济的发展和生活水平的提高，汽车不仅成为消费市场最大的亮点，同时也成为很多人必备的交通工具，而且对车的要求，还在日益提升中，由此，在新村建设潮流中，坪埔村还引进了新项目，路虎体验中心项目即将落户坪埔村，该项目将投资建设高档驾驶体验道路、赛马场及休闲木屋等设施。试想，骑着一匹骏马自由驰骋于绿树萦绕的山林间，随着马鬃在风中飘舞，一匹匹骏马你追我赶，威风凛凛。马术文化，在西方有第一贵族运动的称号，应该说，很多人的心里，藏有骑着马奔驰在草原上的梦想，因一些外在的因素而限制未能实现，而今骑马即将走入寻常百姓家，进一步激发人们敢于挑战自我，勇于超越的拼搏精神，让心灵在马蹄声中真正感受到一种全新的体验。

当各种各样时尚高雅的体育娱乐活动在坪埔村呈悄然兴起现状，生活在这里的人们，明显感受到一点一滴的变化。他们或许并没有从一开始就要改变的思路，在当地政府的带领下，经历多年来的持续、不凡的进展之后，坪埔村先后荣获“省级平安库区先进单位”“省移民局全省十佳小康库区村”“省级生态文化村“等称号。就是在这样不知不觉的建设中，一个水清天蓝、地绿民富的生态新农村呈现在人们眼前。这是一个现代化的富美乡村，这也是坪埔村乡梦的载体，围绕着原有的生态环境和移民安置村的后发优势，传承下一种精神，传递一个信念——奋发进取，敢于竞争，勇于挑战，超越自我。梦想是无边的海，仰望着村庄，可以遥想春暖花开，也可以找寻飞鸟的踪迹。富美乡村的建设，不仅体现在环境，更体现在生活甜美、民富村美。当人们收获美好生活的同时，懂得珍惜，并不懈拼搏，不断超越，挑战自我，这就是生命的真谛。这样的美丽和谐的境界，不正是我们一直以来孜孜不倦的追求吗！

山水里的村落

□江惠春

风和日暖，太阳光影映衬在南靖东爱村的村落里，触目是绿水青山，泥墙青瓦，浓郁的古老乡村气息扑面而来。

南靖龙山镇东爱村，位于龙山镇镇政府旁，东爱村毗连金杉村、锦山村，空气清新，物产丰富，发展生态农业具有良好的资源基础，香蕉、麻竹、时令蔬菜等是东爱村的主打特色农产品。

走进东爱村，迎面是葱茏浅碧的青山，各种树木千姿百态，穿过落日的余晖，小村似从朦胧的睡意中苏醒，袅袅炊烟似云雾笼罩，将东爱村蒙上一层美丽的面纱，久远的炊烟唤醒了心底的温暖，是呼唤，更是想念的味道。人们呼吸着新鲜的空气，坐在门口的小凳子上慢慢地品茶晒着太阳，风慢下脚步，缓缓吹过，夕阳在暮色苍茫中弥漫，偶有炊烟轻轻飘过，生活呈现出一幅安详的画面，那样的情景，安详静美，实在是一种难得的享受。

在田地上，有一座占地 2 亩四角形土墙建筑，墙厚 2 米，高 10 米，设有一个石门，四面墙设有瞭望窗，楼内杂草丛生，只剩下无顶盖的四面墙，形状犹如燕窝，当地人习惯称之为“燕窝楼”。落满岁月痕迹的“燕窝楼”，或许它也有过昔日的繁华，或许它也

承载着不为人知的故事，时光在这里留下了斑驳的印迹，每一棵草都积淀着岁月的风雨，让我们领略到了这里曾有过的辉煌，让我们联想到楼里或许藏着还不为人知的秘密。而今，历史好像在这里凝固了，它已成为一座静止的音符，尽管来龙去脉已无从考证，但是却一直在这里，见证着风云变幻，见证着时代的变迁。

九龙西溪贯穿而过东爱村，两座新大桥“东爱新大桥”“东厦桥”横跨九龙西溪连接国道319线。水，乃万物之源也。关园、山兜、下井是村民小组总称的大田片，西溪水流经的大田片沿溪堤岸上的护堤树木挺拔苍劲，屹立在堤岸边。据传这些树木多数种植于清朝，距今已有两三百年的历史。早年间，每遇雨季，河水泛滥，河堤决口，村里的田地房屋经常受到大水淹没，为此，在对自然灾害的防护措施中，生活在这里的百姓集资修筑堤岸，种植树木以此做好防护，并严禁砍伐，并渐渐成为当地的风水林，世代相传。

在沿岸的树木中，种植着一片名贵树木樟树，许是长年经受西溪水的润泽，这些树木长得青翠茂盛，在阳光的照耀下，散发着勃勃生机。走近，可以闻到淡淡的樟木香从泥土中散发出来，沁人心脾。漳州的树种丰富，生态环境优美，是名副其实的“田园都市、生态之城”，樟树，是我国珍贵树种之一，为亚热带常绿阔叶林的代表树种，是造林绿化好树种，适应城市广泛栽种。当初组织市树评选活动时，按照历史渊源性、适应性、广泛性、乐见性和文化性等评选条件要求，樟树就从众多树种中脱颖而出，被评为漳州市市树。市树是现代城市形象的重要标志，代表了城市独具一格的人文特色、文化底蕴和精神面貌。

枝繁叶茂，清香幽雅的香樟树，

是宋庆龄生前最钟爱的树木，其最大的特征是气息香醇，质地坚挺，似象征着宋庆龄的伟大品格。在宋庆龄上海的故居，环绕院子四周的是一棵棵高大的香樟树。熟悉宋庆龄的人，无不知晓她院子里的香樟树，同时也自然会联想到她的品格。如今多少年过去了，人们依然记得宋庆龄与香樟树的故事，而香樟树也清香依如故，与天地同长存。普通的樟树，一种清香，一片绿色，还具有如此美丽的故事，让人不经意间感动与留恋。这片覆盖在堤岸上的樟树，展示了东爱村舒适的自然生态和秀美的山水景观，实现人文与自然和谐共融的优美环境。形成一道道绿色屏障在扩展延伸，绿化美化人们的栖居之地，让人们感受到原始生态的大自然气息。在如今的村里人心中，樟树占据了不小的位置，他们说，守护着樟树，就是守护着自己的绿色家园。

村道“大田路”与319线同一走向，从绿到水，从水到绿，源清流洁，本盛木荣。西溪水终年流淌不息，一脉水系贯穿全村，交通即意味着效率和时间成本，更为重要的是改变人们的生活品质，令村里的人们在居住区域与生活方式上有了更多的选择，或许，在不久的未来，出行将更加便利，所谓“畅通无阻”用在东爱村一点儿也不夸张。

远远望去，东爱村好似一座藏在世外桃源中的空中楼阁，村里老式的民舍，农田，保留了质朴本色。还有一些旧式的物品，散落在村里的某个角落，构成一幅深邃的境界，仿佛是留在记忆中的只言片语，凌乱却让你舍不得打理，却无不显示着传统文化的风貌。西溪水与物产融为一体汇集于此，与村庄未来走向一脉相承，未来的东爱村怎能不繁荣，不兴盛？这里以农业生产为依托，开发具有旅游价值的农业资源、农产品、田园风光，是一种新型的理念，人们可以在这里描下美好的梦想，或许在不远的将来，村落错落有致，俯拾有景，千亩水域万亩绿林环绕，遵循自然规律，在得天独厚的自然景致的衬托下，人们可以让心灵自由驰骋，也可以退居静享闲适生活。在这样一个诗意与惬意并存的村庄，相信会有越来越多的人将目光投向东爱村，将美丽的愿景安在这里，在享受自然的一方盛景之时，收获人生的至高境界。

一个村庄的绿色崛起之路

□江惠春

一个富有情怀和梦想的村庄是什么样的?

很多人们还留存着面朝黄土背朝天的村庄印象。太多的山村渐渐被人们遗弃,那些中青壮年大都涌进城市,成了城市的打工一族。于是,村庄的历史在记忆中慢慢褪色,成为渐行渐远的风景。为了生活为了理想,人们在钢筋水泥的路上忙碌奔波,沿着梦想的道路一路前行。当城市文明发展到一定程度,奔波的岁月让人生出倦怠的情绪时,向往自然、回归田园是必然的选择。如果此刻的故土正慢慢被打造成一片乐土,一片温馨的田园,一片让人流连忘返的境地,在人们蓦然回首的时刻,有了复兴回归的坚韧和信心、期待和梦想,这样的村庄,正是一个人们为之向往的村庄。

村庄,它们到底是我们生命中的什么?在大多数人眼中,村庄,是童年,是土地,是故乡,是血浓于与水的亲情。在我看来,村庄,是一辈又一辈人为之寻找的根,是故园,也是乡梦。一如此刻,站在双明村里。一眼望去,村庄不大,平寂的乡路,开阔的草坪,是南靖龙山双明村给人最初的印像。

双明村,位于319国道旁,地势平坦,资源富集,是典型的闽南乡村,明清时期民居古建筑群和民俗风情保存完好。全县最集中、最完整的“同”字形闽南民居古建筑群，就位于新厝、下厝和下双头等自然村。大家或许都看过闻名于世的“狸猫换太子”的故事，传说中包公最辉煌的功绩是审出了发生在官中的一件大案—狸猫换太子案，替宋仁宗找回了自己的亲生母亲。而故事中的太监原型就来自于陈祖生。半圆形石墓穴坐落于半山坡，古墓呈太师椅形状，加上前面的墓堤等，共10多亩大，墓堤前竖立两尊与真人同大小的石人像，这就是500多年前明代皇帝赐建的司礼监陈祖生及其母亲大明皇谊母太安人柯氏的墓葬，于1983年被定为第一批县级文物保护单位。在经历岁月的侵蚀和人为的破坏后又重新整修，而今，该墓仍保存着原来的轮廓。“狸猫换太子”故事很精彩，但毕竟是民间传说，而历史却是不可磨灭的，在双明村的土地上保存并延续其信息，也正因为这些历史的存在，我们才能更好地尊重历史，

传承文明，最大限度地保存和利用好历史遗留的资料，这是墓葬的价值所在，也是双明村的精神财富。

夕阳西下的双明村，一切被染成金黄的颜色，一如金黄色的梦想，在眼前慢慢延伸开来。此刻，炊烟在民居里升起，炊烟中一排排整齐排列的大棚看着格外显眼。这是2015年落户双明村的某公司蔬菜基地。我们走进大棚内，一排排绿色的椒类小苗长势喜人，空气中飘散着泥土和植物的清香，一派生机盎然的景象映入眼帘。为做大做强蔬菜品牌，按照当地政府要求，充分发挥有机蔬菜基地的作用，某公司无偿提供种子给当地贫困农户栽植，广泛发动当地群众大规模种植适宜本土的蔬菜品种，并提供技术指导，过后统一收购上来销售，为当地农户带来致富前景。如果农户不想自己种植，可将土地租赁给公司，然后到公司从事蔬菜种植工作，从农民变身工人，公司按劳付酬，共同种植尚品质蔬菜。

双明村土地丰润，具有发展现代设施农业得天独厚的条件。某公司在80年代末期就以农业为主，拖拉机是他们当时最为便利的交通工具，就这样在漳州的周边卖菜。1998年初始，开始北菜南调，慢慢上了一定的规模，

拥有华南地区最大的蔬菜批发市场。2015年开始在南靖开创蔬菜规模化种植基地，四个基地种植面积达千亩。近年来，食品安全问题频发，人们越来越注重健康和养生。为确保人们吃上新鲜且有益健康的放心菜，某公司切实加强农产品质量安全监督管理工作，实施无公害蔬菜操作技术规程，着力打造大规模无公害蔬菜基地，做一个为人们吃上“放心菜”保驾护航的冬蔬離地。

传统的农耕文明、乡土文明向现代工业文明、城市文明转型的历史进程中，农业，一直是安天下、稳民心的产业。蔬菜种植是双明村富民的支柱产业之一。某公司在大棚里种植着红色泡椒、苦瓜、葫芦瓜、生姜等这些耳熟能详的本土特色农作物，当地的企业突破传统的种植方法，明确各关键生产环节，推动传统农业向现代农业转变的方向。围绕打造万亩蔬菜基地这一宏伟目标，他们着力做大蔬菜园区、做优蔬菜产业、做强蔬菜企业，一项项新技术的试验让有机蔬菜走进千家万户，真正打响“万亩蔬菜基地”口号，朝着发展万亩大棚蔬菜的奋斗目标，一直努力前进。某公司如今已成为福建省重点企业，漳州南靖龙头企业，今年他们的奋斗目标南菜北调突破八个亿，引领着双明村日益壮大发展。由一棵棵有机蔬菜凝聚成的绿色聚宝盆，带来的不仅仅是财富与希望，更是一张张闪亮的“名片”，预示着双明村的蔬菜产业明天会更加美好。

当外面的人走进双明村，看到是一个村庄的变迁史；当外出的人们回归双明村，看到的是一片欣欣向荣充满希望的田园。这是一个适合田园牧歌、天伦叙乐的村庄。还有那一项项推陈出新的产业园区，一座座旧貌换新颜的民居田舍，一片片绿意盎然的蔬菜基地……其实，村庄还是这片村庄，一样的蓝天白云，一样的历史传承，他们一直都在这里，在沉淀中回望，在绿色中崛起，外面的繁杂最终是过眼云烟，回首中的故园，花木茂盛，鸟语花香，缓缓展开的是人生的另一面，宁静平和，闲淡温雅的生活状态，终究是人们心里孜孜不倦的追求。

远去的历史是村庄的印迹，我们愿意去倾听承载过一段历史行程的双明村，去追寻那远去的脚步。有了历史底色的村庄会更丰盛，人们在美丽乡村建设中，将文化底蕴结合起来，从不同的角度去发现，去挖掘，去丰富这个村庄的内涵，这是其他村庄所不能比拟的。作为一种独特文化的传递，珍惜属于乡村的历史底色，在无形中，能够将一个村庄的文化进行传播，传承，构筑的是一种源远流长的，乡梦。或许有那么一天我们会发现我们的梦想，在金黄色的夕照中，正朝着文明的走向，闪闪发光，一一实现。

后眷村的前世今生

□叶子

秋天，我跟随秋天的脚步来到了省级美丽乡村示范村后眷村，友人热情地将我指引到后眷楼前。在人们眼里，后眷楼是后眷村的骄傲，是后眷村的代名词，是后眷村的灵魂所在地。后眷楼是沧桑的，而后眷楼前的乡村公园是崭新的，公园里比人还高的仙人掌、硕大的芭蕉叶、老态龙钟的龙眼树、高大的棕榈树，满目葱茏特别养眼怡神。公园里置有体育健身设施，有单双杠、推举器、吊环、蹬举器、坐拉器等，这些色泽鲜艳的健身器材成为一道亮丽的风景，这里的笑声欢快而响亮，健身休闲给人们带了新生活的色彩，跨越进了生活的新境界，一切都是崭新的，让人发自内心地起追羡之情：城市里的个人空间多么逼仄，而美丽新乡村是多么宽敞多么惬意，让人生发出何不归田园的感慨。公园正对的后眷楼大门上书“岐峰拱秀”，新与旧和谐地融合着。整栋后眷楼建造历经祖孙三代，共2000多平方米，院子按东西南北中方位，暗合金、木、水、火、土五行。该楼依山傍水，坐北朝南，呈长方体建筑，犹如一座小城堡，总占地面积3.39亩，院前埕地1.42亩。整座大宅院门庐威严，庭院宽敞，雕梁画栋，雄伟壮观，既有北方大宅院气势，又有南方回廊重檐式特征。大宅院楼高两层，四面墙体从地面到2.5米高处全部是石砌的，2.5米高以上的外墙则全部为青砖砌成。宅院内设有9个大门，前外墙有一个正大门和2个边门；后外墙左、右各有2个门。大宅院内有18个厅堂、108个房间。正大门的墙宽0.95米，

门匾左边石刻小竖字“乾隆丁未孟春”，右边石刻小竖字“范阳”、两枚刻有“云起刚阳”“腾飞修甫”的四方印章以及一个小字“建”。整座大宅院如同一个历经沧桑的老人，容颜虽老，但骨架硬朗，守望着岁月，守望着四季，守望着乡村世世代代男女老少，从容笑看着后眷村的变迁。

后眷楼是上天对信守承诺这种可贵的优秀品质的奖赏。曾经在楼内住过60多年、今年88岁的老人卢阿辉，是当年宅院建造者卢项的世孙，他讲述了祖辈口口相传关于宅院建造者卢项的故事：赤暑炎炎，卢公在年少时和母亲在下庵卖凉茶。有一天，一位路过的外地中年人在草棚内喝凉茶，匆忙中遗忘了一只装有金银的“双头袋”。三年后，这位外地客又路过，见到卢项的母亲，很是疑惑，劈头就问：“你怎么还在卖凉茶？”卢母有些困惑：“我不卖凉茶能干啥呀？“外地客道：“三年前我喝完凉茶忘了拿双头袋，里面装有金银，捡到的人早就发家了！”卢母一听忙道：“哎呀，原来是客官您忘了拿双头袋呀！这三年我一直在这里等您，现在总算可以物归原主了！”富商大喜过望：“您真是忠厚人呀！我原以为双头袋肯定找不回来了，所以一直没有回来找。今天恰巧路过此地，没想到还有这么一番奇遇，你真是我生平遇到的第一诚实守信的人！”说罢，富商便将“双头袋“内的金银全部赠送给卢母做安家费用，又将其子卢项带往南洋经商。是的，人生中有许多无形的财富，而诚信正是其中那笔最大的、必不可少的人生财富，它带来崇高的人格魅力和无限的正能量，带给个人和社会价值。我想起了文学家德莱塞的一句话：“诚实是人生的命脉，是一切价值的根基。”崇尚诚信，诚信就有时代价值，诚信让人格魅力绽放光彩。坚守诚信，赢得财富。正因为坚守诚信，所以卢公走得比别人高远。人，以诚为本，以信为天。诚信乃仁、义、礼、智四德的综合体现。凡人立于天地间，遇事必当之以“诚”。以“诚”待人，别人才会以诚相报。以"诚"做人处世，方能在社会上立足。若诚信这盏明灯渐渐暗淡，甚至在有的人心中熄灭，欲望将诚信压缩，将放大贪婪，引发诚信危机。一切财富、名誉、地位都是外在表象，厚德才能载物，千金财富必定是千金人物，卢公是所有卢氏后人的榜样。

20多年后，卢公在外经商发迹，财通三省，富冠漳州七县。乾隆丁未年（1787），卢公回乡建了这座后眷楼。卢公性格开朗，乐善好施，村里修桥铺路或者困难人家有求，均慷慨解囊，留下了很好的口碑。从此，卢氏子孙在后眷楼里繁衍生息。

我的手抚摸在斑驳的砖墙上，我的脚踩踏在明清的泥土中，我的眼睛潮湿在高墙深院里，我的心回旋着防火墙里走马灯似的各色人物。他们烧火做饭，辛勤劳作，上演了古楼古村一出出人间悲喜剧，扑朔迷离了世人的眼睛，兴衰了几百年的古村远景。据了解，卢项后裔从后眷楼走出了不少举人、进士，甚至有父子登科、兄弟同榜的。中华人民共和国成立后，后眷楼还住有40多户，100多人。改革开放以来，后眷楼的住户陆续搬出，并在附近建新房居住。目前，仅有2户居住楼内，但是大宅院风范犹存。值得一

提的是，抗日战争时期，福建省立龙溪中学（现漳州一中）曾经搬到后眷楼，这座大宅院成了那时候学生的学堂。后眷楼楼内天井两侧墙壁的大黑标语“忠孝仁爱“和“信义和平”字样，就是70年前作为学堂时书写的。20世纪80年代以来，曾经在此就读的许多学生故地重游，漫步大宅院，感慨万千，似乎当年的朗朗读书声还回荡在耳边。

如今，后眷村一跃成为省级美丽乡村示范村，这一殊荣背后凝结了后眷村人的无数努力与心血。作为诚信卢公的子孙，村民们养猪种笋跑运输，他们迎来了新思维、新观念，种下了新乡村的希望。近年来，后眷村经济实力稳步攀升，不断加大基础设施建设力度，道路硬化、饮水安全、推进有线数字电视入户、推行新型合作医疗制度和新农保的工作，开展村容整治，大力开展“三清六改”（清垃圾、清污泥、清路障、改路、改水、改厕、改沟、改圈、改厨），在后眷楼内外安装路灯，并在其堤地前建起农民公园，此公园整洁如城市公园，往日鸡鸭粪便的踪影消失不见，乍一看还以为置身于城市里头。整个村庄呈现出一派其乐融融的景象。随意走进一户人家，三层高楼，大的玻璃门窗，客厅、卧室、厨房、卫生间，都用亮闪闪的瓷砖铺成，打扫得干干净净，主人热情地招呼我们泡茶，仔细一看，烧茶水的是电磁炉，还装了太阳能热水器，洗澡、洗衣绰绰有余，日子惬意而休闲。后眷村2004年被评为市级“敬老模范村”，2005年被县委、县政府评为“工作先进村”，同年还荣获省级“敬老模范村”等荣誉称号。村里贤人辈出，村主任是南靖县杰出的农民企业家，南靖县某汽车发展有限公司总经理，创办有水电、铸造、硅厂、造纸、担保等七家企业，2003年被选举为南靖县人大代表。乡村学子卢某2006年厦大研究生毕业，并考中博士。人杰地灵，这是一片令人眷恋的土地。旭日东升，彩霞映空，正映衬了大诗人刘禹锡的那句话：“晴空一鹤排云上，便引诗情到碧霄”。掀开新的一页日历，迈开生活的脚步，后眷村人用双手编织出一幅幅炫丽的生活壮锦，谱写出生活激情的交响曲，奔向更美好的未来。

金山村的本客与水客

□叶子

南靖县金山镇金山村有一个显著的地理坐标，那就是千家宫，民间称为“舍人公庵“，始建于宋代，由于天灾原因几经兴毁，再毁再建，村人争相捐资，唯恐落于人后。庙内写有“千有余年古庙开基由郑姓，家有生佛新宫再造在吴氏”，记录了郑、吴两姓兴建千家宫的历史。相传元朝期间，各种苛捐杂税给金山人民带来了沉重的负担，加上当年瘟疫流行，民不聊生。为祈求平安、祛除瘟疫，有一郑姓世家召集乡邻，建造千家宫，供奉辅顺将军神像，借助将军生前的神威驱除鬼神、禳灾救民。辅顺将军名为马仁，民间尊称为“马公爷”，为开漳圣王陈元光的四大部将之一。他智勇双全，相传在岳山战斗中，陈元光身陷重围，马仁飞骑马冲入敌阵，只身一人与敌厮杀。最后因寡不敌众，脑袋被砍，而其身却立于马上不倒，民间怀其神勇，崇祀为神，南宋绍兴年间，宋高宗诏赐敕封马仁为辅顺将军。千家宫建成后，来此参拜的病人们如有神助居然痊愈了，都感恩纪念马公爷。此事在民间广为流传，各方信众纷纷前来烧香祭拜，以求神明庇护，永保平安。农历九月十一到九月十七日，在九月半埔由当地福户、水客、船民和商店出资请戏班子演戏。此民俗传统一直延续至今，数百年的历史下来，马公爷于是也从一个外地来的“水客”变成了“本客“，福佑当地百姓。

千家宫对面有四个大戏台，气势非凡，主角未到，调皮的小孩就先窜上戏台过过戏瘾。村支书吴辉龙介绍说，一般而言庙前往往只有一个戏台，纵观全国各地，也有六个大戏台的，但连续上演七天七夜的目前只有千家宫一家。外地两台（靠左），由水客集资请戏班；本地两台（靠右），由本地客出资请戏班。各位看官，何为水客，何为本地客？这需要娓娓道来。金山村依山傍水，自古以来就是九龙江连接闽西南一带的中转地带，为当时龙岩、漳州等地的商客文化交流、经商贸易的水陆码头，它养育了多少来来往往谋生的乡民，谁也说不清。遥想当年的古码头，在“九月半埔“庙会期间举办农村贸易集市活动，百货

骈集，称为会市。漳州人运来了海鲜，大虾活蹦乱跳，螃蟹张牙舞爪，摇头摆尾的鱼儿将水花溅到顾客的脸上；龙岩人运来了山货，山獐是新打的，狐狸皮毛软而舒适，竹蔑、木炭等日常百货更是应有尽有琳琅满目。逢九月半时，水面上船只穿梭不息，南来北往的客人络绎不绝。如今，我靠着想象寻找那远去的繁华，青石的街衢，长满苔藓的石阶，临水的阁楼，商人的店铺，贩夫走卒争相吆喝。在喧嚣的声音中，身着绸衫的有钱人摇着纸扇迈着方步从我身边走过；我仿佛看见肩挑鲜嫩青蔬的菜农扎着裤脚露出沾着些许泥巴的小腿从我面前奔过去，负重的纤担随着脚步的起伏一颤一颤地吱呀轻吟。我看到了带着乡野清新气息的莲藕、荸荠一箩筐一箩筐分列在街道的两旁，或雪白或暗红的颜色引人垂涎；亭亭如盖的桑树下，妇孺围满了卖凉粉的小摊，小碗里晶莹的凉粉正散发出薄荷的清香；街边的铺子里，热气腾腾刚刚揭开了锅盖的是香喷喷的肉粽……街边客栈的店铺像鸟巢一样接纳了来自漳州、龙岩、厦门的客商，大伙儿叼着旱烟，用闽南语随意攀谈着。

时间的河流与现实的江流颇多相似，码头难觅，古人的生活已经远去，那岩石上斫刻的阶梯以及系舟的圆孔便是仅剩的痕迹。只有土著的须发飘飘的老人，才是打开密锁的钥匙，可惜他们金口难开，摇头神秘微笑。历史的年轮就像河水一样，川流不息，老渡口以它结实的肩膀既承载着厚重的过去，又承载着鲜活的现在和未来，也承载着乡里乡亲的一摞摞希望。昔日的文明在时光的洗濯下并没有黯然失色，反而愈加熠熠生辉。而今，每到“九月半埔”，金山大地处处张灯结彩、彩旗飘飘，夜晚更是锣鼓震天，夜空礼花绽放，来自厦门、漳州等地的四个芗剧团连续七晚同时竞技，精彩纷呈，吸引八方香客、游人慕名前来观看。到处人头攒动，舞台上小生、小旦纷纷拿出看家本领，势将其余三台戏比下去不可，真真是你方唱罢我登场。镜铉响起，胡琴声低回婉转，深红浅绿莲步轻移，朱唇微启，缠绵悱恻的唱腔回荡在闽南乡村美丽的夜空。全国各地的美食、小吃如蒙古烤肉串、台湾小炒、北京烤鸭、板烧鱿鱼、蛙子煎、冰糖葫芦等也慕名而来，节日气氛盛况空前，小朋友坐在旋转木马、飞天轮上兴奋地尖叫。庙会期间，男女老幼争相朝拜千家宫庙内供奉的辅顺将军，求福佑、保平安、祈丰收、逐瘟疫，香烟袅袅，鞭炮齐鸣。辅顺将军塑像微笑着，仁慈地望着眼前众生。辅顺将军忠义、仁勇、诚信，万民景仰，因此这里民风淳朴，人人努力创业、诚实守信，积极进取。朝拜时，妇女手挎红篮或端着供盘，挑选最上等的鸡鸭鱼肉和最饱满最新鲜的水果作为供品，谁也不甘落后，她们要展现自家富足的生活。

金山的“九月半埔”民俗文化在南靖乃至闽南地区独树一帜，形成了庆祝、休闲、购物、娱乐一体的节日盛宴，给“金山九月半埔”庙会注入新的内涵，向人们展现着这个地区的古老文明，表现了人们对美好生活的追求和向往。隆重的庙会更是金山人民安居乐业、热情好客、社会和谐、经济繁荣的再现。村支书吴辉龙浓眉大眼，身材壮实，他热情地说，等到九月半的时候，欢迎朋友来看戏呀！至。时我煮一大锅牛肉、再煮一大锅面请你们呀！一霎时，似乎牛肉香扑鼻、面香四溢，淳朴的乡情暖人心怀。

其实，从命运的意义来看，当代人既是本客，也是“水客”，有的人通过考试跳出了龙门，成为公务员光宗耀祖；有的人走南闯北积累财富回馈乡里。唯有跨越，才不会原：步。

每次从外乡回来，人们的视野变得宽阔，谈吐变得儒雅。村民忠实地继承了马公爷的“勇猛“一勇敢果断、敢于创新、敢于开拓，以及自强不息、百折不挠。理想在前方无声地召唤，乡民大步向前，沿途中，这座村庄和乡民一起变得睿智成熟。

我站在村部张望，金山村山清水秀气候宜人，理所当然成为金山镇政府所在地，该村种有特色农产品香蕉、龙眼、荔枝、芦柑等，这些都是甜美的南方水果，每一串果实都挂满土地的目光与叮咛。夏天，风吹稻浪滚滚，香蕉串串挂满枝头，就连嫩油油的野草也争着释放芳香。秋天，虫儿在田间飞舞，野草莓任你采摘，那遍地的野菊花，有白色的、黄色的、紫色的、还有米黄色，将这个闽南小村庄装扮得分外迷人。甘蔗林、竹林迎风招展，货运司机拉着山货在国道上奔忙。村干部带领村民大力发展农村经济，不断增加农民收入，不断提高农民群众生活质量，提升乡村文明水平。啊，这个美好的村庄，奔跑在社会主义新农村建设生机勃勃的路上。

铁路穿过的村庄

□叶子

一条铁路穿过南靖县金山镇的荆美村，铁轨远处就是连绵的青山，黑褐色的铁轨蜿蜒向前，白色的动车呼啸而过，把梦想带向远方。荆美村人爱铁路的深邃，爱风驰电掣的列车，爱铁路的一枕一木，爱铁路的一石一碑，爱铁路的一切一切，与铁路结下了深厚的不解之缘。

孩童们记不清到铁路旁边欣赏过多少次呼啸而过的列车，听不够那隆隆奔驰的长龙发出动人心弦的乐章，看不够那一列列由远而近，又渐渐飘向远方的巨龙，几回回枕着火车前行的节奏进入香甜的梦乡。铁路上的石头默默无语，铺起一条路，拓展了希望的视野，延伸了理想的脚步，铁路带给村庄福音。2008年，匀速的乡村节奏被打破了，好消息传来："铁路要经过荆美村！"同时，铁路也穿过了附近的几个村庄，如新内村、安后村、金山材、马公村等。这些铁路拆迁的住户怎么办？荆美村向拆迁户们敞开了怀抱，2012年，荆西新村应运而生，这里的楼房居住的都是铁路拆迁的村民，同时也有一部分享受到造福工程的村民，共185户，而整个荆美村共

有300多户，大概有60%的村民率先沐浴到了社会主义新农村的阳光与雨露。村民享受到省政府提出的“百点百户百万”的补助福利，荆美村有幸成为百点中的一个点。补助对象是村里住得比较边远的农户，一户补助10000元，若家里人口多，一人多补助3000元。一切都是崭新的，告别了破旧的猪圈，告别了黝黑的灶台，告别了油腻腻的灯绳，人生开始了新的篇章。

2014年，荆西新村前面魔术般地有了一个漂亮的公园。阳光里的山风，散发着草木的香味。这香味，任谁都陶醉。亚热带植物苍翠欲滴，扶摇攀援，为公园披上一袭绿衫。即使身处炎热的夏季，鲜花也不缺席。玉兰、香樟、凤凰木、罗汉松、榕树等各类观赏树种绿伞高擎，撒下一片片绿荫，构成一幅摇青吐翠的图画。一树紫花夺人眼球，不知是何名字，没关系，无名的花儿同样惹人喜爱，它们绽放的笑脸，增添了公园的秀美。举头仰望，视觉由近向远，天穹层次分明——头顶上，蓝色最为幽深；再远一点，是澄澈的湖蓝色，蓝得深不见底，恍如大湖的春水；更远处，色差益加明显，深蓝挨着浅蓝，吸引我不由自主地把目光投向远方，进入无忧无烦的状态。如果时间允许，我愿意视线久久在荆美村的高天停留。

行走于荆西公园，绿树繁花填满视野。轻拂的风儿绕过我的臂弯，我张开双臂将草木芬芳拢个满怀。香樟树躯干笔直，树冠宛若孔雀开屏，风吹叶动，沙沙作响，仿似哲者喁喁私语；罗汉松生性淡泊，劲风吹它不倒，骤雨更能表现它的英姿，可贵的是它还以一种低调的姿态生长。我惊奇它们的俊美，这种美，难以言表，充满魅力。掩映于绿树中的石板，平坦沉稳，人行其上，心境安宁。古色古香的凉亭上总有三两老幼妇孺或静坐或嬉戏，在公园里徜徉。这是一个和谐的世界，乔木、灌木枝叶繁茂，相隔数步而生，各有各的空间，互不压制对方的生长。植物的规矩和方圆，让我感慨万千——没有距离，树怎能开枝散叶？人应该学树的活法，允许同类拥有自己的空间。我恍悟，公园如人，家庭和睦，人丁兴旺；园林和谐，花木竞秀。沟渠里的清流缓缓流向前，生命的清流不会止息，这块土地的历史也不会止息。在这里，你的心安详而宁静。阳光透过薄薄的云层，照在高高的树梢上。微风拂面，淡淡的香气氤氲。这时，两耳尽是天籁之音。当我们受够城里噪音的袭扰，如此清音让人顿时心绪宁静身心愉悦，思绪自由飞扬。

近年来，荆美村被省、市、县授予“文明乡村”荣誉称号。幸福的生活绝不可能从天而降，而是来自人们辛勤的建设。一条条宽阔平坦的水泥路直通农家门口，一栋栋楼宇拔地而起，田园风光和现代文明交相辉映。近年来，该村按照“百姓富，生态美”的总体部署，围绕“生产空间集约高效、生活空间宜居适度、生态空间山清水秀”的工作要求，以创建“美丽乡村“为抓手，抓规划、排项目、筹资金、明措施，多层面推进“富美乡村”建设，取得明显成效。

改善了农村人居环境。通过设施的“硬投入”和环境的“软整治”，一批与群众生活密切相关的健身休闲、文化娱乐、医疗卫生等公共服务设施投入使用，进一步改善以往农村“脏、乱、差”的环境状况，使广大村民在自己家门口就可以享受公共服务，提高了村民的生活品质。

推进了城乡协调发展。在创建“富美乡村”中，有效整合各方资源、资金、力量，与创建“卫生乡村”“富裕乡村”“绿化乡村”“文化乡村”结合起来，形成集成优势，全力推进，建成了一批关系农村发展的路网、饮水、排污、绿化、美化、亮化等设施工程，推进了城乡一^化协调发展。

促进了经济持续增长。发挥农村生态资源、地方特产、文化积淀等特色优势，培育一批现代家庭农场、农民专业合作、农村休闲旅游点等乡村新型业态，拓宽农民创业就业渠道，促进了农业增效、农民增收。

树立了农村文明新风。创建“富美乡村”，让村民亲身参与乡村的规划、

建设、管理，增强了群众的主人翁意识，营造了健康、向上、民主、和谐的社会新风尚。

这样的生活是欣欣向荣蓬勃向上的，这样美丽的新村是适合居住的。我喜欢荆美村山坡上的那一大片竹林，枝叶繁茂，清新翠绿，青澜似海。阵风吹拂，连连竹叶，似少女摇摆着的青纱舞幔，飘逸舞动。陈年累积的落叶之地，踏上去松软而厚实。漫步于竹林之中，渐入幽幽深处，环顾四周，一枝枝碧玉直韧的竹杆插于落叶之上，并向四周布列延伸，好似迷宫布阵。玉节相叠，节节高升，撑起一个青绿时空。竹子的生命力十分旺盛，产出的麻笋个头大、肉质厚、味甘鲜脆、营养丰富，堪称笋中之极品，故有笋王之美誉。剥开皮后细细长长的，洁白光润，没有一点瑕疵。春雨之后，竹笋骤发，水分充足，纤维特细。古人形容妇女手指之美常曰春笋，“秋波浅浅银灯下，春笋纤纤玉镜前。”荆美村的百姓是有福的。

漫步到荆美村中心，中心有座古庙称显应庙，庙中一尊神叫“显化将军”。据历史传说显化将军就是赵将军，赵将军是清朝康熙七年（1668），跟随陈圣王入闽平贼。他是洪州人氏，入闽后在和溪镇柳斜地与闽贼一场战斗，赵将军不幸陷阵而亡，余勇的伤员走到金山山尾社，这种英雄人物是世间罕有。山尾社居民为了纪念战斗英雄赵将军，筑造坟墓祀之。传说赵将军灵感显赫，合社的水旱疾疫，有求必应，灵验无比。还传说当时社会治安混乱，贼冠土匪，经常来社内抢人，赵将军带领阴兵保护，打得贼兵闻风而逃，等等。荆美人为了进一步纪念赵将军，开始建造庙宇，雕刻金身，就说显化将军，有求必应故叫显应庙。每年三月初三举行庙会，这是一个村庄的盛会，村民在庙会上交流着去年丰收的喜悦，这个说今年准备种蘑菇，那个说今年要做山货中转，日子一天天流淌，生活质量在节节攀升。

惊颜霞涌

口野洋

南靖县金山镇西北部，有一个名字极富动感的村庄，它的名字叫霞涌。霞涌村是南靖县老区村，福建省传统村落，台湾省知名人士萧万长祖居地，清朝廉官、数学家和水利专家庄亨阳出生地。

渐近深秋的时节，一个晴朗的周末，我造访了霞涌村。群山环抱，山外有山，平均海拔500米，最高处700米的霞涌村，算得上南靖一个高山村。村里有一条自西向东穿村而流的小溪流，名叫霞涌溪，村民们一夜美梦后，打开房门可见小溪流的水朝着东边的霞光奔涌，因此村民们将村庄称为霞涌，村庄因这条溪流而名。溪流不宽，溪水鲜活而清澈，汩汩地流向远方。霞涌溪是霞涌村的母亲河，村民们在它的养育下，繁衍生息，过着舒适的日子。村里的土地在它的浸润下，肥力十足，种瓜得瓜，种豆得豆。霞涌村自古就有“粮谷之仓“的美称。

溪流两边田园与民居交错。田园装饰着民居，民居点缀着田园，相映成趣。田园，生机勃勃，五颜六色。白色的、绿色的、紫色的、浅红色的是时令蔬菜，泛出淡淡金黄色的是尚未熟透的稻谷。有的村民不再恪守传统的耕作模式，村里有 20 多亩的蔬菜钢化塑料大棚，大棚里的蔬菜不再遭烈日暴雨之祸，严寒霜冻之害，品质与丰产有保障。路过大棚，恰巧遇见几位村民肩挑蔬菜担子从大棚里走出，他们重担在肩却一身轻松，满脸笑容，一路向我走来。临近深秋，我错过了“稻花香里说丰年，听取蛙声一片”的时节，闻不到稻花香，也听不到蛙鸣声，却看到了颗粒饱满的稻穗朝着滋养它的土地低头鞠躬的美景，更看到了霞涌村人丰收在望的年景。与田野相间的民居，外观没有独具风格，布局却有讲究，大多是沿溪流两侧四周山势而建，有青砖青瓦房，有红砖红瓦房，有土墙红瓦房，也有钢筋混凝土房。竟然还有一座建于清朝嘉庆年间的三层土楼振兴楼，还有两座青砖青瓦房，它们已有 200 多年历史。每一座民居都留下历史的印记，烙下岁月的痕迹，散发着乡土的气息。近可见秀水，远可见青山，有这样的房屋居住是惬意的，享福的。霞涌村人是有福分的，而这种福分城里人可望而不可及。

霞涌村闻不到稻香蛙声，我心无憾。因为，罗尖山间有鸟声可悦耳。罗尖山海拔 700 米，不具凸显之奇峰，不备千仞之壁立，缺乏百丈之悬崖，尽管如此，亲近罗尖山依然有如观水墨画卷之感。咕咕的鸟鸣声有节奏地从山林间传来，眼光投向鸟声处却不见鸣鸟的踪影。呼吸吐纳间，一只老鹰在树林上空盘旋。一群白鹭从远处飞来，齐刷刷地落在数十米开外的一棵树冠上，似乎在向我炫耀美丽的身姿。麻雀在离我近处的红栲树枝丫间跳跃，叽叽喳喳地叫个不停，不晓得是在呼朋引伴，抑或在招呼我这个陌生的来客。忽然间，在我眼睛可辨识草木高低的一簇杂草丛中，一只斑鸠“呼”的一声如箭般飞向天空，瞬间不见踪影。而在杂草丛中觅食的一群小鹧鸪受到斑鸠的惊吓，“噗噗“地向四处乱窜。阵阵秋风吹得树梢来回摇晃，树叶沙沙作响，任尔东西南北风，白鹭的身影眉然不动，麻雀依旧叽喳不停。

历史上的霞涌村是个多姓氏的村庄。据南靖下湧官山碑记载，明朝万历年间霞涌村有萧、陈、吴、郑、王、柯、林、谢、沈等 16 个姓氏的村民。如今有吴、萧、陈、沈四个姓氏的村民，吴氏人口最多，有 700 多人，沈氏人口最少，不足百人。也许是多姓氏共居的缘故，村里祠堂庙宇凉亭多而且建筑年代久远，如萧氏祠堂四美堂、吴氏祠堂湧源堂、陈氏祠堂远成堂，还有保福堂、福庆堂、岭头庵、五里凉亭等等。四美堂位于罗尖山麓，始建于明万历十八年（1590）。祠堂前有三支石旗杆，一支是清朝嘉庆丁丑年（1817）明经进士萧元勳立，一支是嘉庆戊寅年（1818）直棣分州萧元勳立，一支是 2008 年 3 月萧氏村民为台湾宗亲而立。祠堂围墙大门题有“四外青山千古秀，美里绿水万年长”，堂内楹联“书山衍派源流远，涌水宗枝庆泽长”。祠堂中堂梁上悬挂三块横匾，正中间悬挂的是“四美堂”横匾，左边为“祖德福荫”横匾，右边为“源远流长”横匾。据《南靖涌山族谱》记载，明正统十四年（1449）萧孟容从金山镇水美村到霞涌村开基。清朝康熙年间，萧氏六房七世祖萧舆举家从霞涌村迁徙到台湾嘉义市北社区，之后断

断续续有一百多名萧氏族人迁徙到台湾彰化、嘉义、台中等地。霞涌村的“四美堂”与台湾嘉义市“孟容公祠”“涌山堂”和南投市的“南兴祠”“邦炳公祠”都是供奉霞涌村开基祖萧孟容公妈及列祖列宗神位的萧氏祠堂。每年正月初三日和七月十四是霞涌村萧氏村民的祭祖日，就连一水之隔的台湾萧山派宗亲，自20世纪80年代至今，先后有十多批次数百人回到祖居地霞涌村谒祖。

吴氏祠堂湧源堂，位于下永社，始建于清代康熙年间。供奉吴氏肇基祖天宪公父亲七世祖丕岳之灵牌。保福堂，坐落于上永社，始建于清康熙十九年（1680），供奉保生大帝。福庆堂始建于明朝洪武年间，原址位于下厝豆厝底，清朝康熙二十五年（1686）迁建到现在的地址，供奉观音佛祖神像，开漳圣王陈元光、辅顺将军神像。每年农历九月二十三，村民们举办隆重的祭拜活动，请剧团演戏三天，整个村庄热闹非凡。清朝廉官、数学家、水利专家庄亨阳与这座庵庙有渊源。庄亨阳的母亲叶梦坡是霞涌村饱学诗书叶秀才之女，于清朝康熙二十四年（1685）嫁到南靖县奎洋镇上洋村一户庄氏为妻。次年，福庆堂从下厝豆厝底迁建到下永社卧牛山下，竣工庆典那天，叶梦坡母亲念女心切，就招呼女儿回娘家看戏，叶梦坡自小就是个孝女，虽然已十月怀胎行走不便，依然与丈夫一起回娘家，既可看望父母亲又可看社戏。从前习俗，出嫁的

女儿是不许回娘家生孩子的，据说会把娘家的福气贵气财气带走。那天晚上看戏时，叶梦坡突感到肚子剧痛，丈夫搀扶着妻子欲回上洋村生小孩，可是刚走到福庆堂后面孩子就生下来了，这个孩子就是庄亨阳。

崇诗书尚礼教是霞涌村人的传统。“涌祠巍峨诗书蜚声，源堂共碍人文蔚起”，吴氏宗祠湧源堂内这对楹联就足以佐证。早在明朝末年村里就创办了一所私塾学堂，16 个姓氏的村民共同聘请龙山东墩人吴天宪秀才到学堂为子孙传授诗书。因吴天宪教书有方，深受村民喜爱，数年后乡亲们将一块土地立契约馈赠给吴天宪，吴天宪终身安居霞涌村，以教书为生，因而成为霞涌村吴氏村民的开基祖。清朝到民国时期，湧源堂有公田出租，村民俗称“书租田”，为激励子孙读书，每年将书租田收入的稻谷奖励给高小及以上毕业的子孙。清朝嘉庆丁丑年（1817）村民萧元勲考中进士，嘉庆戊寅年（1818）在直棣分州任职。霞涌村尚学之风，古已有之，而今依盛。改革开放 30 多年来，霞涌村走出了 20 多名大学生。

敬畏自然，敬畏生灵，敬畏历史是人类繁衍生息不可或缺的基因。而这些基因霞涌村人样样不缺。霞涌村人靠山吃山，但不坐吃山空。他们视花草树木、飞禽走兽为知己，15000 多亩的树木郁郁葱葱。他们视土地为命根子，耕耘土地，但不践踏土地，2100 多亩的耕地里，庄稼一茬儿一茬儿长个不断。他们不忘祖训，以祭拜祖公的传统方式传承祖公留下的那些尚书的理念、做人的道理、持家的传统、忠孝的家训。他们呵护文物，即便在 20 世纪 60 年代非常时期时，也没有让明清时期遗留下来的 3 块石碑惨遭厄运。他们牢记革命历史，当年闽南支队到村里开展革命活动的事迹，如今已成为村民们教育子孙的教科书。

当今社会，传统的观念时常与现代多元的理念发生碰撞，甚至被撞击得支离破碎。如今的霞涌村人他们恪守传统，但没有孤芳自赏，在传承传统的同时，也开怀吸纳现代元素，1500 多个村民的山村，竟然有过半的村民到外面的世界去闯荡。

霞涌村，养人眼的自然景观，怡人心的人文景观，我能不惊颜？

安后村的热闹与安静

□于燕青

（一）

南靖安后村地处国道319线边，龙厦铁路穿境而过，地理位置优越，土地肥沃，民风淳朴。安后村有两个显著的地标不得不说，一个是龙德宫，一个是红军标语墙；一个喜庆热闹场面宏大，一个安静肃穆发人深思。这一静一闹，是安后村的两大景点。这两大景点一个立于传说，一个基于真实。

龙德宫里供奉着的是陈元光的得力部将辅顺将军。这位被闽南人当神明来祭拜、被神化了的人物有着怎样的丰功伟绩？因为被高举到神的位置的人，不是道德的楷模就是在某方面有重大贡献的人。我查了一下，但关于他的文字不多，我只知道他名叫马仁，民间尊称其“马公爷”，这名陈元光的虎将马仁，乃四大部将之一。马仁胸有谋略，智勇双全，协助陈元光筹划军务，屡建战功。据说他是战死在马背上的，死后依然没有从马背上掉下来，很是神奇，后人就把他当作神一样的人，多处建庙供奉，遇节假日，甚至有近千位村民来拜祭，往往成为村庄里的盛典，还有“辅顺将军出巡庆典”，就是用轿子抬着辅顺将军的塑像出巡的场面，可谓浩浩荡荡。马仁本是武官，想不到生前横刀立马横扫疆场，身后要被人用轿子抬着。自古武官骑马文官乘轿。而这位大将马仁，生前身后把武官文官的瘾都过了一遍，也甚是有趣。

其实，传说里有多少真实已经不重要了，也许，传说对于被高高立在祭坛上的更适合，因为传说里的神迹总比现实里的多，神迹可以被无限夸大，不需现实的人证物证。传说，作为现实人的身份模糊了，这样才更像神。我们的农耕文化里常常有很多的传说，里面的人物要么亲切要么大有能力，给人安抚与激励。村庄需要传说，需要精神的取向，需要可供仰赖的东西，就不难理解这样的活动了。每年的“九月半埔”、正月十六，盛大的踩街活动便会拉开帷幕，热闹非凡。每年的正月二十夜，有传统特色的四平锣鼓便在安后村喧天动地，整个村子都沸腾起来。如今，四平锣鼓已被列入省级非物质文化遗产项目。

安后村还有明嘉靖年间古建筑吴氏崇德堂，已被列为县级保护文物。此外，安后村还是全镇经济发展重点村之一，工业农业运输业发达，有现代农业示范区和东安工业区。农业示范区引进两家台商投资种植，工业区上规模企业有东宝旺纸业有限公司、早稻田食品有限公司、口口香饼业有限公司、荣昌达纸业、永富驾校等。安后村好一派兴旺发达与热闹。

（二）

在安后村的另一个地方，一处几乎被杂草淹没的地方，一处安静的地方，有着与国家命脉有关的景观——红军标语墙。虽然很多人知道南靖县是闽西南革命根据地和中央苏区根据地的组成部分，这里人民有着光荣的革命斗争传统。但如果没有这一景观，没有了这些红军的字，80多年时光荏苒，或者以后的以后，那么，那段1932年的革命史仅凭历史文献上的白纸黑字，就有失重感，就有可能将这个红色的记忆也沦为“传说”一般的东西，老旧而有意义的事物才不至被裹挟、掩埋，让真实失去佐证。

红军标语墙位于安后村山边自然村，那是一座极普通的闽南大厝，已被列为县级第一批文物保护单位。其建筑风格是闽南大厝里较朴素的_种，没有醒目的彩绘壁画，反倒显得大厝更加大气，飞檐翘角也是徽式的，恰到好处的。正值秋季，大厝四围的香蕉树、荔枝树、桂圆树和山竹依然长势蓬勃，院子里的杂草也是一派疯长之势，有的比人腰还高，有茂盛的爬藤附在房墙上，屋顶瓦缝间也长满了一蓬蓬野草，仿佛长在历史的夹缝里，一岁一枯荣地在漫长的时光里见证着那个激情燃烧的岁月。这座面阔四间的大宅深院，两侧建有边廊，长条石窗根、屋脚墙基、门楣、墙梁全是青石条所砌，仿佛时光有了重量。墙上有青砖拼成的镂空图案。前为场院，围以院墙，有门楼，砖木石构的门楼已经颓坏，粉墙也已斑驳脱落、朽败灰暗，但往昔的威严富贵犹存，这是杂草所不能湮没的。亦不能湮没那只

打江山的手写下的字，写在房墙上的字："红军万岁""男女平等"等等，署名为"红十五军四十三师·八八团宣"。正门房墙上"反对帝国主义瓜分中国"十个繁体大字中的那个"国"字被写成"口"与"玉"的组合，一个新字，形象地反映了列强把国宝挪走了。红军的这种创造性发挥，让看的人耳目一新，成为这个秋季我无法漠视的红色遗址。

我刚到安后村的时候，他们就让我看龙德宫，是的，龙德宫即使算不上金碧辉煌也是相当生辉的地方，谁都愿意把最好的家底子亮出来。但有一个问题，那就是在这闽南的乡村，几乎都有村庙，模式上差别不大。而这处红军遗址，它是独特的，虽然南靖这样的红军遗址不止一处，但遗址与遗址还是不一样的。有了这一处景点，安后村就有别于一般的村庄了。

我一直认为，有些景点不是为着悦目的，而是为着一种念想，为着可以触摸一段独特历史的质感。这些字是红军在 1932 年写下的，我这样想着，心里就有一股温暖，仿佛真的触摸到了 1932 年的这一时刻。那是一只有力的手，红军的手，那字拙朴中带着力度，有疾风扫叶之势，有横扫环球尘埃之

势。是的，这只握笔的手同时也是握枪杆子的手，打出一个红色政权的千百只手中的一只。80 多年不算短，然而这原始景观的红军标语墙，以它的真实

将80多年前的一群人活灵活现地展现在我们面前，我想起看过的一则报道："1932年，隶属东路军的红十五军进驻靖城，司令部设在文庙，政治部设在城隍庙，随后分兵南靖各地宣传抗日，发动群众、筹粮筹款、壮大革命武装、建立苏维埃政权，鲜红的旗帜飘扬在南靖大地，使南靖苏区成为中央苏区扩展时期的重要组成部分。"

我还想起之前在闽西所见的红军塑像—青铜群雕"红军颂"。这史诗般的雕塑，那个拿着砍刀的与肩斜背大刀的不知在说着什么，边上那个一手提着驳壳枪，一手挥舞着，形象是那么逼真，就好像邻家大哥、小弟似的亲切，那么栩栩如生，青铜与标语墙终归会朽坏，红军的精神却是不朽的。当我得知很多闽籍红军战士牺牲在长征路上，让我想起托尔斯泰的《战争与和平》，描写了俄国第一次卫国战争时期、在与拿破仑的战争中，写到沙皇的近卫重骑兵的冲锋。近卫军是由贵族子弟组成的，这些骑着价值千金骏马的贵族子弟向着敌群发起了冲锋。之后，这支队伍只剩18人了，他们为了保卫自己的国家，不顾个人安危。我是流着眼泪看完这段的。此次红色之旅，让我认识了我们这个民族最优秀的儿女，不仅仅是以往记忆中的北方大地的儿女，还有闽西南优秀儿女。可以说，由这处安静的标语墙，我想到的是那些有血有肉的热血青年为着一个理想而艰苦奋斗，甚至献出宝贵的生命，这怎能不值得我们凭吊。无论你抱有怎样的信仰，都会让你的心柔软忧伤。可以说，我以为被淡忘和轻视了的东西，依然能经得住漫长时光的洗礼，并赋予其不可替代的魅力，显出巨大的力量，那精神的力量，宝贵的财富。

作为精神的载体——安后村的红军标语墙，你去看红军标语墙，就是去看那些与你兄弟儿子或者父辈那样的一些人，当年为着理想所经历的艰辛与牺牲，你的心又怎能不为此所动，让你许久没有感动的心在此得到洗礼。安后村的红军墙是让我们回望、驻足缅怀的地方。

乐土村的亚热带雨林

□于燕青

广场与石门楼

从漳州市区出发，70多公里的路途就到了南靖县和溪镇乐土村的亚热带雨林公园。一下车，我先是看见那两座石门楼，一前一后的两座青白石门楼矗立在一片不算大的广场上，雄伟、耸拔。前门楼横匾上书“聚翠苑”，后门楼上书“天人合一”。拾级而上，再通过这两座石门楼，便进入向往已久的亚热带雨林了。这是个很容易让人想到“天”的地方，进入这聚翠聚绿的亚热带雨林，真是天人合一了。带着瞻仰的心，进入石门楼就像进行了一项短暂而庄严的仪式。在中国，门楼、广场都带有仪式般的庄严与盛典。就好像是，肉身凡胎进入洁净的植物王国所必须有的仪式与提醒。进入石门楼就抵达了319.5亩的乐土村的亚热带雨林、抵达了国家级自然保护区、抵达了“南方的小西双版纳”、抵达了位于国道319线151公里处，海拔280—394米的这一东南沿海面积最小的原始植物群落。若说，相比之下，广场是一个铺垫，石门楼就更像一个慎重其事的前奏。也就是说，在这里，要让心情有个稍稍停顿，掏空，以便更好地拥抱、充满。

从广场的介绍牌上我知道了亚热带雨区内生长着1100多种植物，80多种鸟类。有珍稀植物10多种，其中最为名贵的桫椤被国家列保护植物，并被科学家誉为植物活化石。这里也叫亚热带雨林公园。可是我不喜欢“公园”二字，破坏了它的天然性，它是那样的天然、幽深。进入这样的地方怎能没有一个仪式，一种心灵的仪式。在这里，我能感觉出空气里有一条分界线，石门楼以内的清气与石门楼以外的浊气交锋厮杀出的一条分界线，纯净的清凉的与污浊的炎热的空气的一场持久战。石门楼以内是年平均气温 20.4 摄氏的亚热带气候，越往里走，越能感觉出植物的清香、花草的甘甜直沁心肺，我必须打开我所有的感觉器官，迎接着亚热带雨林对人类的深情表达，仿佛在说，这最纯净的空气最盎然的绿就是乐土村的亚热带雨林了。

藤的王国

此前，我只听说过亚热带雨林，没有听说过乐土村这个名字，不知道这片神奇的亚热带雨林就在乐土村的地盘上，这里属于和溪盆地，气候条件优越，于是森林植被繁茂，层层叠叠整个一片绿色的海洋，有大片的草坪，一头牛休闲地卧在那里，一群肥肥的白鹅摇摇晃晃地走过，几只白鹭从天上飞过……乐土村有了这样的地方就真是乐土了，“乐土村”这个村名最是形象。

这里有环绕的山路，各种树木组成的绿色屏障包抄而来，磅礴之势如怒腾的浪涛。踏着青石阶梯的小路往上走、往里走，云雾弥漫，树冠如伞，遮天蔽日。森林王国的景观一步步打开，这是一个梦一般的地方，参天古树接天连地，各种古藤虬结遒劲，像隐秘精神脉络走向的一个片段。我先是惊悚地看到一条缠绕在树上的大蛇，差点儿惊叫起来，继而很快想到这是介绍牌上说的藤本植物，走近看，果然是藤本植物攀援缠绕在别的树上。藤，在这里是最具视觉冲击力的植物，有粗的有细的，形状也是各异，这些木质藤本植物有着“亚洲第一藤”之说，据说中央电视台有过报道。越往里走，藤本植物越多，有些千年古藤皮紧木实，看上去古铜色，摸上去也铜铁般坚韧。前面忽然有人惊叫有人赞叹，因为那藤有的匍匐于地蜿蜒穿行如巨蟒大蛇，还有的如蛟龙腾云、有的横跨如天桥，被称为“天桥藤”，很是震撼，甚至有游人坐到藤上荡起秋千了，看得我有些担忧，毕竟都是珍稀的该受保护的植物。

有两藤相交缠绕，被称为“夫妻藤”，真是形象，不知这样缠绵相拥了几百年？感情这样好的恐怕也只有

植物了。“仙女藤”婀娜多姿，密花豆藤蜿蜒而去，据说是翻过三座山的，有亚洲第一长藤之说。很多人被这个3800米长的藤树吸引住了，我觉得它更像一条长龙，藤盘树，树绕藤，盘根错节、曲里拐弯，令人想到“神龙见首不见尾”之说。

我还看到那些外露的扁平树根，被称为“板状根”，我是学中药的，

只知道有根与根茎类植物的根有圆柱形、圆锥形、纺锤形、块根形、扁球形、不规则团块状，不知道还有这样大块的板状根。据说对树木而言，板状根是一种更有力的支撑与加固，更能抵抗暴风雨的袭击。有人大声惊叹，因为一棵老树干上长出了兰花，许多人围拢来拍照，据说这叫“老茎生花“o老树粗枥沧桑，那兰花兰草新鲜幼嫩，不禁想起人类的“老牛吃嫩草”现象，于是哑然失笑。

还有的藤呈扁状，有分节，看上去如笋干，被称为“笋干藤”，有的酷似甘蔗，就被称为“甘蔗藤”，不觉感叹，这是一个植物的王国，更是一个植物的巘馆。

各类木本草木植物亦是吸引人的，有茜草科、豆科、大戟科、樟科、蔷薇科和紫金牛科等，乔木高达22—28米的有红榜、大叶赤楠等。有高16—22米的毛茜草树、山杜英、黄杞等；也有较矮的毛五月茶、鹅掌柴等。灌木类的植物有九节木、罗伞树等等。那棵被称为植物活化石的刺桫椤进入眼帘，它恣肆生长，树冠向四周打开，如孔雀开屏。二级保护植物是珍贵的物种，难怪乐土村的这片亚热带原始雨林被称为濒危动植物的避难所。这里还有二级保护植物观光木、三级保护植物闽楠，除此之外还有云豹、苏门羚、穿山甲、山猫、眼镜蛇、蟒蛇等14种珍稀动物，还有94种常见昆虫。越往里走，林子越发神秘，我看到了乐土里的战争，看到植物的战争——绞杀，这是藤与藤之间的一场无声的战争。当鸟粪落在乔木之上，鸟粪里携带的种子在适宜条件下发芽生长，长出网状根系包绕深入所寄生的植物，抢夺其养分直至寄生植物被吸干枯死。只不过植物的绞杀不像动物那样迅速快捷，看不到血腥，在漫长的时光里一点一滴地进行着，更像凌迟。绞杀植物多为榕树，原来榕树是一种有着侵略性的残忍的植物。

很多人围看一棵千年老树，树高百米，树干要十来人才能抱拢，被誉为树中王，也叫“寿树通天”，属红榜树类。树根部有一个能容纳两三人的树洞，树干上还有两个通天圆洞，人称“樱桃眼”，有一棵榕树寄生其上，所以也叫“树中树”，同生共荣，真了不起，不禁感叹这棵树有着怎样的大容大量与丰厚的养分，像是要给人一种行事为人的启迪。

这片神奇的雨林一年又一年地荫庇着乐土村，与村子保持同节奏的呼吸与记忆，是那样的安然妥帖。

龙湖宗祠的黄氏宗族

在雨林前面的草坪上有一座很有规模的“龙湖宗祠”，宗祠大厝历经600多年沧桑。据说这里出过许多名人，这里其实是黄姓宗族的宗祠。同来的一位黄姓作家很受鼓舞，让我一定要把这座龙湖宗祠写进去。宗祠坐北朝南，占地约20亩。结构为两进带两厢悬山顶式闽南风格建筑，有庭院围墙、西南向门楼，典雅与古朴。宗祠飞檐斗拱、雀替雕花工艺精湛，瓷雕彩绘图案富丽艳美，有较高的艺术欣赏价值。

据家庙和族谱记载，南靖乐土黄氏肇基始祖黄英，明洪武年间就迁至六斗坪一带（六斗乃早先的村名），其子黄孟昌知识渊博，通晓天文地理，后择地在六斗山的小山南面，在卧牛睡姿地形并依靠风水林始建宗祠，即龙湖祠现址。黄氏子孙枝繁叶茂，已有24世。黄氏后裔谨遵祖训，严禁砍伐宗祠后的大片风水林，因此森林历代保护完好。从七至十五世有300多人移居台湾，其中清康熙年间迁台就有175人。入台后分布于台北、南投、台南、桃园、彰化、高雄、宜兰、云林等地聚居。其中黄氏十世祖黄承细迁台，繁衍后裔就在六脚乡六斗村等地。后黄承细被奉为六斗黄氏开基祖。因与祖地村同名、人同根，同宗共祖，他们同奉一世祖黄英。嘉义县还有几个以“六斗”命名的村庄，比如六斗子社、内六斗、外六斗、六斗尾等村社，也奉十世黄承细为开基祖。上世纪六七十年代，宗祠成为上山下乡知识青年的居住地。改革开放初期，乐土村恢复宗祠原有功用。1993年由台湾各地黄氏宗亲捐资重修，现存建筑保持清代风格。2011年，龙湖祠被评为省级重点文物保护单位。

宗祠门前有一月牙儿形泮池，来的人必须涉水而过，就多出许多的诗意与梦境。同时，诗意与梦境，一个宗族盘根错节的脉息与宏大叙事也融在其中了。

梦的行宫

□老皮

确切地说，这是一次追梦之旅。一切仿佛都是缘于一种冥冥的暗示或指弓I，当车子驶进慈济行宫的山门，我基本上可以想象到慈济行宫在当地民众心目中的位置了。或许也只有可以抵达灵魂的力量，才能产生这样的心灵感应。而当我真真切切置身于慈济行宫里，那股神秘的力量所幻化出的超然心境，已足够让我豁然于一种超凡脱俗的意味。

这是一个秋天的午后，天空高远，大地静寂，温热的阳光为南靖县和溪镇的山山水水披上了炫目的金甲。在林中村，几片云彩高悬于鲤鱼山麓，山坡上树木掩映的慈济行宫，风神独秀，远远望去甚是壮美，与许多传承了千百年的中国庙宇一样，在我看来，慈济行宫无疑就是隐藏于万象深处的大自然美学。

慈济行宫位于福建省南靖县和溪镇林中村，主祀保生大帝——宋代名医吴夲，民间俗称大道公、吴真人。吴夲究竟是何方神圣，竟能如此被民众兴建行宫、顶礼膜拜？不了解这一信仰的人们，大多会把吴卒想象成遥遥在上的神秘仙国世界里的神佛。其实，吴卒成仙以前，是一个实实在在的人，是一个生活在距今千年以前的北宋年间的医德医品极佳的民间医生。

更准确的说法，吴卒生前是闽南著名的神医，逝后成为著名的医神。巧合的是，这林中村慈济行宫里供奉的医神，正是我的家乡角美人的先贤。

吴夲（979—1036），字华基，号云衷，北宋福建泉州府同安县白礁村人（今属漳州角美镇白礁村）。吴卒成神之前乃是一位医术高明、医德高尚的民间医生，同时也是一位济世救人、心怀众生的修道之人。宋仁宗时（1031）仁宗母后患疾，百药无效，太医束手无策，仁宗更是废寝忘食，坐立不安，百般无奈只好张贴黄榜广征良医。云游京都的吴夲揭了黄榜并药到病除，医好了仁宗母后的顽疾。仁宗龙颜大悦，欲赐封御史太医，吴夲坚辞不受，返回家乡继续悬壶济世，志于修真。

吴夲逝后，皇家感恩图报，于绍兴二十年（1150 年）颁诏动支银库，遣使监工，在吴夲家乡角美白礁村为其建造了一座宫殿式的庙宇，赐名“慈济”。清嘉庆年间增建前殿，成为三进宫殿式建筑，底层辟 5 个大门，门廊有蟠龙石柱 6 根，为重檐歇山顶楼阁式，整座宫殿建筑集宋代建筑艺术之大成，有“闽南故宫”美称。

由于吴夲医德高尚，深受人们敬仰，逝后更是由神医转化为医神，逐渐演变成一种民间信仰。于是，历代朝廷均加以追封，后取最高封号为保生大帝。据不完全统计，现大陆和台港澳、东南亚有供奉吴夲的保生大帝庙宇近三千座，信众超一亿人。

而在林中村，慈济行宫却有着比其他地方更强的记录和讲述历史的能力。历史在这里不仅仅是一种过去的

和溪慈济行宫供奉的保生大帝神像和台湾学甲慈济宫的二大帝极其相似，是同一个艺人雕刻。
2000 年，慈济行宫保生大帝金身经福建省文化厅鉴定为国家二级文物。

保生大帝神牌

香炉铭文

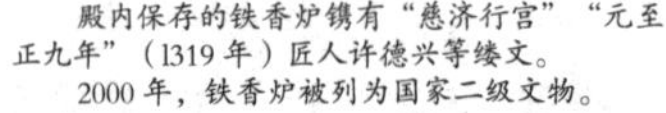

殿内保存的铁香炉镌有“慈济行宫”“元至正九年”（1319 年）匠人许德兴等缕文。
2000 年，铁香炉被列为国家二级文物。

香炉正面

存在，而是通过庙宇的祭祀活动和村庄的乡梦，与每一个来到这里的人缔结了血肉关系。因而，走进林中村，走进慈济行宫，便如置身在历史之流与生动的文化脉络中。可以说，慈济行宫即是林中村的历史和威仪。透过这片土地上丰富多彩的对历史与民间信仰的讲述，我感受到的是民间未曾失落过的文化自信。

据慈济行宫文献史料记载，宋末元初，元兵南下，宋端宗景炎二年（1277），宋丞相文天祥率领勤王义军抗元，部队从汀州移屯龙岩，转驻漳州，途经龙岩，在镇南部的倒岭坳扎置营垒。部分闽南籍士兵在派驻南靖和溪境内练兵时，将角美白礁慈济祖宫的保生大帝神像抬到了和溪驻营地，作为部队的保护神，并建宫供奉。

后来，便成为当地重要的民间信仰。

本人虽然对于中国的庙宇文化知之甚少，但置身于这山野僻静处的慈济行宫中，却也顿感身心安顿，滤净尘嚣。神龛上的保生大帝塑像凝神端坐，一种道义在肩的精神在流贯。

千百年来，当民众心目中的神明与现实的生命形态连在一起时，这种隐藏在岁月深处的民间信仰，既拥有了沉淀的审美趣味，同时还拥有了一种故土血脉亲缘的人文深度。在时间的长河里，神明仿佛过往历史中那些繁荣时代的影子，荫庇着往后岁月中的人。在这里，每一个人都有自己所属的美好愿景和梦想。

借着时间的默默厮磨，慈济行宫管委会主任林志坚先生自豪地撩起保生大帝身上的锦袍，让我近前仔细观察这尊已有700多年历史的保生大帝神像。神像按宋代的雕刻工艺，黄金浮雕的九龙袍，头戴七星帽，工艺精湛，古朴庄重，是目前海峡两岸仅存的两尊宋元时期雕刻的保生大帝金身神像之一。而另外一尊，就供奉在海峡对岸的台南学甲慈济官。

据林志坚先生介绍，上个世纪90年代，时任台南学甲慈济宫主任委员、台湾保生大帝庙宇联谊会会长周大围与台湾宗教委员会教授李炳南等人专程赴南靖县和溪镇林中村慈济行宫考察。经过考证，和溪林中村慈济行宫与台湾学甲慈济宫奉祀的保生大帝神像不仅是出自同一年代，而且出自同一棵樟木、同一位匠人之手。原来，当年角美白礁慈济祖宫在雕刻保生大帝金身时，用一棵原木分别雕刻了三尊金身。大帝留在白礁慈济祖宫，可惜后来被烧毁；二大帝由郑成功部下带到了台湾，现供奉在台南学甲慈济宫；三大帝则由文天祥部下带到南靖和溪，就是眼前这尊由林中村慈济行宫供奉的神像。

这时有阳光从窗外投射进来，在神龛前映照出一片辉煌，与神像黝黑的脸庞形成了一种对比强烈的反差，而我的脑海也清晰地刻印下一些历史的记忆。

慈济行宫里，至今还完好地保存着一个元至正九年（1349）“匠人许德兴”铸造的铁香炉，铁香炉虽历经了数百年的风雨沧桑，但其铭文依旧清晰可见，已被列为国家二级文物。另有嘉庆九年（1804）生铁铸造的保生大帝神牌。如今，铁香炉、神像、神牌已成为慈济行宫的三大镇宫之宝。

此外，让我感觉更富有意味的则是慈济行宫里描绘吴真人传奇故事的壁画，以及吴真人的处方药签。壁画现有192幅。处方药签分为内科122首，小儿科、眼科、外科各36首，共230首中医处方。壁画所呈现的神话故事，艺术色彩浓厚，情节曲折动人，洋溢着救死扶伤的人道主义精神，显示了扶持正义、鞭挞邪恶的崇高品质与高尚的民族气节，同时，也饱含着广大民众对于神明的敬重和追求健康平安的美好梦想。

或许，慈济行宫不仅仅是乡梦记

忆的中心，更无愧于一个融合了中国传统伦理道德、文化传承等多功能的精神中心。也不知是神明热爱艺术，还是神明让人们与艺术之间建立起丰富的情感联系。

当然，不管历史如何演变，我一直坚信中国的庙宇文化与地方社会有着直接而密切的联系，人们对于“平安”的祈求，暗示着深层的不确定性和恐惧。古时候，在人口密集生息的地方，无可抗拒的自然灾害和疾病，往往是人们噩梦般的记忆，因而，在神明面前求取健康与平安的愿景，便成为了古老乡村最美好的精神寄托。如今，随着时代的发展进步与社会的安定和谐，人们已不再被自然灾害和疾病困扰，然而，神缘文化作为一种历史积淀的现象，已在民众的内心升华为一种更具幸福感的、与血脉亲缘互为贯通的乡梦。

尤其是在每年三月十五保生大帝的寿诞日，信徒们为之请戏做纪念活动便成了一种精神能量的释放。每年的这段时间，慈济行宫都要举办大型的祭典香会，包括绕境游香和演戏。持续多日的庆祝祭典伴随着强烈的仪式感，嵌入日常生活之中。祭典仪式流传至今没有完整的文字叙述，但村民们各家各户都会蒸制寿龟、寿糕进宫膜拜祝寿，并自发地参与社戏、舞龙、舞狮等民俗游艺活动。

庙宇娱神的舞龙、舞狮，也隐喻了人与自然万物和谐相处之间的一种图腾，包含了对这片土地和历史的赞美与深情的眷恋。

临别林中村，我依旧在想着保生大帝这个闽台地区最重要的民间信仰。而我与慈济行宫的缘分也必定是暗藏着一种玄机，就是那种心灵与幻觉，类似于人向神的过渡，或者说是神与人之间达成的某种默契。因而，我认定，慈济行宫即是一个神启式的灵悟意喻，一个梦的行宫。

林坂的花愿

□简清枝

林坂村位于和溪镇，离国道很近，和溪镇则处南靖龙岩漳平三地交界处，因此和溪古镇历来是闽南和闽西的分野，也是边贸发达的所在，四乡八里的百姓都喜欢去和溪赶集，由此也带动了当地经济发展。

林坂村村民都姓林。南宋景炎二年（1227），文天祥由赣州率领勤王义军下漳州，在南靖的和溪、龙岩湖村等处屯军，一部分龙岩籍的士兵奉带龙岩雁石天宫山的观音菩萨、白土的陈真祖师、玄天上帝香火，在林坂一带树佛、神像供奉，既解思乡之愁，又可祈求平安。林姓人家由龙岩象山迁入，人口日益繁衍壮大，当地原本的童、何、高、俞等姓的人家陆续外迁，林坂就全姓林了，寺庙的香火也转由林姓人家常年奉祀。明嘉靖元年（1522），庙宇重修，取名“龙显岩”。

龙显岩并不声名显赫，但却是“家底深厚“的灵验之地，是林坂村的精神核心地，也是方圆百里人们祈福许愿的圣地，香火很旺。庙里存有一座雕塑于明嘉靖元年（1522）的漆地彩

绘金趺坐观音樟木像，有一个铸造于元至正元年（1341）的束腰兽足铸铁香炉，还有明成化元年（1465）方形带耳铸铁香炉一个，大殿的右上方是一口明万历五年(1577)的生铁铸大钟。这些珍贵的物件足以显示龙显岩很高的历史价值和独特的人文价值。村里的孩子、老人喜欢到龙显岩前光滑冰凉的廊柱下戏耍、聊天、喝茶，龙显岩既是村民喜欢聚集的祥福之地，又是全村人的精神家园，风雨千年，庙里的菩萨始终满目慈悲地守望着自己的村民。众生纷纭，世事沧桑，可以说，一代代林坂村人都是在龙显岩的神光下长大、老去的。

清康熙、乾隆年间，林坂村的林姓后裔百余人漂洋过海，到异地他乡谋生。这些背井离乡的游子身上除了携带简单的行李，还有一样他们视作生命的物件——龙显岩的观音香火。林家子弟一路颠沛挣扎，最后到了台湾南投县草屯镇月眉厝定居，随他们一起居留的是老家和溪林坂带来的观音香火，这是他们的全部的信仰，也是全部的力量和温暖。带着家乡的香火，就不会害怕危险和困苦，就不会孤独寂寞，就会一路平安，未来就会风调雨顺。清嘉定年间，筚路蓝缕的林家族人日渐壮大稳定，他们决定齐力在草屯北碧山岩建庙，雕观音佛祖奉祀，不忘故土，永沐神恩。碧山岩上所建的庙后来被命名为龙德庙，寓意明显，由此也逐渐形成草屯林姓神缘与血缘双层聚落，信徒遍布猫罗溪流域以及南投、嘉义、彰化等县。

改革开放以来，林坂人以运输为

主业，辛勤奔忙在国道上，很多人过上了富裕的日子，村容村貌也更加亮丽整洁。林坂的美丽则是满村的花。

林坂的花是有历史的，那是因为林坂人爱花，一开始是屋前屋后，田间地头，花草宜人，赏心悦目，后来则规模发展，经济转型。这个原来以运输为主业的村子随着经济形势的变化，他们也立足区位优势，大力发展花卉产业，遍植茶花、桂花、竹柏、含笑、红豆杉、罗汉松，由此也辐射到全镇，形成了和溪镇集花卉种植、物流、批发等为一体的花卉长廊。由于林坂的示范带动和当地政府的有效推动，目前和溪全镇的花卉种植农户有 4000 多户，面积 10000 多亩，林坂的茶花和桂花以其艳丽香馥享誉全国，畅销各地。一些林坂人甚至走出和溪，到广东、海南等地发展，将林坂人的花和美丽遍植他乡。

2012 年，林坂村开建龙显岩文化公园，今天，站在龙显岩宽亮的广场上，面对精雕细刻的龙显岩，心情在不知不觉中舒畅而安详，文化公园与精巧的龙显岩完美结合，添加了文化活动中心、戏台、农民健身广场等，还配有喷水池、停车场和休闲绿地等。今天的龙显岩已是重要的涉台文物，年年吸引着海外的林氏亲人回来寻根祭祖，而回家的路总是充满丝丝缕缕的真情和感动。

金秋时节，走进林坂，热情的桂花香浓满村，将客人围得踏踏实实，令人陶醉，而林坂的茶花雍容端丽，色彩缤纷，品质高雅，堪称奇品。有花的村子总是烂漫的，今天的林坂人依然不会甘于平凡，他们建起了一座座簇新的楼房，日子富足祥和，但寻梦的步子从未停歇。他们办起花卉合作社，架起网站，启动“互联网 +”，全力做大做强花卉产业，倔强地要将林坂的花卖往全国乃至全世界，将美丽进行到底。

千年林坂，在龙显岩的神光下，再度美丽起航。

去迎新

□黄荣才

迎新是一个地方，并非去旧迎新的意思，更不是大学里可以青春涌动的词语。迎新和迎富这两个村是隔壁，没有什么明显的标志，外地人根本无法分清哪一步跨出去就到了另外一个村庄，所谓的泾渭分明其实没有那么容易存在。迎新和迎富就像孪生兄弟，洗去铅华地存在，事实上，它们原来是二合一的，属于华安县，到了1957年才划归南靖管辖，并且一分为二，这多少有点儿两兄弟被一起过继到了某个地方的味道。迎新和迎富名字很好，通俗易懂，但也基本可以断定，这两个名字没有太长的历史。

我们是先经过迎富村，才到了迎新村。经历从和溪镇出发之后10公里左右的盘山公路，我们进入到大山的腹地。和溪镇办公室的小吴从一出发就告诉我，从这盘山公路了山顶，然后下坡，就到了。迎新村在大山的怀抱里，非常安静，甚至可以用宁静来形容。1875人的村庄，有5个自然村，13个村民小组，本身就像撒豆在广袤的土地之上，何况因为大多外出打工，平时只有几百人在村庄里居住，没有匆匆人影，没有人声鼎沸，甚至连狗和鸡鸭也不多见，山村的静谧在午后的阳光之下，祥和的意蕴在不同的角

落存在，不是飘逸，而是带着淡淡的凝滞，缓缓流动。

村里最为醒目的是恩来名苑。红色屋顶白色墙壁的几栋房子，宛如朴素村姑发髻的那朵花，凭空多了一些色彩。诧异于在这个山村，为什么有“恩来名苑”这个字眼。走近之后，才知道这个房子属于立人学校董事长游惠松。这是他在家乡自行投资、自行设计、自行组织施工建成的，集旅游度假、人才培训、商务洽谈、会议接待、茶叶生产加工销售于一体。恩来名苑融合了牌坊、照壁、书法雕刻、旗杆、塑像以及闽南民居等多种元素，无法说清楚这属于哪种风格，也许可以表达为糅合吧，自己的房子要怎么建设有自己的选择，按照自己意愿行事本身就是一种快乐。恩来名苑里有周恩来和游酢的塑像。“知恩感恩，立人为本”“我为中华之崛起而读书”，这已经是游惠松创办立人学校的一种理念，因此在有了恩来名苑这个名字和周恩来的塑像也就可以理解。而游酢，这个程门立雪的主角之一，他和杨时的名声非常响亮。游酢作为程门四大弟子中排名第一的人，他留下的不仅仅是程门立雪这个尊师的美名。20岁的游酢，拜程颢为师，事程颢十年，成为福建闽北最早接受“洛学”的学者，当他和事程颢一年的杨时同时走出程颢家门的时候，得到程颢“吾道南矣“的欣慰说辞。而在元祐八年（1093），游酢已是进士出身的太学博士，仍好学不辍，当时程颢已经去世。游酢还和杨时拜程颐为师。当他们两个人来到程家时，正巧先生在瞑目静坐，两人见状，不敢贸然惊扰先生，恭敬地侍立一旁静候。待先生醒来时，天色已晚，先生叫他俩改日再来，待他俩走出门外时，雪积一尺多深，游酢和杨时就是如此留下了尊师重教的“程门立雪”的典故。游酢正是凭着这种勤勉好学的精神，尽得理学的真谛。游酢学成南归，悉心传授理学，使理学得以南传，后来被称为“道南儒宗”。朱熹，这位理学大师是游酢的弟子黄中的弟子，是游酢的三传弟子了。作为游酢后裔的游惠松，在恩来名苑里设置了游酢塑像，也就顺理成章。

在恩来名苑内的空地上，有一群老人正在敲剥油茶籽，他们用小木槌轻轻敲击油茶籽的外壳，当外壳被敲出一个缺口后，把外壳剥开，把茶籽归拢到盛具里。有一种非常好闻的味道飘逸，边干活边聊天，话题散淡，有笑声传过来。他们聊的不是茶籽的含油量，或者茶籽油对身体有什么益处，这些太过于专业。就是我和他们聊天的时候，他们也是用非常简洁的字眼告诉我“茶籽油，吃人好”。把复杂的东西简单化，这不仅仅是语句的简单，更多的是生活快乐的基础和依托。蓦然回首，才发现许多痛苦或者不自在其实都是我们自己造成的，是我们的自我折磨。当我们穿过村庄的时候，我们仅仅需要知道我们的路要通向哪里就可以，而不必纠结这路到底有多少步，多少沟坎。

我们告别这些非常快乐和宁静的老人，到了恩来名苑的后山。这些地方有着千亩油茶基地，有孝德园。孝德园的牌坊已经建成，台阶通向山上，小吴问我是否登台阶去看看油茶园。我拒绝了。既然已经从敲击油茶籽的老人那里得到启发，我们就没有必要“吃到猪肉一定要去看看猪”。

从山上返回，可以看到园地里有许多大棚蔬菜和花卉苗木，迎新村的村主任老游告诉我，这个村和隔壁的迎富村差不多，村民的主要经济收入是种植花卉苗木和七叶胆中药材，区别就是迎新村的大棚蔬菜更多，有数百亩。还有个主要收入就是外出打工的收入，因为村里有个创办立人学校的董事长游惠松，因此迎新村仅仅在立人学校打工的人就有两三百人。似乎可以看到，这个村庄有几百人在守候，几百人的脚步在外面的世界匆匆行走，但他们的目光又一次次回望。

聊着迎新村，游主任说他刚刚从村道浇灌水泥的工地赶过来。这个村庄的许多村道，就像人身体上的毛细血管，多，但不大，不长。“主要的道路前几年就修好了，现在修的大多100多米，200来米，群众有需要，我们就一事一议，一条一条修。今天修的这条路修好了，村民集中居住地方的村道基本就修好了。”游主任很高兴，毕竟这1875个人的村庄，相对集中居住的有1000多人，其他的就比较分散了。听着游主任的话，看到迎新小学的校舍，很漂亮，不过，这学校一年级到六年级，只有20多个学生，老师倒是有7个。我们说每个老师平均三四个学生。“接受乡村这种现实，很重要。也许会有更多的学生到镇区、到外面去读书。”看不到伤感或者惆怅，游主任的言语中，有了面对现实的淡定和从容，就像面对这个村庄远离镇区的现实。“我们今年可以脱贫，我们还是坚持目前发展的方向，踏踏实实地把事情做好，实实在在地把日子过好。”这是游主任非常朴素的话。

告别游主任，我们去迎富村，看到路边的小河，河水非常舒缓地流淌。我觉得迎新村的日子就是如此，平缓，没有太多波澜，但清澈，而且有自己的节奏，有自己的韵律。过属于自己的日子，简朴，快乐，这已经足够。有些梦，并非一定要色彩斑斓或者惊天动地。

安静迎富

□黄荣才

迎富村，是南靖县和溪镇的一个村，距离和溪镇十几公里。山路弯弯曲曲，开车带我去的和溪镇办公室主任小吴说：“我会把车开得比较慢，避免您晕车。”对于山路虽然不陌生，但如果车开得太快，重心甩来甩去，确实容易晕车。当然，这山路是水泥路，其实还是属于宽敞的。山路通往华安县，据说迎富村原来属于华安县，原来叫迎富乡，1957 年才划拨南靖县和溪镇管辖。

山路的两旁，绿化很好，竹子成片地站立山坡，即使边边角角，依然是它们俏丽的身影。冬季了，虽然看不到笋，口齿中回味的却是笋的清甜。我素来喜欢吃笋，夹上一大筷子塞到嘴里，让口腔回荡笋的味道，是我喜欢做的事情。但我能够感受到，在成片的竹林地表下，冬笋在肆意地生长。也许再过一个多月的时候，会有村民提着畚箕，拿着锄头，用他们朴素但犀利的目光在山坡上搜寻，很有经验地停下，挥动锄头，一根根的冬笋就从地下来到地面，成为春节期间哪家桌头的美食。

除了笋，各种树木，让迎富村的绿化面积不是声影而是简单的数字。杉木在路旁，让我有种停车剥下杉皮

迎富村，站立在那里，并没有什么惊艳的效果，相对于某些地方，个性化的标签非常明显，而迎富村，极易泯然众人矣。这些关键词是收入的来源，但远远谈不上特色，谈不上个性化。

的冲动，当童年记忆中的杉木笔挺地出现在视野，亲近的冲动自然而然滋生。还有松树，那些松雷，有时掉落头顶，有着麻麻痒痒的微疼。田野里，草不再是翠绿的，而是衰黄，这是一种轮换，生命从这头滑向那头，其实没有什么疼痛感和悲伤。草木绿了，黄了，和季节有关，心事的起伏是自己的心事，是内心情愫的涌动，而田埂依然是田埂。童年时走在田埂上，赤脚和土地的接触，是草的柔软还是刺的干硬，是泥巴的温润还是忽然窜过蛇的惊吓，更多的是个体的惊吓。田埂和草都不慌乱。很想走到田埂，坐下来，或者躺下，让冬季的暖阳照射在身上，很安静，而且惬意。

迎富村其实是个县级贫困村，700多米的海拔高度，远离镇区，1502人。村里的老游告诉我，青壮年几乎都外出打工了，这里多的是山地，有17000多亩。茶叶、绞股蓝、反季节蔬菜、花卉苗木，这几个就是迎富村村民收入的来源。这些关键词很平静，就像

迎富村没有什么名人，没有什么古建筑，没有特色景点，我知道这是极为普通的一个村庄，类似于村姑，朴素、自然，但大众化。如果硬要找出点儿历史感的东西，村口的长兴堂或许就是唯一的建筑，长兴堂被拉上五颜六色的彩条，更是吸引目光。长兴堂是县级文物保护单位，供奉着孙吴许三尊保生大帝、三宝佛、如来佛、释迦佛、弥勒佛、陈真公帝、定公古佛、五谷仙、五显帝、显化将军、仁主尊王、伽南尊王、三坪祖师、观音佛祖、普贤真人、文殊真人等众多神明，这些神明不挑肥拣瘦，很安静地在迎富村的长兴堂落户。长兴堂，据史书记载，由十一世地理明师道孟公择地迁建，始建于明嘉靖四年即1525年。这个时间段让迎富村的面貌有了历史的纵深感，不至于太过模糊。数百年的时光，这个村庄依然如此的安静，或许，这就是特色。

走在村庄，墙壁上刷白了，画了一些画。老游说这是美丽乡村建设的成果，我知道，这些画，尽管简单，

但也是搅动迎富村原来一成不变目光的一条线，走过去，忍不住会看几眼。能够吸引目光，也许就是这些画的重要功能。吸引目光的还有村庄里不同角落的新房子，老游说去年建了30多座，今年也不少。正说着，有车过来，载的就是建房子用的砖头。这些村民出去了，但他们用赚回来的钱建了这些新房子，一年住的也就是春节的几天和平时偶尔回来的时候。有些时候，这已经不能以利用效率来衡量，其实这是一种回归，心灵和精神的回归。夕卜面的世界，脚步匆匆，回到迎富村，可以很安静地行走，可以坐下来，喝喝本村生产的七叶胆茶，聊聊家常，这就足够。

有一条河流，从村庄经过，河水很清，河道清理得非常干净，连水草都没有，甚至让我有了一点儿河里的鱼儿将隐身何处的小小担忧，两边河岸，铺设了行道砖。我更喜欢的是这里一块那里一块的菜园，围上了竹篱笆，芥菜、大蒜等在篱笆围起的范围内自在地生长。刚好有一块菜地刚刚翻过，泥土的气息顺鼻而上，非常纯粹的泥土味道，我站了下来，依恋地吸几口。这味道不是水泥地面的热气升腾或者浊气凛冽，也不是灰尘中混合的味道，很单一，这是真正的泥土味道。

老游说，村里有三家七叶胆企业，把村民种的七叶胆加工了，等着收购商前来收购。和他聊天的时候，他很平静，没有怨叹，没有感慨，很安静地说着这个村庄，说着自己。这是一种从骨子里流淌出来的安静，这样的日子是幸福的。

说到以后，老游说，也许会有更多的人搬出去，有更多的人外出打工，但他们都会记住这个村庄，这个叫迎富的地方。和老游告别，看到路旁的花卉苗木园，有许多种花卉苗木。和溪镇是培育花卉苗木的重要乡镇，许多村庄都把花卉苗木作为经济发展的重要途径，这很正常，多了才热闹，才引人关注，唯有形成产业才更有前途。地里的花卉苗木，有些我叫不出名字，熟悉的茶花，有花骨头从枝头冒出来，调皮的小孩子一样，五色茶花，很美。“我们很快就脱贫了，过日子没有问题。我们肯定会越来越好。"小吴开着车顺着盘山公路往外走的时候，我从车窗回望处于山谷中的迎富村，想起老游的话，这话没有什么华丽的色彩，但有温度，就像安静的迎富村，有味道。

上洋上水

□简清枝

上洋有上上之水，因为它位于九龙江的上游。上洋之水，来自郁郁葱葱的竹林树林，来自千山万壑，来自深邃的闽西南，清幽透亮，哗哗地流过上洋这个700年的老村子，沿着重重青山，百转千回，奔向山外，汇入漳州母亲河—九龙江。因此，上洋的水是有分量的。

和平寨将近600岁了，这是古上洋厚重的老者，见证了上洋的生息繁衍，沧海桑田。一湾碧绿的月牙儿形池塘倒映着这座古朴的圆形土楼，门楼上书："和气春无限，平心福自多。"这是上洋人的祖训，是活着的道理，是中国人隐忍融涵、勤劳坚定的生存哲学。围绕着和平寨的前后，是鹅卵石砌成的弧形石墙，墙上布满青苔，墙头有枯萎的小花。阳光缓慢游走，老人说，石墙是避邪照壁，就像是莲花花瓣，一层层保护着中间的土楼，而土楼的地势两边高中间低，和平寨也就被叫成"莲花盆"。"荷""和"则"平安"，在大山深处，又多处动荡时代的中国上洋村，羸弱如蚁的黎民百姓，平安就是福，就是最美好的愿景。上洋的先人们即以这个"花盆

“为中心不断地向外拓展，先后建造了40多座形态各异、各具特色的土楼。和平古寨，就是这样佑护着它的子民，许多新的生命在这圆形的世界里降生，奔跑、长大、哭泣，相爱，老去，生生不息。驻足和平楼下，目光一遍遍摩挲，阳光缓慢游走，古寨墙体开裂，青石滑亮，暮云高远，大山环峙，突然觉得，这座如今看起来已老态龙钟的土楼是多么的伟岸与强壮，它同所有的南靖土楼奇迹一样，是传说，是福祉，是永远的家园。

上洋还有上好的风水。清朝康熙乾隆年间，从这个小小的山村里走出了一位了不起的文化名人，著名的数学家和水利专家——庄亨阳。庄亨阳19岁中秀才，26岁中举人，33岁中进士，殿试二甲第8名。历任山东莱州潍县知县、国子监助教、吏部检封司主事、汉阳府同知、湖北内监试、徐

州府知府、江南按察使分巡淮安、徐州、海州道。仅就这样的履历，庄亨阳就值得方圆八百里的人仰慕，更是上洋人乃至漳州所有庄姓人家无上的荣光和骄傲。

关于庄亨阳，有三个方面永远值得称道和纪念。其一是他的眼光。庄亨阳所处的时代，正是清政府大力施行海禁政策、闭关锁国的清朝初期。统治者把福建沿海民众支持抗清斗争视为心头之患，对人民出海始终极端疑虑，害怕在自己鞭长莫及的海上结党聚社，酝酿叫板朝廷的活动。其目的就是要把所有威胁清王朝政权的力量苗头消灭殆尽。严酷的海禁政策给福建沿海的社会经济造成了极大的破坏，阻碍了商品流通，限制了人口的自然流动，使福建沿海在东南亚的贸易一落千丈。凋敝的生活迫使沿海百姓对清政府的海禁政策不断地进行各种形式的反抗及抵制，矛盾日益激化。但很长时间整个国家无视海禁的荒谬与危害，也很少有人敢提出质疑。庄亨阳深为此时的国计民生忧虑，他力主解除海禁，对外开放，活跃南洋贸易，并批评了一些官员不恤民情的做法。庄亨阳敢于冲破陈规俗律，解放思想，开放海禁，发展海外贸易的外交理念深得蔡新、方苞等人的支持，并受到朝廷的重视。雍正五年，经福建总督高其卓的奏请，清廷批准恢复对南洋的贸易，海禁遂除。

这就是上洋人庄亨阳宏阔的胸怀和可贵的担当。

庄亨阳同时是个文理兼修的学问大家。他早年研究《九章算术》，后又研究《几何原本》等西洋数学著作，并学以致用的把数学知识运用到生产实际上，在任分巡淮徐海道时，他亲自勘察山川湖泽形势，提出治理河防工程的方案，把数学理论运用于河防工程，并总结河防治理的实践经验，编写出《河防算法书》。该书被收入《四库全书》，名为《庄氏算学》，英国李约瑟博士著《中国科技发展史》、李俨撰《中国算学史》、钱宝琼写的《数学史》等著作都高度评价了《庄氏算学》。其编著的《秋水堂集》多达22卷，内容涉猎广泛，享誉海内外。从他的遗集中我们可以看到，他与前清许多只会研习八股、鄙视自然科学的“书呆子”、封建士大夫不同，他大胆学习西方科学知识，并提出对外开放的思想极具眼光，他的主张和做法比起鸦片战争后魏源等人要早了整整100年。

庄亨阳是个务实清廉的官员。没有人会去念想一个贪腐的官员。无论处什么官位，庄亨阳都把办赈救灾、兴修水利、发展农业生产放在一切实务的首位和中心，用农业收成的好坏作为衡量治绩的标准。乾隆七年（1742），庄亨阳一到徐州就把解除水患对民生的威胁作为自己施政急务，他说“兴利贵在因时，除患务求探本”，用了近半年的时间，“遍历河干，审察形势，访耆硕而咨官僚，早夜讲求，颇得其所以水患之由，及所以御水之法”。在徐州三年，庄亨阳每次遇到水灾，都能尽全力地动员百姓抗灾救灾，黄河水冲决石林，沛县城危在旦夕，百姓人心惶恐，争相逃窜，庄亨阳驾起小船，亲率百姓堵筑堤坝，连续七天七夜，最终保住沛县县城。乾隆丙寅年（1746），61岁的庄亨阳终因劳累过度病逝。逝世后，同僚才发现他盖的只是一条破棉被，衣箱里没有一件新衣服。官员百姓无不沉痛哀悼。大学士蔡新亲自为他书写了墓碑，礼部侍郎、著名文学家方苞为他作了墓志铭，文中赞扬说：“君之生不作于人，死不愧天！”

庄亨阳是上洋村的精神高地，更是上洋村的灵魂。后人无法忘记他，陆续修了亨阳纪念馆、亨阳陵墓及廊亭楼阁、泮池牌坊等，命名亨阳园，就是要永远敬仰他，以他为荣，启示后人。亨阳园俯瞰闽南最大的人工湖——亨阳湖，碧波荡漾，渔舟唱晚，水光粼粼。是的，老上洋够古老了，老得那么的沧桑，像那一堵堵土楼的墙；老上洋又那么有味道，像四周山野上摇曳的花；老上洋老得又那么令人流连忘返，一如那闪亮着微光的青石板古道，隐入岁月的深处，无限绵长。

上洋有上上之风水。今天的上洋，旧韵丰盈，新貌迭出，生机欲勃。据说，几百年前，庄亨阳就曾预言这里的变迁，目光深邃智慧高远的先贤也一定看见了这里瑰丽的未来。

亨阳湖北岸之歌

□庄伯迁

我特别热爱故乡奎洋店美村。她是库区后靠移民村，也是革命老区村。她有许多美丽的故事，文化底蕴深厚，民风淳朴。更重要的是她的精神丰富，自力更生、艰苦奋斗；尊师重教、耕读传家；英勇斗争、不怕牺牲；顾全大局、无私奉献等精神都得到传承，成为激励子孙后代的宝贵财富。

（一）

自元延祐七年（1320）庄三郎在店美开基至今，已近700年。庄氏子孙历经一代一代的自力更生、艰苦创业，平地建房，开辟了数千亩良田和梯田，种植万亩杉木，铺筑80公里以上石路、石岭，建设16座祠堂、庵庙、凉亭。由于不断繁衍，人口急剧增加，部分庄氏子孙外迁到上洋、霞峰、松峰、后坪、福清等地开基。清乾隆嘉庆年间，又有一批庄氏子孙外迁我国成都、广东、江西、台湾及缅甸、印尼等地。这么多外迁庄氏子孙既为家乡解决了人多地少的困难，又融入迁居地，为当地社会经济发展做出贡献。

尊师重教、耕读传家延续至今。明清年间，由于宗族及私人出资创办私学十分普遍，聘请名师执教，不少庄氏弟子接受教育，一边耕田一边读书。其间设立书田、书租，规定父母要为新丁种植120株杉苗，供以后读书费用。至清末，共有书田300亩，设立书租240石，激励学子耕读热情。据记载，康熙十三年（1674）庄梦雷考中武进士，五十七年（1718）庄亨阳、庄士元又同科考中进士。之后又有举人19名，贡生42名，文武官司佐7名，援例纳贡太学生170余名，庠生400多名，竖旗杆64支。

抗日战争胜利后，爱国侨领庄西

言捐资建设奎洋小学校舍，并于1948年5月到校视察，提出办学建议。此后，店美、东楼的学生都在奎洋小学读书。1963年8月，以店美村为主，联合东楼、上洋、罗坑等村，创办奎洋农业中学。后经县教育局批准，改名为南靖县店美中学。两所中小学为高一级学校输送了许多优秀学生，为当地建设培养了大批人才。

（二）

店美，那巍峨挺拔的大坝，那青翠欲滴的山峦，那波光粼粼的亨阳湖，那一群群掠过水面的白鹭，那怡然自得垂钓的人们，那在帐篷进进出出的远方来客，那在游艇上自由自在的青年男女，构成一幅幅斑斓的水彩画。地处亨阳北岸的店美后靠移民新居，坐落在山坡上，呈现阶梯状，整齐划一。处处都有亮丽的风景，生机勃勃。这是休闲度假的好地方，这是享受青山绿水、田园风光的胜境佳地。

眺望碧波万顷的亨阳湖，思绪万千。想当年，家园全部被淹没，5775名移民，尤其店美、东楼4400多移民处于最为艰难困苦的阶段。大家对祖祖辈辈生息繁衍的故土，倾注了刻骨铭心的爱恋和满腔深沉的感情，搬离这块风水宝地，无疑是难以释怀的，然而，必须作出艰难的抉择，应该顾全大局，勇于奉献，牺牲个人利益，为造福工程离开故乡，或外迁，或后靠，重拾信心，重建家园。

忆往昔，每逢暴雨降临，山洪暴发，船场溪上游600多平方公里的雨水汇集奎洋溪，像脱缰的野马，似发怒的蛟龙，直冲山城、漳州、龙海，损失巨大。巍峨大坝雄踞峭壁，浩渺烟波洋溢山间。1993年11月11日上午，150吨闸门徐徐降落，凶猛的蛟龙被制服了，造福工程告捷，数百年梦想实现了！山城、漳州、龙海百万人民欢欣鼓舞、笑逐颜开。

亨阳湖以防洪为主，兼有发电供水效益。大坝高96.8米，长193.4米，湖面积近3500亩，容量1.58亿立方米。坝内电站装机容量2万千瓦，正常年份发电量6800千瓦，为工农业生产和百姓生活提供充足电力。下游的四级水电站每年都增加发电量6000万千瓦。山城许多农民都由衷地说：南一水库确实是造福工程。库区人民深明大义、顾全大局、无私奉献的精神值得赞扬，关心他们的生活、生产，帮助他们发展经济义不容辞。作为南一水库移民的后代一定要将这种可歌可泣的精神传承下去，为实现小康、建设富美家园而辛勤劳动。

（三）

店美村祠堂、庵庙不少，闻名各地。许多游客来店美村度假，吃鲜鱼、看祠堂、游庵庙必不可少。其中圣龙宫是首批县级文物保护单位，奎洋庄氏大宗祠、太子亭朱公祠、万善庵、芳石岩观音庙都是县级文物保护点。圣龙宫是按原型搬迁重建的。宫内敬奉保生大帝等神明，受到村内外信士的膜拜，香火长明。众多石柱镌刻庄亨阳、庄南光等清代进士、举人撰写的对联。每逢辰子申年，上百辆小车护送保生大帝到海沧慈济宫进香。东

楼、罗坑等村多次联合举办圣龙宫文化节。太子亭朱公祠原址在店美顶坪，1992 年按原型迁建。庄亨阳因治理淮河受到朝廷重用，曾任多省的钦差、巡抚、巡按，并且是当时太子的老师，官至一品。庄亨阳担任国子监助教时，教学十分出色。他的一名学生（太子）当了皇帝后，为了答谢恩师，特赐建太子亭，并规定官吏从亭子前经过时，必须像恭迎御驾那样，“文官下轿，武官下马”，顶礼膜拜，鞠躬而行。

芳石岩观音庙址在观音山，海拔上千米，始建于明代崇祯年间。因保佑参香求签的书洋塔下华侨发大财，三年后塔下华侨回乡祭祖，特捐资铺筑观音庙下面 1350 级石阶，以示答谢。观音庙门前有奎洋八景之一的“芳石神泉“，泉水甘甜，无污染，据说可治病。游客到此，都要捎几瓶水回去。有古诗句为证：“芳石光浮顶上圆，淙淙泻出碧岩泉。”现在环山水泥公路已通往观音山，下车后只要登 15 分钟石岭，便到了观音庙。亨阳湖湖光山色，尽收眼底。气象万千的远景，令人心旷神怡。

庄氏大宗祠原址在店美上水龟，始建于明代嘉靖年间，奉祀始祖三郎公暨派下子孙神旨。1994 年迁建，址在店美松树墩，背靠青山，面向亨阳湖，形似“龙虾出海”。祠堂上厅悬挂着明代留下的“大宗祠”牌匾，右边墙上镌刻“捐建芳名录”。

这是一处久经传统文化熏陶，深受革命传统影响与教育之地。天然纯净的亨阳湖，令人心旌摇荡。在这里，能感受安静闲适而生机勃勃的氛围，体会追逐美梦的激情，体会当年重建家园的艰辛。对未来充满希望的店美，静静地守候着这片红色土地，把梦想根植在希望的田野上。

梅林的守望

□简清枝

清清泠泠的曲梅溪日夜流淌，穿过梅林村。

站在虎跳桥上，溪水哗哗作响，欢快地穿过乱石，或徘徊在小小的河滩边，然后，又跳进了蓝幽幽的水潭，蜿蜒而去。水边是浓密的古榕、高挑的野梨树。这个时节，芦花盛开，像一簇簇微红的火焰。

梅林是个安谧的仙居，四面青山遍植翠竹梅花，冬春时节，疏影横斜映水湄，暗香浮动沁古村。炊烟斜雨里，梅花成垄，故有古称“梅垄”。这是个诗意的境地，遗世独立，清高静美。

曲梅溪边是一条百年老街，至今留有早年的酒肆杂铺的状貌。青石板路被一代代人的鞋底和脚板磨出了光亮，街角的花草热烈而寂寞，串串红最是张扬奔放。老街旁有一座树于乾隆年间的青石牌坊——“节孝旌表坊”。早年，读书人魏睿衷英年早逝，弃下年仅 19 岁的妻子简氏和儿子仰韵。妻子简氏坚贞守节，这一守就是 70 年！她含辛茹苦养育仰韵，孤儿寡母，破屋漏雨，其间的凄苦艰辛难以尽诉。客家人历来重读书耕作。仰韵不负母亲，成人后远赴武汉等地做生意，积累日厚。发迹后的魏仰韵常常思念远在大山深处的梅垄故里和那柔弱坚韧的白发亲娘。一想到山寒水冷的老家，魏仰韵就夜不能寐，那里有他单薄的

童年，有善良的左邻右舍，有他慈爱苦难的母亲，有他梦中的梅花和那淙淙的曲梅溪……他决定回来，回到梅林建一座学堂，供村人孩子读书玩乐，给孩子T可能更开阔的人生。学堂取名“翠玉轩”，布局巧妙，装置精美。“翠玉轩“在，如翠玉般素洁清苦的母亲就在；“翠玉轩”在，乡亲孩子就有书可读，欢乐就会绵延不息。

历经数百年风雨的“翠玉轩”今天依然守护在日夜流淌的曲梅溪边。站在门前，依然可以听到从很远很深的时光里往来的朗朗书声和天真纯美的欢笑。

走出去的梅林人，终究要回来，回报他那母乳之地，回到梦里的故土原乡。“翠玉轩”是一代代梅垄人的精神，更是呼唤。

古梅垄最丰富最珍贵的是土楼。清清浅浅的曲梅溪两边，曾建有多达46座的夯土版筑土楼。岁月飘摇，今天这里尚存土楼25座，而每一座土楼都有奇崛之处。松竹楼是一座高五层的长方形土楼，楼地是靠山坡的烂泥地，据说建楼时，用100多立方米千年松木打“井”字形桩，在木桩上按十字形砌垒五层基石，平面再以条石砌墙基，高达2.5米，而后在条石上用土夯墙，才建起这座庞大的堡垒。数百年来，松竹楼不沉不斜，巍然而立。保和楼宽敞明亮的天井里，是一个用鹅卵石铺成的八卦图，世代居住在楼里的魏氏族人，把八卦视为一种可以避邪的符号，以此祈求平安吉祥。南庆楼东面有一口铜锣井，楼内有一口鼓井，楼西有一口井，三井共润一楼。然而其围楼分成七种，有7个双合门，建楼者分一个，其余6个分配6个儿子。整个南庆楼群共18门，享有十八罗汉把守门之意。18个门坐向、着落均有讲究，宛若迷宫。

最巧妙的当属和胜楼。和胜楼建于清代康熙二十八年（1689），楼背靠青山，面向金灿灿的田野与溪流。东向有两座大型圆土楼。楼后有两座几百年历史的宏大的祖墓，一前一后，紧紧相连，风水极佳。和胜楼建筑规模庞大，除主楼外，东西两边建有厢房，西边紧靠厢房是学堂。第三大门前是

约1000平方米的长方形石砌的石坪，石坪边与第三大门旁立有十几根石旗杆——这在所有的土楼中相当罕见！石坪前面是由三个院落式组成的一排单层平房，平房西面建有并排六座的院落式双层书房，供主人的6个儿子读书。更妙的是它有如宫殿式的六个大门成一直线：天井门、主楼门、大门、平房中厅两个门、外大门，既合八卦的六爻，又合"六六大顺"的吉数，是谓奇观，可称“土楼第一门”！

“和”则“顺”，“顺”则“胜”。和胜楼融入古梅垄人的儒家文化追求，包容、开阔，海纳百川。

梅林古街上还有一座妈祖庙。每年的三月二十三，这里都会为“海神”妈祖庆生。这是一年中最盛大的节日，古镇上到处张灯结彩，喜气洋洋。外出的男女老少也都会尽量抛开手头的杂事，赶回家乡和亲人团聚，也给庙里点簇香、添点油。

大山里的梅林人怎么拜起了沿海的神呢？原来很久以前，在这穷乡僻壤里，梅林人为了养家糊口，村里的年轻人相约结伴，漂洋过海到东南亚及台湾一带当苦力或经商，海上风大浪急，旅途险恶，生死难料。为了让亲人航途平安顺利，留守家园的家人就把沿海渔民最崇敬膜拜的海神妈祖请回山里供奉祭拜，让妈祖保佑亲人安全，也寄托自己对海外亲人不绝的思念之情。久而久之，妈祖这位海上女神，就在这大山里“定居”下来。在这里她年年岁岁保佑山民风调雨顺，五谷丰登，合境平安。家乡人为答谢妈祖的神恩，每年一到妈祖生日，就要举行热闹的祭拜活动。而这一拜就是 300 多年，形成了山里的土楼与沿海的妈祖和谐地融为一体的奇特人文景观。

今天的梅林古村，离闻名海内外的“世界文化遗产地“、国家 5A 景区云水谣仅有几公里，平坦通畅的山梅公路、环土楼全景旅游公路将梅林紧紧地拥进怀里。奇异丰富而温润动人的古梅垄，也敞开它厚道的胸怀拥抱大批来自海内外的作家、诗人、摄影家、观光客。

三月二十二，祭拜活动达到最高潮。当地百姓毕恭毕敬地把妈祖请出天后宫“出巡”，鼓乐队、旌旗队开路，舞狮队、龙艺队、大鼓凉伞随后，一时左挪右腾，上下欢舞，浩浩荡荡。每到一处，是鞭炮齐放，鼓乐齐鸣，锣号声声，香火缭绕，热闹非凡。入夜，多剧班子、木偶戏在“天后宫”前唱响，兴奋的人家燃起了烟花礼炮，把夜空映照得五彩缤纷。欢乐在古朴的乡间涌动，虔诚在家家户户蔓延。土楼人家丰盛的鸡鸭鱼肉好酒好菜，热情地招待各地赶来看热闹的亲友，直到“家家扶得醉人归”。

妈祖由人化身为神，是因为她穷尽一生为他人，造福他人，她是有根的神。今天，特别敢于拼搏懂得感恩的梅林人纪念她，膜拜她，其实是对高贵的灵魂的无比敬重和向往，是对一个真实的好人的纪念。

翻读科岭

□珍夫

科岭是一本色彩斑斓的书，意味深长，翻读不尽。

红色是科岭的基调，翻读起来让我热血沸腾，心潮难平。红色科岭是与闽西苏区连成一片的革命根据地，成为中央苏区重要的组成部分。科岭人民为革命事业做出了巨大贡献，以闽西南军政委员会主席李明康为代表的 41 名烈士牺牲在这片红土地上，其中科岭籍烈士 35 人。1953 年，为纪念在科岭革命斗争中英勇牺牲的先烈，南靖县委、县政府建设一个革命烈士纪念亭。1978 年，福建省政府拨专款扩建科岭革命烈士纪念碑。

革命烈士纪念碑占地面积 432 平方米，是市、县爱国主义教育基地，也是县级文物保护单位。面对纪念碑，我的眼前幻出 80 多年前，在这块土地上，许多革命者为了追求光明，追求真理，追求共产主义理想，不惧黑暗，不怕牺牲，用热血染红了这一方土地的一幕幕。

面对纪念碑，我似乎看到在风起云涌的革命岁月里，张鼎丞、邓子恢、谭震林、伍洪祥、王直等老一辈无产阶级革命家率领的红军在这里领导人民群众打土豪，分田地，建立革命政权。特别是抗日战争爆发，为了适应全国抗战的形势需要，张鼎丞在科岭开展抗日民族统一战线的斗争。从此，一大批红军游击队或奔赴前线抗击日寇，或留守后方开展游击战争，谱写了可歌可泣的篇章。科岭人民在中国共产党的领导下，踊跃参加红军、游击队，积极开展武装斗争，表现出无比高涨的革命斗争热情。无论条件多么艰苦，环境多么恶劣，他们始终坚信党的领导，坚信“革命的红旗永远不倒”，

把满腔的革命热情化作实际的行动，无私地奉献一切。面对纪念碑，我仿佛看到郭治妈为了全体劳苦大众的幸福，为了革命取得成功，忍受着敌人的严刑拷打，不向敌人吐露半点党的机密。这是何等刚强与英勇！中华民族女性的伟大，共产党人的风格在她的身上得到了充分体现。目光在碑文中移动，我的心在翻滚，心灵又一次得到洗礼和净化。新中国成立后，科岭村被评定“五老人员”87人。2008年，县委县政府在下斜，利用“翻身楼”修缮改造建设“岩永靖军政委员会旧址纪念馆”，由王直将军题写馆名。纪念馆通过近千幅图片和大量实物，对每个时期的历史人物和重要事件作详细说明，重现科岭光辉的革命斗争历程，极具革命传统和爱国主义教育意义。参观“岩永靖军政委员会旧址纪念馆”，我的眼前浮现红军、游击队同人民群众结下的深厚情谊，正如王直1983年回忆文章《战斗在科岭的红九团》写的那样：“1936年冬，我们红五支队的一、二大队都在科岭、杜树坪一带活动，和当地群众情同骨肉，无论哪一个人都深受过科岭群众的恩情。”土灰色是科岭的饰图，是朴素自然的显露。科岭人民没有躺在功劳簿上，他们勤劳朴实，保持本色，在贫瘠的土地上自力更生，艰苦奋斗。1951年9月，老红军游击队员王鼎荣作为华东区、福建省老革命根据地代表之一赴北京参加国庆观礼，在中南海怀仁堂受到毛泽东主席接见。1956年，南靖县第二届人民代表大会召开，王鼎荣被提名副县长人选，但他婉拒了，认为自己没有文化，不能胜任，回家种地更适合自己。他说，现在生活比新中国成立前好多了，相对于长眠地下的战友们，能看到革命胜利的果实，已经很知足了。他更愿意在大山里陪伴牺牲的战友，为他们讲一讲新中国建设的见闻。这就是最质朴的共产党人，他坚守共产党人的誓言，为了革命历尽千辛万苦，付出血的代价，却始终不求回报。

王鼎荣在科岭辛勤劳动，耕田种地，闲暇之余，服从组织安排，到学校向师生们讲科岭的革命史，为师生进行革命传统教育。1981 年 8 月，腿脚不灵的王鼎荣，坐着小板凳在菜地拔菜，由于菜地不平坦，他失去重心，翻下 2 米多高的深沟，之后在床上一躺就是 4 年。卧床期间，龙溪地区、南靖县领导多次亲往慰问。1984 年 9 月，福建省政协党组书记伍洪祥步行几公里到下斜，看望老战友。伍老紧紧握着王鼎荣粗糙的双手，老泪纵横。在昏暗的房间里，伍老摸着盖在王鼎荣身上的单薄棉被，交代同行的工作人员，让南靖县委组织部、民政局给王鼎荣落实享受老红军待遇，给予病重的王鼎荣适当照顾。1986 年 2 月 6 日，王鼎荣永远离开了他深爱的亲人和眷念的科岭，远在福州的伍洪祥发来唁电，指出“王鼎荣同志是老党员，是老红军”。

王鼎荣革命的一生，紧跟共产党的一生，默默奉献的一生，就像科岭厚重的泥土，散发着芳香，弥漫大地，激励着后人。由于各种原因，早年，科岭村民以种植水稻与上山砍柴为生。封山育林之后，村里仅有的刨板厂倒闭。之后，村民尝试种植柑橘与茶叶，但效益不佳。后来，日渐起色的生猪养殖业又在环境整治的禁令下覆没，大部分村民便到城市经商务工，以致村里仅有 230 多个常住人口，几乎都是空巢老人。随着劳动力外流，科岭村的大部分耕地处于抛荒状态，全村 3000 多亩耕地近半处于闲置，且大多数为效益不高的梯田。

缺乏产业基础，是科岭最大的痛点。但科岭人不等、不靠，他们在省、市、县领导的关心下，分析原因，谋划思路，研究制订工作措施，努力改善群众生活。近年来，福建省委、省政府出台“关于支持和促进革命老区加快发展的若干意见“，科岭村主动对接，积极向上争取资金，加快发展步伐。在上级有关部门支持下，新建村级组织活动场所，累计投入 400 万元完成 5 个自然村及主要人居群落的道路硬化，实现全村通水泥路；投入 80 万元完成村容整治工作，建农民公园，全村主干道全部亮化；完善体育文化设施，建篮球场、乒乓球室、健身运动场所、农家书屋、老年人活动中心，使村容面貌焕然一新，极大地改善了基础设施条件，丰富了群众的业余文化生活。

科岭村还加大环境整治和生态保护力度，完成改水改厕，建设户用沼气池，圆满完成森林资源保护目标，卫生环境不断改善，先后被评为市级、省级生态村。

绿色是科岭的主图，是希望所在。地处南靖西北边陲的科岭，345户1300多人，有方形、圆形土楼等11座，气候宜人，民风淳朴，田园风光秀美。这里生态保护完好，全村森林覆盖率96%，山林面积近3万亩，松涛阵阵，百鸟争鸣，溪流潺潺，叠泉飞瀑，自然景观迷人；这里蕴藏矿产资源，发现钾长石，芒硝，锌，锭，钴等矿点；这里非常适合山油茶的生长，特别适合发展铁皮石斛等中药材林下种植；这里出产洋葱、奇异果、芦笋、山药、绿豆芽、水果，品质优异，市场抢手；这里单季稻大米，走俏城市居民餐桌。

虽然区位、资源都显得先天不足，但是科岭村集红色景点、土楼民居、生态景观、淳朴古风于一体，是休闲旅游的好去处。距离“云水谣”景区才10多公里的科岭村，在精准扶贫、精准脱贫的发展规划中，被政府列入福建土楼旅游的大后方。村里修缮革命烈士纪念碑、纪念馆，作为廉政教育基地，并投资25万元修建2.5公里的红军路，直通观景瀑布平台与蝴蝶谷，途中复建红军亭、瞭望哨、情报秘密联络处等“红色旅游”景点。依托村小学旧址建设的旅游服务接待中心，也纳入规划。红色旅游元素给科岭带来了空前的人气，不少单位组团前来，部分旅行社也将科岭纳入“云水谣”景区的延伸线路。

“走遍天下，不忘科岭。”科岭绿色农业、旅游业的发展，不仅增加科岭常住村民的收入，也吸弓I外出打工的村民回来创业。一些外出村民看到本地丰富的土地资源，有的引进食用菌、花卉苗木、大棚蔬菜等项目，将闲置的田地管理好、利用好，以产生更大的经济效益，让村民有活干，有钱赚。有的当起养蜂人，一年中只要花一两个月时间到外采蜜，其余时间就用来照顾老人饮食起居。有的养土鸡土鸭，开发“石焖鸭”等名菜吸引游客。

“科岭要真正成为云水谣的后花园，应从生态旅游上做文章。”

“我们村野生灵芝汤，特色南瓜、地瓜叶等也是有乡土特色的好料。”一边听村干部介绍，一边徜徉在百亩茶花苗木种植场，望着田间施肥、除草、修剪的村民，山峦、绿树、清泉、土楼、田埂、菜园……我沉浸在大自然美妙意境中，心胸像金秋的阳光一样灿烂。

这里没有浓重的汽车尾气和拥堵的道路，有的是乡村的静谧、稻田的清新和村民黝黑却真诚的暖暖笑脸；这里没有喧闹而陌生的匆匆人群，没有闪烁霓虹灯、麦当劳、肯德基，有的是日日耕作的辛勤与朴实。这就是发展中的科岭，它并不繁华若市，但却欣欣向荣。我翻读科岭书中描绘的美梦，冀以无限的期许。

探访背岭村

□魏民

在初冬的艳阳里，我走进一个名不见经传，人口只有756人的行政村——背岭村。跟那些动则几千，多则上万的大村相比，背岭村只能算是微型单位。它隶属梅林镇，位于镇的西部，共有山兜、背岭、林扁、石桥垅、大路背五个自然村。这里，每一个地名，都朴实、通俗、原生态，让你品味一种原汁原味的客家乡村风味！

散落在各个自然村的客家土楼，它们或毗连翠绿的竹林，或蹲在松涛杉海边，或坐落在潺潺的溪流畔，或掩映在金黄的稻浪中，总之，一切都那么清静、平和，少了商业的躁动与游客的嘈杂，多了一份山里人家的休闲与散漫。

山兜圆寨，兴建于中华人民共和国成立后，坐落于苍翠的山边，面朝田洋。就像千千万万的农民一样，普普通通，普通得连名字都没有，但却在这块土地上风吹雨打矗立了几十年。背岭自然村的永和楼、庵前楼、先进楼，石桥珑的必兴楼，大路背的世昌楼，林扁的林添楼，六座土楼都是圆寨。背岭村的土楼，共有四座是县级文物保护单位。庵前楼，2013年1月11日被确定为县级文物保护点，2015年10月在大门边的泥墙上，钉了一个白色塑料的告示牌，显得其身份的与众不同，尤其是在这小小的山村里，显得格外突出。这座三层高的大型圆土楼，木构的一层窗户，都是一根一根的“梳窗”，朴素而大方，既能采光又能透气，是当时农村建筑普遍采用的装修风格。中间的橱柜，充分利用有限的空间，可放置杂物，是实用型的设计。一墙之隔的外空间，放置鸡矩头，是农家关家禽的地方。此楼的大门，尚未安置石构门框，或许，连楼名都尚未请老秀才给取上，时间就这么一晃，几十年过去了！看，如今土楼的年轻一族都出门打工，楼内看不到人影儿，显得冷冷清清！一家曾经一度风风火火的“阿郑”制茶厂，如今炒茶机闲置在圆楼外屋檐下生锈。斜坡上一棵叶已落尽的梨树，光秃秃的树干，暗灰色的枯枝，在初冬的天空中，像一个寂寞的留守老人。

庵前楼前面是一条小溪，有一架矮桥。桥墩是几块大石垒砌，桥面是二根削平的长木，简简单单，却尽显山村的特色。大楼左边有一片古木，枝繁叶茂。一座红墙黑瓦的庵庙，掩映在古木的枝叶中。农村人都十分信神，什么树木都可以砍，但是与神相关的树木谁都不敢轻举妄动，否则受到神的惩罚那可不得了！

石头垅，原是在山窠里的一个小自然村，人口只有几十人。方圆十几里的人家讲客家话，唯独这里一小撮人讲闽南话，显得有趣、特别。他们一出大门，讲客家话；一入大门，则讲闽南话。长此以往，练就了他们的“双语通”。据当地的老人说，他们祖上是汶水坑的客家人，在清代时渡海到“大员”谋生，娶了“大员”的女子为妻。后来赚到钱了，带着大员女子及家人回唐山，在石头垅这边买田建房，过起了男耕女织的

自供自给的田园生活。因大员女子讲闽南话，结果一代代都跟着讲。在边远的山村，形成语言孤岛的奇特现象。30多年前，梅林至曲江公路开通，石桥垅人决定合村搬迁到交通便利的公路边，并集资建起了一座三层的必兴楼大圆寨。在大路背，有一座宛如微雕的小圆寨，叫世昌楼，文革后改叫“团结楼”。一架新修的钢筋水泥大桥直通两岸，古朴的石跳、石磴通向各座梦幻般的土楼。

背岭村，是一个朴素的边远行政村，盘点其最大的优势，是自然生态。名优古木，随处可见。林扁自然村，清溪、石拱桥、石路，一派原始村落景观；村前屋后，水声潺潺，古木繁荫，雄鸡唱晓，虫鸟长鸣。时见村夫农妇，戴笠荷锄，在田头耕作。

在卓坑，有一座把水口的公王神坛，叫“庆福宫”。公王信仰，是客家人的习俗。在庆福宫周围，约有10亩的地方，生长着许多枫树、柯木、野栗树等古树，古藤蔓延攀爬在冎冎的树上。时值初冬，正是北方满山红叶的时候，但在闽南的山区，枫叶依然充满绿意。

十月，也是客家人“公王作福”的时节。每年的此时，村里出外的人员，无论多远，无论多忙，都要回来，置办猪头、鸡、鸭、鱼等五牲，以及酒、

香纸，虔诚地烧香膜拜“公王老太“，虔诚地许愿，虔诚地还愿。还要请演社戏，放铳、放鞭炮。村里大红灯笼高高挂，那喜庆与热闹的程度，甚至超过了大年呢！

山兜，是一个与梅林村隔溪相望的一个自然村，是一个小平原，因其周边的山把平地围拢成网兜状，故先民取了一个形象的名字：山兜。也许，这名字太通俗易懂了，也许，各地像此类的地形地貌太多了，仅在南靖县，地名叫“山兜”的就有三四个！

在山兜，有一座山兜塔，叫“延福堂”，供奉的主神是保生大帝。据说，在早先塔是三层的，但我没见过。塔在“文革”期间被捣毁，现在我们见到的是重建的，只有一层简陋的建筑。在十月，这里也举行隆重的庆典。山兜“十月半”的与众不同，是每隔三年必举办一次“玩车秋“。据说山兜是猴形地理，而猴子性喜嬉戏。所以几百年民间流传下这种特殊的民俗活动。在秋收后的山兜田洋上，在平展展的广阔空间，搭起一个二层楼高的大“车秋“，可以一人，也可以多人坐在上面，“车秋”旁边站立着两个青壮年，使劲转动，飞速运转，坐的人失惊大叫，看得人如痴如醉，大呼过瘾！

自坂寮蜿蜒流淌的清清九龙江西溪支流，流至背岭村，沿途留下了许多秀丽的风景，而最美的风景，我以为在溪中。

山兜，清清的溪水中，遍布着许多形状各异的石头，岁月的溪流，把他们冲刷得光滑细腻。岸边，一座土楼的残垣断壁，依然在血色的夕阳中屹立。溪边沿岸集市遗址，唤起人们久远的喧嚣与兴盛。据说，在久远的年代，山兜曾一度人口兴盛。可奇怪的是，无论如何，人口总是在999以内徘徊，过不了1000大关。于是，村人抓了一个乞丐去滥竽充数，凑满1000。结果坏事了：村里人一个一个接连死去，灾祸不断，村人差点死光！

山兜，最让人流连忘返的，是溪边的古榕树群。它们主干粗大，枝条粗壮，树龄几百年，像一个个饱经沧桑的历史老人一样。古榕延伸的枝条，把沿溪一带荫蔽得阴凉爽快。在骄阳似火的夏天，在热风吹拂的日子，榕树下的清清溪水中，一群妙龄少女，在榕荫下戏水，如同一群美人鱼在清澈的水中畅游，她们银铃般的笑声在清风中荡漾，让多少行人怦然心动。

背岭村的溪不仅美，还有奇。离背岭自然村约一公里处，在岩石遍布的溪洲中，竟然巍然屹立着三棵千年古松。它们经历了无数次的洪水冲击，雷轰电击，却依然郁郁葱葱，参天耸立！

在背岭村，随处可见别墅式的小洋楼，那是外出打工或经商的村民，打拼多年，回乡筑起的梦巢。在采风途中，我还碰见当地的几个年轻人，他们中有我的学生。他们正满怀信心，共同集资维修土楼，规划着、打造着山村的旅游业与未来。

以和为贵

□何葆国

提起南靖县梅林镇璞山村，很多人还不大知道，要是提起和贵楼，几乎就无人不知了。这座神奇的世遗土楼就坐落在璞山村，在长教三个村庄里，璞山村人口相对较少，仅有1200人，主要是简氏，还有一部分王氏，也是早年从外地迁居而来的，如今两姓人家和谐相处，其乐融融。和贵楼是璞山村最有代表意义的经典建筑，为简氏13世简次屏于清雍正十年（1732）所建，地处虎背山下，又称作山脚楼。它坐西朝东，楼高21.5米，一层土墙厚1.34米，由下往上逐层缩小，到第五层墙厚仅65厘米，墙体高厚比达到16：1，接近夯土建筑的极限。建成后的和贵楼宽36.6米，深28.6米，楼分为五层，每层26个房间，共130个房间，占地总面积1547平方米，建筑面积6450平方米。

和贵楼，顾名思义就是“以和为贵”，这正是当年简次屏劝人以和为贵的价值取向，追求“天地人合一“的境界。同一个姓氏，同住一座土楼，用土楼人的话来说就是“同一盆风水”，大家在日常生活中，相互帮忙相互支持，遇事友好协商，齐心协力去解决。

和贵楼最鼎盛时曾住过300多人，同一片屋檐下，人多事杂，以和为贵显得至关重要。和贵楼正中开一个大门，门扇联写道："和亲既康禄，贵子共贤孙"；大门的楹联是："和地献奇山川人物星斗画，贵宗垂训衣冠礼乐圣贤书"。这些言简意赅的藏头嵌字联，构成了简氏传统族训的核心，对人们起着训诫、警策的作用，形成土楼内部独特的文化氛围。几百年来，璞山村人正是践行着"以和为贵"的生活理念，在这块土地上薪火相传，安居乐业。

和贵楼被誉为建在沼泽地上的诺亚方舟，其所建位置方圆3000平方米全是沼泽地，为什么偏偏要在这里建如此高大的土楼呢？原来，长教简氏第13世祖简次屏是个读书人，看到这个地形像肚腰兜，就去请教地理先生，地理先生察看后说："此乃风水宝地也。这个肚腰兜后面的山脉从平和县到长教打石洋有数百里来龙，没有穿过坑口、河道，没有断凹，而前面又是溪水环抱成玉带，若在此建楼，以后一定会人丁兴旺、读书中举、福禄寿十全十美。"简次屏一听，连考举人都不去了，决心在此建立基业。巧的是，此块风水宝地已被简氏另一族亲先行看中。简次屏无论如何也不甘心，他登门前往族亲家拜访，告知自己相中一块风水宝地，想修建一座土楼，但资金不够，请求给予帮助。该族亲问简次屏准备在哪里建造，简次屏只好如实相告。没想到族亲听后说，既然你有心修建土楼，我理应将这块风水宝地相让于你，并将家中的一担白银借给简次屏。简次屏惊喜交加，心里又是羞愧难当，其实，简次屏家境殷实，并非无力建造一座土楼，而是担心族亲万一不答应相让这块风水宝地，他准备先下手为强，将他的白银借尽，再大兴土木建造土楼，到时族亲没钱，想建也建不起土楼了。谁知族亲的胸怀如此坦荡，让简次屏意想不到，他暗暗下定决心，一定要将土楼建好，并将楼名取名为"和贵楼"，以此警示教育子孙后代。

简次屏择了个黄道吉日，于1732年开始动工兴建和贵楼。然而，沼泽地上建土楼谈何容易，刚刚建起一层楼墙，全都慢慢下沉到了烂地里。简次屏并不退缩，他暗暗祷告各位祖宗，请求庇佑，若再次修建不下沉，楼建成后定将神位供奉在最高层。如今，我们走到和贵楼五层，可以看到上面供奉着神明，这在土楼里是绝无仅有的。再说简次屏一边祈拜祖宗，一边请教能工巧匠，他请来上百个帮工上山砍松木。俗话说“风吹千年杉，水浸万年松”，意思是杉木在风里吹拂千年不朽，松木在水里浸泡万年不烂。简次屏用200多根、100多立方米的松木，在下沉的楼墙上打排桩，从头开始夯墙。土墙用石灰、红糖、米糠、黏土混合夯筑，外墙用鹅卵石砌就一米多高的墙脚。楼夯筑到第4层后停工一年，简次屏看楼基稳固，才再建第5层。历经三年多的艰辛，耗资15000两银子，和贵楼在璞山村拔地而起，震惊四方。

如今和贵楼闻名遐迩，其最为人津津乐道之处便是她的神奇，虽建于沼泽地上，却固若金汤，风雨不动安如山。现在，你在楼中学堂的小天井用铁丝往地里插，一口气可以插进5米多深，拔出铁丝，则可见铁丝上有淤泥的痕迹，你如果在这里跺跺脚，天井整片的鹅卵石便会涟漪般震动。这种神奇令人叹为观止。和贵楼还有一奇，楼中两口水井，相距18米，井水水位均高出地面，清晨时高于3米左右。右边那口井，清亮如镜，水质甘甜，井中几条红鲤鱼翩翩游动，有如精灵，而左边那口井却混浊发黄，污秽不堪，完全不能饮用，这是怎么回事呢？和贵楼里流传着一些涉及风水、神仙等等的传说轶闻，不足为信，可是专家学者至今也还没有从科学上做出令人信服的解释。

和贵楼大门正面有一座山叫笔架山，简姓族人别具匠心，到山上把一个小山包挖成笔尖的形状，他们认为这样就能使楼里多出人才，他们在楼门前建起一排平房护厝，在楼里天井中心建了一座三间式学堂，他们说：厝包楼子孙比较贤，楼包厝子孙比较富。这句顺口溜用方言来读，十分押韵。现在，学堂的正门楣上悬着一块“进士”横匾，它是清道光戊戌年间进士、钦点工部屯田司主事简逢泰的牌匾，还挂着一块当年国民政府主席林森颁发的匾牌“兴学敬教”，还有一块国民政府侨务委员会委员长陈树仁赠送的“兴学利侨“奖匾，可见璞山村人对文化教育的重视。

从和贵楼穿过一条窄窄的田埴，是一座遭遇太平军火烧的土楼，璞山村人口耳相传着当年火光冲天的往事。这座俗称火烧楼的施德楼建于清乾隆年间，呈方形，楼高4层15.5米，有4部楼梯，单层32开间，共128间，天井两边各有一口水井——这是施德楼的前生，一场烈火之后，它的今世已面目皆非：所有房间烧成焦炭，大门的青石门框门楣烧断了，水井的石井沿也烧毁了一角，楼内的四堵墙经过长时间的烈火焚烧，像是高温窑里的砖越烧越坚强，凤凰涅槃地变成坚不可摧的红砖墙，历久而弥坚，一百多年的风雨侵袭也损坏不了它的坚韧，那高耸的断墙，在晚霞的照射下，它越发显得红彤彤一片，那是一种无言的沧桑，也是一种沉默的顽强。施德楼焚毁后，失去家园的人们有的外迁他乡，有的在附近另外择地建房，有些人家还是不愿抛弃它，用木料在后墙搭建了5间3层楼，又在左墙修建了3间4层楼，现在这里还有5户人家居住，人们从烧断井沿的井里打出清冽的水，柴米油盐的日子同样津津有味，日出而作日落而息，生活在继续。

残缺也是一种美。施德楼已残破不全，但是在废墟上重建的生活却是完整的，四季农事的艰辛与收获，茶余饭后的清谈和舒坦，太阳每天照常升起，这里依旧有温暖的花烛之夜，有新生儿洪亮的啼哭声，少女顾盼的倩影、母亲等待游子归来的目光，在落日余晖里同样熠熠生辉。它的残破带着一股悲壮的沧桑，像是一个宁静而肃穆的梦境徐徐展开，耳边萦绕着遥远的箫声。有一天我来到施德楼，正好看到一对双胞胎姐妹从施德楼断墙下追逐着跑过，她们鲜艳的衣衫照亮了这座古老破败的土楼，一边是断壁残垣的沉寂，一边是美丽女孩的灵动，天上人间，如此奇妙地融合在这残缺不全的方形空间里。我连忙叫住她们：“小姑娘，你们叫什么名字？”她们异口同声地回答：“简丹娜和简丹妮。“她们“哄“地又跑了，在断墙下捉着迷藏，我分不清哪个是简丹娜，哪个是简丹妮，她们的身影在断墙下鲜活地闪动着，不时迸出清亮的笑声。对纯真无邪的心灵来说，这里不是倾颓的土楼，这里同样是一个充满欢乐的世界。

随着旅游开发，原先在城里打工的璞山村人纷纷回到了村里，开办客栈、饭店，种茶制茶，种百香果，卖各种旅游产品，不少人的生意越做越红火。以和为贵，和气生财，璞山村的明天会更好。

洋洋大观

□何葆国

官洋村，位于南靖县梅林镇，中国景观村落，全国生态文化村——开头这么介绍，你心里一定没有什么感觉，若是说，官洋村处于云水谣景区的核心地带，你眼前不由一亮，面前就徐徐展开了一幅画面。是的，如今云水谣闻名天下，每年有数百万的游客从各地慕名而来，它那标志性的大水车和古榕树令人惊艳与难忘。官洋村人口1900人，长教简氏开基祖第四代开始在此拓荒定居，繁衍生息，至今将近六百年历史。实际上，这里历史上的名字是“长教”，1949年建政后也曾有“长教乡”，现在“长教”则成为一个相对宽泛的地名，指包括官洋村在内的三个村，而“云水谣”这个浪漫温馨的名字，则是在土楼申报世遗成功之后才命名的，因为电影《云水谣》在这里取外景拍摄。

我想起我第一次走进官洋村，应该是在1990年某个周末的傍晚，那时我在附近一所中学任教，周末不想回家，便踩着自行车随意地行走，然后就来到了官洋，当然我早已知道官洋，班上好多个学生就是这个村子的，但我不是来家访的，我是为排遣郁闷的心情随意而来的，自行车轮下发出沙沙沙的声响，像是梦里的一支摇篮曲，渐渐把我带入恍惚的梦境……我的自行车停下来了，时间好像静止不动了，天地间霎时安静。这个古朴的小村子，这个远离尘嚣的世外桃源，一切都显得那么安谧而超脱。古宅、古桥、古道、古树，还有一缕古风悠悠地迎面而来。

这里没有都市的喧哗与骚动，这里飘动的是洗尽铅华的纯朴和本真。后来又不知有多少次来到这里，或独自漫步，或呼朋唤友，随心所欲地走，在漫不经心之际，许多的景致跃入眼帘，看得见，摸得着，可以走进，也可以亲近，“人生天地间，忽如远行客”，苍邈的思绪栖息在面前的景物上面，让人释怀、安然。这个美轮美奂、天人合一的乡村，适宜发呆，适宜邂逅，最适宜的则是迷路，因为不管你在哪里迷路，哪里都有你相见恨晚的美景，或许还有心仪的美人。

官洋的土楼、土厝以及近年兴建的砖房，散布在蜿蜒的长教溪对岸。早年人们用跳石、木桥沟通着两岸的联系，近代则出现了水泥桥。长教溪由南向北，像一只母亲的手臂挽着村落，从时间的尘烟中走来，又向着无尽的时间深处流淌而去，岁月悠悠，流水如斯，土楼像蘑菇一样长出来，榕树展露出华盖般的树冠，地上用鹅卵石铺成的驿道被人们的脚板磨得越来越亮，夫人妈庙的香火相来越旺。

顺着溪岸绵延十余里的古驿道穿村而过，清一色用鹅卵石铺砌而成，它不知起于何时，村里的简氏族谱也语焉不详，老人说，自古以来，从汀州府到漳州府都要走这条古道。官洋人就从这条古道走出大山，走到北京赶考，走到台湾谋生……暑往寒来春复秋，夕阳西下水长流，官家与商旅从这条古道经过，一代又一代的官洋人从这条古道出发。官差衙役打马而过，清脆的马蹄声溅起全村人向往的目光，贩夫走卒肩挑手提，汗水洒落在脚下的石头上，而每一个官洋人从这里出发，上北京也好，下南洋也好，头戴一顶大竹笠，身背行李包裹，回头望着站在屋檐下送别的父母妻儿，心头一紧，只能加大步子往前走，这条古道承载了多少悲欢与离合、光荣和梦想。根据简氏族谱记载，简氏族人从第四世（明宣德年间）开始向外迁移，到缅甸、新加坡、印度尼西亚、泰国及中国台湾、香港等地谋生，如

今祖籍长教的台湾人就有 23 万人，而属官洋派下的则有 16 万之多。古道穿过的旧坪街，一排两层高的老式砖木结构房屋，上层为住房，两层之间以木质屋檐挑向街心，作为下层店铺遮阳挡雨之用，一如闽南的骑楼，又如湘西的吊脚楼，别具风情，一间挨着一间的店铺，山货店、农具店、中药店、打锡店、理发店……时光把脚下的鹅卵石磨得清光泛亮，有些路段甚至熬不过风吹雨打，塌陷成坑坑洼洼，石缝里长出苔藓和杂草……后来这里被更名为“云水谣”之后，这条古道得到了彻底修复，显得平整与光滑，一眼望去，逶迤于溪岸和山道间，间或有古榕浓荫蔽日，道旁矗立一座座土楼老厝，方形、圆形或椅子形，形态各异而气势如虹，官洋的土楼据统计目前尚有二十多座保持完整，其中最著名的就是位于溪岸边的广居楼，这是一座主体为长方形的三层土楼，两边建有门楼、护厝，犹如官家府第，显得气派非凡。岁月的磨砺让古道更加焕发出一种苍劲和大气，而古道上的旧坪街也变得热闹起来，游人与村人穿梭来往，店铺里的商品虽然还是以本地山货为主，像是虎尾轮、白奶根、金线莲、玫瑰茄、茶树菇等等，但也有了汉堡、水晶，交织出一片传统与现代的繁华。

和古道同样古老的是古榕，它们像巨人一样伫立在溪岸道旁，远远看，铺天盖地的霸气外露，当你走近它们，你会觉得它们像一个饱经沧桑的老人，

枝干参天，郁郁葱葱的树叶低垂着，硕大的根系在地面上如虬龙般盘根错节。整个长教有 13 棵古榕树，官洋村便有 8 棵，据专家考察，树龄大都在 700 年左右，个别的可达千年，老街溪岸的那一棵古榕，后来测定它树冠覆盖面积 1933 平方米，树丫长达 30 多米，树干底端要 10 多个大人才能合抱，为福建省已发现的最大的榕树。一个村子里拥有如此密集如此壮观的榕树群，不能不说是官洋人的一种福气，前人栽树，历代相传的呵护，终成这片荫泽后人的福地。

和古道、古榕、土楼一样，官洋人的民间信仰也显得丰富多彩。村里建有潭头祠、东山祠、追来祠，还有奉祀官洋始祖的东山祠，供奉女性先贤刘氏的奎文祠。在古道旁有一座夫人妈庙，这就是官洋以及长教人所崇拜的城隍夫人。城隍庙每县皆有，而城隍夫人庙，虽然不能说绝无仅有，却是十分罕见。话说清代年间，有个官洋人的妻子得了一种“心气疼”的怪病，到处求医问药，有一天，他到县城卖山货，偶遇一个客商，听说平和县九峰城隍庙药签异常灵验，次日便随那客商一同到九峰，求得灵药，回家治好了妻子的病。村里其他患病

久治不愈的村民听说后，也先后去求药，都是一帖见效。九峰城隍庙的药签灵验一下在官洋家喻户晓。因为距平和九峰有百余里之遥，村民想要求得灵药，来回一趟少则两三天，多则五六天，十分不便。于是，简氏族长与村民商量，决定到九峰“挂”（将香灰袋挂在胸前）回城隍香火。消息传到南靖县衙，县令说：“我是人间的县官，城隍是阴间的县官，只有县城才能建城隍庙，你一个山村，怎么能建城隍庙？”简氏族长只好不作声张，带着几个德高望重的老辈长者来到九峰城隍庙祈愿，没想到掷了三次“圣杯”，都是“阴杯”：城隍老爷不同意“外出”。人间的县令不同意，阴间的县令也不同意，按说就该打道回府，断此念头，偏偏简氏族长脾气倔强，心想，您城隍老爷不同意，我就求城隍夫人，不信枕头风吹不动您。于是，他们转而跪求城隍夫人，掷了三次“圣杯“，居然都是“阳杯”，这就是说城隍夫人同意啦。简氏族长说，城隍老爷不肯来，还是你夫人心软，反正你们都是神灵，又是夫妻，怎么着你也得听你妻子一回吧。就这样，简氏族长硬是把城隍夫人的香火“挂”到了官洋，请木雕师雕了一个城隍夫人神像，建了座小巧的城隍夫人庙，取名为“必应宫”，俗称夫人妈庙。每年正月初七，官洋以及长教的村民都要抬着坐在轿子里的城隍夫人木雕像，徒步走到九峰，让她与城隍老爷夫妻相会，次日返回。正月初九，是天公的生日，也是城隍夫人的生日，村里及附近的村民云集必应宫，在宫前供奉“牲礼“，祈求合境平安。当晚还要延请戏班，演戏给城隍夫人看，神人共庆，无比热闹。

官洋，这个古老美丽的村子注定不会寂寞，电影《云水谣》在这里拍摄之后，很多影视剧的外景地都对这里青睐有加，《沧海百年》《野鸭子》《海峡》等剧组纷至沓来。这个小村子如此美丽的自然风光，如此深厚的人文内涵，洋洋大观，令人怎么看也看不够。

千秋家国梦

□何葆国

这个隐藏在闽西南峰峦叠嶂之间的古老村落，历史上叫作“长教”，更早的时候叫作“张窖”。明洪武四年（1371）的春天如期来临，这个地方注定要起一些变化。一个叫作简德润的私塾先生得到风水师的喻示，从西北十里的村子觅龙寻踪至此，入赘张姓人家，连生三子，又娶卢氏生了五子，据说家里的母鸭每天都生双蛋，添丁又发财，很快成为当地的大户人家，子孙均以“张简”为姓。到了清朝道光年间，有个叫作张简逢泰的子孙进京赶考，金榜题名。话说当年那主考官觉得张简这个姓不见于《百家姓》，要求张简逢泰择一而姓，逢泰便去张就简。新科进士简逢泰衣锦还乡之后，村里的宗亲便纷纷效仿，以简为姓。张窖失去了张姓，简氏索性把“张”简化为“长”，在当地通行的客家话和闽南话两种方言里，“张”与“长”的读音还是非常接近的，而“窖”字较为生僻，词意也俗气，他们就写成谐音的“教“字，政教风化，儒家所倡。如今，隶属于南靖县梅林镇的长教已分化成三个村子。坎下村便是其中最大的村落，人口2200多人，早年多以农耕为生，现在则主要从事茶叶生产、旅游服务等多种经营。

坎下村为长教简氏的发祥地，建有简氏大宗祠。这是一座气势非凡、装修精美的古建筑，始建于明宣德六年（1431），坐北朝南，占地面积1500平方米。曾多次经历战火损毁，简氏族人每一次都历尽艰辛，不惜一切代价，把它重建起来。在坎下村以及整个长教，大宗祠都是人们心中的圣地，寄托着慎终追远的千秋家国梦。台湾著名的抗日英雄简大狮，祖籍地正是坎下村，这个血性男儿用他的生命谱写了一曲保家卫国的豪迈壮歌。

简氏族人在这块土地上辛勤耕耘，一代又一代的人不懈努力，建造了许多土楼，至今尚保存20多座，其中最著名的就是怀远楼了，当之无愧地入

选世界文化遗产名录。

怀远楼建成于清宣统元年(1909)，楼高四层，楼内直径33米，每层34个房间，墙基用硕大河卵石和三合土垒筑而成，楼墙虽然只是普通夯土墙，但是夯筑技术炉火纯青，历经百年的风雨侵袭，至今一片光滑，几乎没有剥落，让你感觉到时间只是从墙上轻轻划过，而没有留下痕迹。建楼的主人是缅甸侨属简新喜，话说长教五世祖简永贵从坎下迁往广东大埔，开基至十五世简良有，即简新喜的父亲，又携家带口从广东大埔迁回坎下村定居，先是在官洋下东山修建了一座单层四合院，屡次遭到土匪打劫，便决定修建一座坚固的土楼，以防匪患。当时，十六世的年轻人纷纷下南洋，外出谋生，简新喜三兄弟也前往缅甸做生意。几年后，简新喜受兄弟委托，回国购置田产，准备买地建楼。经过反复选址，简新喜最后决定以坎下族亲简易土坯房地为基础，并购得周边的菜园地，兴建怀远楼。清光绪三十一年（1905），怀远楼开始动工兴建楼基部分，而后每年夯建一层，直至清宣统元年（1909），经过五个春夏秋冬，整座土楼终于竣工落成。建楼的钱都是简新喜的兄弟简新盛、简新嵩从南洋寄回来的，据说共耗资一万多两白银。由于深谙没有文化的辛酸，简新喜在建楼时特地请来秀才题楼名写对联，并在楼里设立私塾“斯是室”，请先生为族中子弟传道授业。

怀远楼设有一扇大门，门框用石灰粉饰，三面用红砖砌成，框内两个上角饰以天蓝色蔓带构成的三角形图案，象征富贵吉祥。门上方红底框内是遒劲有力的三个大字“怀远楼”。这个寓意深远的楼名，既有怀念远方的亲人，慎终追远之含意，又有告诫简氏子孙要胸怀广阔，树立远大志向的良苦用心。门前的石堤中央用不同颜色的鹅卵石镶嵌一个八卦阴阳太极图，象征风调雨顺、五谷丰登，表达了怀远楼人对美好生活的企盼。楼门两侧书有楹联“怀以德敦以上籍此修齐遵祖训，远而山近而水凭兹灵秀育人文”。大门两侧下方还有四个大字“福禄寿全”，意在告诫子孙，“福禄寿全”是相对的，只有努力才能获得。站在怀远楼门外仰望，可以看见楼的四角顶端出挑建了四座瞭望台，这高高在上的哨台给怀远楼增添了几分南方城堡的威严和神秘。瞭望台的功能主要是远眺、预警，同时也可以组织火力攻击敌人，而在和平时期，无疑又是绝佳的观景胜地，登高一望，周边水光山色，田畴、屋舍、树木，无不映入眼帘，成为养眼的一景。

怀远楼楼中有楼，这便是内环楼“诗礼庭“，为全楼精华之所在。大门至诗礼庭甬道两边分别砌墙把大天井隔开，砖墙上镶嵌着做工极其讲究的带有通花图案的四方琉璃砖，是建楼当年从南洋带回来的。诗礼庭为砖木结构，面阔三间，是抬梁式五凤楼，大门上书“诗礼庭”，两侧有对联“诗书教子诒谋远，礼让传家衍庆长”，门板题刻“式谷”“诒谋”，表达人们对祖先的敬重和对子孙的关爱。跨过诗礼庭小天井，迎面就是主体建筑“斯是室”，典出刘禹锡《陋室铭》“斯是陋室，惟吾德馨”。如果说诗礼庭是全楼的精华，“斯是室”则是精华中的精华，它占地190平方米，为四架三间上下堂五凤楼模式建筑，雕梁画栋，精巧秀气，充满古雅书香气息。两边的木柱子上阴镌对联“斯堂讵为游观计敦书廾耳目，是室何嫌隘惟思尚德课儿孙。”两边的木窗上雕刻着九条形态各异的龙，表现出怀远楼人志向远大、壮志凌云的气概。正堂两边屋架斗拱上别出心裁地装饰着木刻书卷式饰物，镌刻篆书鎏金对联“月过花移影，风来竹弄声”和“琴书千古意，花木四时春”。“斯是室”两边的厢房是教书先生的住房和书房，两边门窗分别有对联写道“书为天下英雄业，善是人间富贵根”和“世间善事忠和孝，天下良谋读与耕”。“斯是室“既是祖堂又是私塾，是长辈议事、小辈读书的场所。每当人们来到这里，仿佛还可以在耳边听到一片琅琅读书声。这个耕读传家的家族数百年来人文蔚起，近现代以来，更是涌现出一大批各行业的精英翘楚。

台湾著名的抗日英雄简大狮，祖籍地便是在坎下。世界上本来没有“简大狮”，只有一个简忠浩，他的得名还与故乡息息相关呢。郑成功收复台湾后，长教简氏纷纷往台湾移民谋生，第十四世简祭球迁台后定居于淡水县，传至简忠浩时，已是清末乱世，但其时家境殷实，小日子过得还是不错。年青时代，简忠浩随族中长辈回到祖籍地祭祖省亲。那时简氏大宗祠刚好开设了武馆，从外地聘请了武林高手，教授族中子弟练武强身。简忠浩身高

体壮，平时耍枪弄棒，已经很有一些武术功底，这下祭祖过后，居然不回台湾了，留下来跟着武师勤学苦练。几年过去，简忠浩武艺猛进，力大如山，大宗祠门口两只石狮子，一般人挪都挪不动，他却能轻易地举起来，绕着宗祠行走一周。众人惊叹无比，干脆就叫他“大狮”，简忠浩也中意这个名字，大狮大狮，力大过狮，于是就正式改名叫作简大狮，从此世上再无简忠浩，只有简大狮。

简大狮出师后，已是一个刀枪棍棒样样精通的高手，他开始在漳州、石码、厦门一带卖艺，名噪一时，不久回到台湾淡水，广纳门徒，交友习武，在乡里获得了很高的声望。《台湾省通志》卷七第三章民族忠烈篇载：“简大狮任侠好客，市井佣工，均礼之若上宾。”1895年，美丽宝岛台湾被清政府割让给日本。简大狮义愤填膺，率众起义反抗，他的抗日义军在非常艰苦的条件下坚持了三年，失败后逃回大陆漳州，就潜藏在简氏侨馆，准备返回老家坎下，伺机东山再起。不幸简大狮被清军抓获送交日本侵略军，受尽酷刑后壮烈牺牲。百余年过去了，简氏大宗祠前的石狮子依旧静静踞坐在那里，英魂已归故里，我们还能从沉默的石狮子身上寻觅到英雄的传说。建土楼，保家园，甘于奉献，勇于抛头颅洒热血，这是中国人千秋万代相传的情怀，也是一曲惊天地泣鬼神的壮歌。坎下怀远楼，这个美丽的村庄，这座精美绝伦的土楼，做出了动人的诠释。

七星伴月云水间

□魏民

用“白云深处有人家”来形容磜头村，是贴切的，因为它是南靖县梅林镇的最偏远的一个行政村之一；用“无限风光在险峰”来形容磜头村，更无不可，因为其村坐落于海拔800米之上；但我以为，磜头村真正的美，在“七星伴月”的美妙，在“云水间”的绝唱！

试想：在海拔800多米的大山间，在白云飘荡，雾气蒸腾的山谷，竟演奏着云水交响曲，竟藏着一幅鬼斧神工的天地间巨作：七星伴月奇观，你的心跳是不是加快？你的心灵是不是像地震一样受到猛烈震撼？

这就足够了！

沿着一条上世纪70年代修的公路进发，一路山势陡峭，植被茂密，树木郁郁葱葱，倾泻而下的山涧水，发出"哗哗”声响，在山岩间形成一道微型瀑布奇观，很是让人有“明月松间照，清泉石上流”的画意。

磜头村位于南靖县梅林镇西北9公里处，与永定县古竹乡毗邻，是南靖县与梅林镇的一个偏远行政村，辖区总面积9平方公里，全村有上马、岭下、汕仔头、庵仔角、背头坪、下磜、刘屋7个自然村，有董、马、苏、刘、王5个姓氏。共有450多户1500多人，都是客家人。耕地面积2150亩，山地面积13000多亩。

一条大峡谷把磜头村切成两半，自上而下的山涧水，就顺着山谷潺潺流淌。在这大山峡谷间，在这白云深处的地方，最令人叹为观止的是高山

梯田！

这里，一年四季景色不同：春来，水满田畴，如串串银链；夏至，佳禾吐翠，风吹绿浪；金秋，稻穗沉甸，满坡披金；隆冬，凝冰晶莹，田野萧索。

梯田，一块一块，连缀成片，如同一件巨大的百衲衣，披在大山上；梯田，一道一道，环绕而上，似一只只巨大的螺蛳；梯田半摺半开，斜叠狭长，像魔幻的巨扇。春耕时节，一块块刚刚翻耕过的梯田，平平展展，上面水波荡漾，天光云影，像无数个明晃晃的镜子，镶在广袤的大地上。此情此景，不由使人想起布袋和尚的《插秧诗》：“手把青秧插满田，低头便见水中天。六根清净方为道，退步原来是向前。”田间小路，悠悠地，在客家山歌的婉转、悠扬声中，在跌宕有致的梯田里蜿蜒中，飘忽成一根根细绳。

无法想象，550多年前，第一批迁徙此地的客家先民，面对横亘在面前的高山峡谷，面对阴森恐怖的密林，面对山巅一声声黄狼悲啼，成群野狗可怕的嚎叫，他们是如何咬紧牙关，伐木、搬石、挖土，依靠最原始的工具，开垦出第一块梯田的。为了生存，他们的子孙便接过父兄手里的工具，日复一日，年复一年。也许，他们年老时，最心满意足的事，是又听到儿孙报告，又新开垦出一块新田！

礤头的高山梯田，完工于清初，距今有四五百年的历史。在漫长的岁月中，客家人在大自然中求生存的坚强意志，在认识自然和建设家园中所表现出的智慧和力量，在这里被充分地体现出来。

当初高山造田的先民谁曾设想，他们用血汗开出来的梯田，用生命吼出的劳动号子，竟会有如此妩媚潇洒、让后人着迷的曲线世界！梯田地处高山，海拔400–800米，从山脚盘绕到山顶，层层叠叠，高低错落。一条条、一根根的优美曲线，或平行，或交叉，蜿蜒如春螺、披岚似云塔，行云流水，柔和顺畅，磅礴壮观，气势恢宏，动人心魄。

从流水湍急的山谷，到白云缭绕的山巅；从万木葱茏的林边，到石壁崖前，凡有泥土的地方，都开辟了梯田。那起伏的、高耸入云的大山，一级一级的田地，犹如云梯，蜿蜒着直上蓝天。梯田，就像一幅幅巨大的抽象画，鬼斧神工，堪称天地杰作，它让每一个到此一游的人，心灵都被深深地震撼，一种难以言表的、被大自然的雄奇以及人的伟力所引发的深深震撼！

背头坪，是磜头的一个自然村，村落建于一座大山的半坡上，山麓就是深深的山谷。从公路这边隔谷远望对面的背头坪，一座座圆的、方的大型土楼，高低层叠，错落有致，雄伟壮观。其中最有特色的是由两座四角楼的隔墙相连的“巴卵楼”：一座叫“永安楼”，一座叫“振成楼”，三层高。楼内简朴，一层通廊边农家关鸡的“鸡矩头”，洗涤的盆、盛水的缸、桶，一切都透漏出浓浓的乡村气息。

位于山麓峡谷两边的下磜自然村，是梅林镇的“文化小组”。有一座建筑风格独特、已有250多年历史的“南宁楼”。因为这座楼的内外墙壁均用白石灰刷得雪白，所以这座四方楼被当地人顺口呼为“白楼子”。这座房子的建筑风格，所装饰的门面窗、地板等，与现代的别墅建筑相似。在当时交通极其落后的条件下，能在山区建好这座“白楼子”，在全县实为罕见，它对研究中国古代建筑史，颇有参考价值。

在下磜，还有一座建于1967年的木廊桥，为县级文物保护单位，是南靖县现存的第二座风雨木廊桥。这座木构风雨桥梁，上盖黑瓦，下筑青石桥墩，以大木为梁，以木板铺饰桥面，简易实用，它不仅连接了山涧的东西两岸，成为下磜自然村居民的交通要道，而且是当地居民议事、夏季乘凉的好地方。

桥下不远，有一个人工筑起的溪坝，上面有石板铺砌的石跳，连接石跳的，是一个石磴与石路，它通往对岸的一座四方土楼。桥下平静的山涧水，几十只白色的鸭子，正自由自在地或戏水，或觅食，或扑棱地在水面腾跃。

在村部周围人口比较集中的汕头、岭下、庵角三个小组，有一个由四座圆寨、三座方楼和一座半圆楼组成的、被称为“七星伴月”的土楼群最为雄伟壮观。“七星伴月”的土楼群现在是县级文物保护单位。该土楼群共有八座土楼，其中最早的始建于1739年，最晚的建于1985年。

“伴月”的“月”是永盛楼，建于1959年至1962年，该楼因建在沼泽地上，建了三次均倒塌半边，最后成为形如月牙的半圆楼。现楼中间部分柱子倾斜较厉害。楼外径32.5米，内径25米，墙厚一层1.1米，二层1.05

米，三层1米，楼高11.45米，21开间；3层共63间，设一个梯道，两个大门出入。该楼系董氏家族居住，现有住户11户56人。

七星是东昌楼，建于1970年至1973年，为圆形楼，楼高11.35米，3层共108间，设有两个梯道，一个大门出入。该楼系董氏家族居住，现有住户18户。福昌楼，始建于1939年，为圆形楼，3层共90间，设二个梯道，一个大门出入。该楼系董氏家族居住，现有住户9户。华兴楼，建于1983年至1985年，为圆形楼，3层共72间，设两个梯道，一个大门出入。该楼系苏氏家族居住，现有住户6户。永昌楼，始建于1769年，为方形楼，4层共112间，设四个梯道，一个大门出入。该楼系苏氏家族居住，现有住户23户。东华楼，始建于1739年，为方形楼，3层共78间，设有四个梯道，一个大门出入。该楼系苏氏家族居住，现有住户3户。福兴楼，始建于1749年，为方形楼，3层共66

间，设一个梯道，一个大门出入。该楼系苏氏家族居住。如今该楼年久失修，已经倒塌。七星变成六星了。明华楼，始建于1929年，为圆形楼，3层共72间，设有两个梯道，一个大门，楼前有一坐墩。

站在高高的山巅遥望，高山梯田高耸云端，雄伟壮丽，一条山涧水沿着峡谷潺潺流淌，哺育着礤头村民。梯田，就像一首首云与水交汇的歌谣，在天地间交响；而山坡上、峡谷旁，一幢幢被水光映照、被云影拂弄的土楼，则被空灵成仙山琼阁。

在村中，还有“圣王公庙”“广泽尊王庙”等古庙、古坛，每年农历十月，村民都要举行较大规模的庆典盛会。庆典活动期间，所有外出的人员都要回来，寂静的山村顿时热闹非凡。人们祈祷出外平安、祈祷五谷丰登、祈祷生意兴隆，也许，还祈祷“七星伴月”的梦想。

三到南欧村

□刘文财

第一次到南欧村，我就被这里高大而密集的土楼震撼了。

那是在 1987 年深秋，在所有福建土楼都还“养在深闺“似的默默无闻的时候，我被抽调到县社会主义初级阶段路线教育办公室这一临时机构，时常要到最基层的农村了解活动开展情况，因此有幸来到这个山坳里的小村庄。

工具车在书洋至曲江的沙土路上颠簸，从一个山谷口向左拐进一条小路，沿着山谷向上前行，不一会儿，就进入了一小片茂密的树林。同行的镇干部说：“南欧到了！”只见道路的右边是小溪流，狭长的山坳中挤挤挨挨地矗立着_座又一座高大的土楼。如果不是行人稀少，我可能以为这里就是城市的一条街道。

从车上下来，我的目光沉浸在一座连着一座的巨大楼体中。一座座土楼，一个个诱惑的风景，让我目不暇接。从停车地点到村部只有几十米距离，我走走驗，脚步总是落下同行人一大截。

趁着间隙，我步入村部旁边的一

座方形土楼。厚厚的土墙、斑驳的墙表、高高的屋顶、黑乎乎的瓦片、陈旧的木板，似乎都在向我诉说着它们历尽沧桑的故事。我脑海里接二连三地冒出问题来：一座土楼需要用多少泥土来夯打，需要付出多少人力、物力？这样一个规模宏大的工程，一个超然的梦想，这里的前辈们是怎样一步一步地完成、实现的？我正在云里雾里的时候，同行人催促返程了。匆忙间，我差点踩到了石板路上一滩牛粪！直到这时，我才发现：空气中弥漫着淡淡的臭味，土楼旁边低矮小房层层叠叠，杂乱无章，有的是旱厕，有的是牛栏，有的是猪圈；小路上鸡鸭成群结队悠哉游哉，路边水沟水体乌黑静止不动，水沟两旁杂草丛生。

第一次到南欧村，我就是这样带着惊奇和遗憾离开的。这遗憾虽然有环境脏乱的因素，但更多的是怀着不少未解的谜团。我期待着能有机会再次来到这里。

一晃20多年过去了，南靖土楼地区发生了天翻地覆的变化。县城通向土楼地区的山梅公路经过拓宽改造铺上了水泥路面，土楼成功被列入了世界文化遗产名录，与南欧村咫尺之遥的田螺坑、塔下、河坑、云水谣等土楼聚集区名扬四海，车水马龙，游客云集。而土楼密集的南欧村却依然像个待字闺中的少女，披着神秘面纱，等待着钟情于她的人前来揭开。作为田螺坑等地常客、见证这些地方人气积累逐年旺热过程的本地电视台记者，我始终惦念着南欧村，却是一直没有机会再次造访。

大约在2010年春节前，省华侨联合会领导前来南欧村慰问归侨和侨属，我受派随同采访，终于有机会再次来到这里。

小车从山梅公路转入山谷小路后，我注意到原先坑坑洼洼、尘土飞扬的小路已铺上了水泥路面，车子匀速前行，人在其中，目赏窗外绿树云岚，心旷神怡。来到村中，我感觉眼前开阔起来，原先低矮的牛栏猪圈不见了，地面也比较清洁，一座座巍峨的土楼愈发雄伟壮美。可惜，这一次到来我又是只呆半小时就离开了。

怀着又蓄积了多年的冲动，2016年10月中旬，我第三次造访南欧村。村委主任张意民特地开车到山谷口的山梅公路接应我。从车窗望出去，两面青山树木葱茏，生机盎然。我们边行车边聊，不到五分钟，小车就开进了村中。

秋高气爽，艳阳高照。呈现在我眼前的是一幅诗意盎然的水墨画：一座座高大的土楼依山势而建，矗立在小溪流两旁，错落有致；整洁的水泥村道沿着小溪流缓缓而上，在土楼群中穿行；小溪流水淙淙，清澈见底，每隔一段距离就有一座石拱桥横架两岸，三三两两的白毛鸭子在溪流中嬉戏，悠然自得地觅食。整村庄古韵悠悠，宁静祥和。

朴实热情的村委主任请来了对村史有独到研究的村民张流健为我解说。张流健大我 10 多岁，我叫他张大哥。我们踩着青石板，登上曲折的山岭，来到村庄的最高处，整个村庄一览无遗，一座座方顶黑瓦的土楼尽收眼底，狭长的山坳缓缓向下延伸到村口忽地收紧，就像一个口袋一样。张大哥介绍说，他们村原来叫作南兜。清代光绪年间，村里出了一名进士，名叫张金拔，他进京赶考时担心考官说这村名土气“小溪出不了大鱼”，就对考官说自己的家乡叫南欧。人显言贵，加上乡亲们都尊敬他，所以“南欧“这个村名就一直沿用下来。张大哥说，别看这个地方小，在这个狭长的地带，可是排列着 25 座土楼！这是全县土楼密度最大的地方！而且，这些土楼年代久远，其中 300 年以上的有两座，200—300 年的有一座，100—200 年的有十座，只有两座是在 100 年以下。远眺着前方的村庄，我看不到现代建筑的影子，不禁感叹：南欧村被国家建设部评为中国传统村落是众望所归，当之无愧！

村主任和张大哥带我来到南欧村

最古老的土楼永富楼。永富楼屹立在村庄中央，大有被众星捧月的样子。它是一座正方形土楼，建于明朝嘉靖年间，已有490多年历史了。从外墙上看，似乎没有很明显的与历史相匹配的沧桑印迹。走进它的内部，就会看到房梁、隔板、立柱等木质构件的陈旧，一些椽头腐烂了，一些木板破损、松垮，好像随时都可能掉落一样。这座土楼高四层，共有88个房间，工程量之大可想而知。据说，这座大楼原来的主人是唐姓或戴姓的人家，他们为了躲避战乱而逃到这个偏僻的山坳开荒耕种，建起两座正方形大土楼，都是楼高四层。另一座永贵楼由于年久失修破烂不堪，直到1996年才被拆除。这两户人家就是南欧村的真正开基人。大约过了100年，张氏人家才搬到这里居住。再后来，唐、戴两姓人家都搬走了，这座楼就成了张氏人家的住处了。

如今，南欧村村民清一色姓张。他们中流传着祖辈搬到这里居住的故事。他们的祖辈张文润和张遂栋原先是住在和这里仅有一山之隔的塔下村，分别是德远堂华大婆的第9代和第11代孙。明朝中期，他们祖辈在农闲时节把耕牛赶到山上放养，张文润经常翻越这座山到这里寻找耕牛，渐渐地和这里的唐、戴两姓人家熟悉、交往密切起来。他感到这里土地肥沃有利于耕种，便搬迁到永富楼一个知心朋友赠送的房子住下来。过了几年，张遂栋看到张文润在南兜发展得很好，也决定把家搬过来。于是，他就在永富楼对面的溪边建起了一座四层的方形大土楼，命名为远庆楼。张家此后兴旺发达，人才辈出。

这个故事表达了村民们对唐、戴两姓人家的感恩之情。张大哥在讲述这个故事时感恩之情溢于言表。

我们跨过小溪流来到远庆楼。这座建于清朝顺治年间的大土楼在历经370年风雨后仍然气势恢宏。大楼共有120个房间，仅是供人们通行的梯道就有四个。站在大楼天井中心位置仰望，我不由得佩服张氏先辈的创业气魄和坚韧。张大哥说，这座大楼住人最多的时候达到160多人！

我仿佛看到了这座大楼过去的热闹场景。在楼里楼外，我试图寻找出张氏家庭兴旺发达的痕迹。张大哥告诉我，南欧村除了最年轻的土楼大圆寨是圆形土楼外，24座土楼都是方形的。这是张氏族人代代传承以方正为本的思想理念的体现。这一理念的主要内容是坚守原则、正直友善、公道正派、勤劳节俭、尊老爱幼、耕读传家。这些内容又在一座座土楼的门联、厅堂对联和族人的日常行为中表现出来。比如裕源楼大门的门联是“裕后光前勤俭二字，源开流节什货一书“，正厅的对联是“读书好耕田好识好便好积德更好，创业难守承难知难不难忍受气尤难“；华峰楼大厅对联是“华厦知名不外成家惟孝弟，峰峦减秀企看报国有文章”；植槐楼的门联是“植三树五栽培厚，槐茂桂荣化育隆“，厅堂对联是“世事让三分天宽地阔，心田留一点子种孙耕”。一副副对联，昭示着张氏前辈的宽阔胸怀，寄托着他们对子孙后代的殷切期望。

位于远庆楼右上方的裕源楼，这座建造于清朝康熙七年（1688）的三层土楼至今已有349年历史。乾隆三十三年（1768）四月，进士张金拔就出生在这里。沐浴着张氏家风，张金拔勤奋好学，知书达理，在嘉庆十五年（1810）考中举人、道光六年（1826）殿试中了进士，历任甘肃宁县七品正堂、福建漳州府教谕，在漳州芝山、丹霞两书院收徒授课，在家乡组织“曲江文会”倡导崇学风尚。他为官清正，治学严谨，成为张族人上进有为的榜样。裕源楼前面的石龙旗杆，就是彰显他奋发进取、为族人争光的实证，也是张氏族人树立起的一支精神之柱。

我走访了张金拔后来居住过的植槐楼和授学、待客的“三省居”“槐荫斋”，领略了与进士相关的种种风物，处处感受到氤氲书香。张大哥自豪地说，一百多年来，南欧村张氏族人英才辈出，考上名牌大学的学子层出不穷，其中就有三人获得北大、清华硕士、博士学位。现在，张氏族人有1000多人在内陆各地打拼创业，许多人业绩不凡；2000多人定居在香港、澳门两地和泰国、缅甸、马来西亚、印度尼西亚等国家，不少人在商界、政界等领域都有出色表现。他们在为社会做出贡献的同时，始终关注着家乡的发展，经常回乡走走、看看，捐资建桥修路，设立基金会奖学、助学、奖教、敬老、扶贫，为乡亲们做了大量好事。

漫步在南欧村，感受着古村落的原汁原味，品闻着浓郁的书香，我流连忘返。

回到塔下

□简清枝

春天，我再次回到塔下。

塔下村在南靖县书洋镇，从漳州市区走，一个半小时车程就到了。村子是张姓人家聚居的著名侨村，位于一个清流如带、绿树如烟、山环水绕的狭长谷地里。两边的山坳上，满是梅树和梨花。

进了小村，迎接我们的是哗哗流淌着的溪水，快快活活一如当年那轻盈健朗的少女。水色清明澄碧，漫步其中，轻吸清纯如酿的空气，恍如置身桃源……有水就有灵性，空幽的山谷，不息的溪流，两岸村民傍水而居，相隔不过30米，鸡犬相闻，家家户户享用着这源自大山里、密林中的甘泉所带来的清凉和洁净。有水就有桥，旧时是木桥，遇洪水则毁，而今溪上有11座石拱桥，据说全是海外的游子资助建设的，这使得两岸人家衣带相连，亲密无间。小桥流水、土楼人家，阳光初升的清晨，村妇们提着木桶，挎着竹篮，到溪边浣衣洗菜，把鲜艳的色彩和此起彼落的谈笑声一起糅进水里。水面一片银光，闪闪烁烁，将几只洁白的浮鹅迷糊得团团转转。

沿水而行，是一条洁净的石板路，也是华侨捐资修建的。“铺桥筑路”历来是中国人理念中的善举。塔下村多侨裔，散落世界各地，想来，为家乡筑一弯小桥，修一段平坦一些的路，该是这些漂泊的游子思念故土、回馈祖地最好的方式了。和其他地方恢宏粗犷的土楼相比，塔下的土楼则显得柔媚许多。这里最早的土楼福兴楼建于明代崇祯四年（1631），以后又陆续建了40来座，或方、或圆、或围裙形，或曲尺状，这些土楼沿山溪呈“S”形摆布，形成了一处蔚为壮观的土楼群落。若把“S”连接起来，正好是一个神秘的太极，塔下村因此也叫太极塔下村。而在阴阳两个极点上，正好各建有一座圆形土楼。村里有几座土楼破败不堪，显然是经了大火的劫难，探究其因，原是20世纪20年代，军阀洗劫，最终让无辜的房屋遭了灭顶之灾，只留下断壁残垣和油菜花、野蜂相伴，十分惋惜。

漫步塔下，看晴岚四野，溪声树色，满眼青山，楼前屋后铺就的卵石小径，被几百年先人们的足迹磨得圆润，细雨轻烟，闪出柔和的光泽。沿凹凸滑亮的石阶而上，细细摸触斑驳的大墙，穿行在错落老屋中的幽幽小道，恍若回到旧日的时空，让人久久发呆。

现在的塔下是名头甚多的景区，人们蜂拥而至，于是，这里生意火爆，红尘滚滚。20年前的或者更早，塔下不是这样吵闹和浮躁。

那时，我有一个好兄弟朝阳就住在这个村上。我去他家喝酒，总被他母亲亲手酿造的米酒醉倒。年少轻狂，村里有一个少女其实是我们共同暗恋的对象。女孩清泠如泉，叮叮当当的活泼常常让我们陶醉，可是，直到我们都离开了塔下，我们都没有说出彼此的隐秘的心思。青葱往事无疾而终。

那时的村子，安谧如明清时期。青苔布满石阶，夏天的黄昏，夕光，明晃晃地照在半个村子上，高高的榛子树上，蝉近乎歇斯底里，风拂过竹林，田边屋后的花儿情不自禁在舞蹈。

二十年就这样过去了！

村头的几间大屋倒是完好无损。我几次去，都大门紧闭，屋子外倒是收拾得干净，长着苍老的枳树和高高的仙人掌。透过门缝，可以看见里面的农具，久未打理的花草，甚至还有棺材。大屋的主人要么早已漂洋过海，要么风走云散，没有回来了。曾经满是欢笑的家和天伦之乐，都留在时光深处，谁知道谁会想起。而门楣上依旧红艳的春联，似乎在告诉人们，曾经的主人回来过。

夜宿围裙楼，主人招待我们的是自家养的土鸡，山上新采的薇菜和春笋，满桌是土土的飘着客家风味的农家菜，这些“绿色食品”在城里是很难享受到的，它的滋味绝不亚于星级酒店里的佳肴。而足以让人一醉的是这里农家自酿的糯米酒。用锡壶温热后的米酒，倒在碗里，一股浓香早已

钻进鼻孔，再看，酒色橙黄如蜜，浓得发粘。“这酒全是用糯米酿的！”一旁忙乎的主人抬头微笑，那笑里透着自信和真诚。我们端碗豪饮，只消片刻，就有不胜酒力的友人连呼：“好喝！好喝！就是后劲儿太足了！”饭后品茶，一杯香茗在手，心旷神怡。杯中的茶也是塔下村自产的铁观音，村后层层山岗满目茶园果树，一年四季，粹飘香。

夜色渐浓，坐忘时光，可闻远处传来的二胡、扬琴咿咿呀呀的声音，若有若无，全是客家乡音民歌，土得掉渣却又如此亲切动人，温润着我这个如今也客居城市的异乡人，奔波于烟尘中的人儿不禁双眸潮湿。等到月亮升上山坳，已可枕着涓涓的溪流声入睡，而一觉醒来，窗外早已是悦耳的鸟鸣声。

第二天，正是塔下“做春福”的热闹时节，村里到处是外出特地赶回来“做福”的人们，乡里乡亲，遇见了，总要聊上几句，然后相邀一起去祭拜城隍庙。晚上是互相串门，请客喝酒，直至“家家扶得醉人归”。到了十一点，夜空中突然燃起绮丽的烟花，映红彼此的脸庞，顿时，宁静的村庄一片沸腾，把“做福“活动推向高潮。据村里的老人介绍，这里每年的正月十五日，凡是新婚的人都要置果品到德远堂闹灯花，寓添丁进财。每年要举行做春福、秋福、冬福的庆典，请“大班戏”到德远堂前演三五天，直至曲终人散，韵味无边。

张姓族群的家庙“德远堂”当属塔下一绝。家庙后面是一片眉月形斜坡的草地，宛若天然地毯。草地连着一片葱郁的风水林，树林随着山峰向上延伸，直入云天，风吹林涛，气势磅礴。家庙前是一口半圆形池塘，塘中庙宇疏影，鱼儿自在。德远堂已有400多年历史，2003年被列入国家级文物保护单位，这座设计精致、古朴典雅的“二进建筑”，也留下许多民间艺人的杰作。其正面古式牌楼上是彩色瓷片镶嵌的双龙戏珠，形象栩栩如生。殿内雕龙画凤，木石装饰富丽堂皇，构图精巧，形神兼备，别具风格。大殿横梁上镌刻着明末清初朱柏庐的警世名言：“子孙虽愚，诗书不可不读；祖宗虽远，祭祀不可不诚。”池塘前边两侧石坪上耸立24支高过10米的石龙旗杆，杆柱浮雕蟠龙，腾云驾雾，甚为精美。旗杆上阴镌姓名、世次、功名、年代科次、官衔品位爵位及立石龙旗杆的年代等文字。文官的石龙旗杆顶端饰物多雕毛笔锋，武官则镌坐狮，给人以静穆、荣耀的感觉，成为一道稀世的文化绝观。

“世间善事忠和孝，无下良谋读

与耕。”流连在德远堂前，注目着这如“华表”般高耸的石龙旗，似乎依然可以听到庙堂里朗朗的读书声，而石龙旗是榜样，可以耀祖光宗，是楷模，可以砥励志气，是纪录，更是呼唤。今天，1000多人的小山村走出的大中专生多达200多人，成了远近闻名的“博士村”“教授村”，足见其文风昌炽，人文鼎盛。

坐在村口青石上的老人今年已经100多岁了。她的头发发白，凌乱如草，蓝布衫一定是很多年前添置的。此刻，她面目慈祥，目视着来来往往的背包客，平静如这谷底里的炊烟。村里人长寿延年，多可四世同堂。老人生活俭朴，常至耄耋之年依然可以耕土种菜，自给自足。平凡的生命大多坚韧朗硬，风吹雨打，都是老人的薄酒粗茶；夕霞满天，一代代人的背影缓缓远去，塔下，生生不息。

塔下，这个山明水秀的“世外桃源”，有水的温婉、山的硬朗，有人与自然的和谐之韵，它其实也是盛世中的一片乐土，一方福祉。世事变迁，无数双无形的手在改变着这里和那里。有时，我依然会痴痴地想，再过二十年，塔下依然是今天的模样，那该多好，一如那一直留在记忆中的少女，巧笑倩兮，美目盼兮。

田中情怀

□珍夫

汽车走山梅公路过甘芳隧道，就到了世界文化遗产福建土楼的门户田中村了。

四面环山，一条大道从村中穿过，370户1400多人分布在1200亩田园中，形象地说明“田中”村名的由来。新建成的田中村部三层，占地970平方米，颇为显眼。“山沟沟”“吉源”“吉春”等十几家旅馆、饭店矗立大道两旁，将古村落隐藏在背后。县土楼法庭、第三中学、书洋镇派出所、土楼消防大队、中心卫生院、行政服务中心均落在田中村的书洋新区，蔚为壮观。

从树海瀑布流向云水谣景区的溪水缓缓流过田中村，全长约7公里，中间有叉流“白露溪”在村中交汇，呈“Y”字形蜿蜒而去。田中溪两岸良田连陌，民居散布，宛若一条绿色的丝带。山上树木葱茏，山腰茶园翠绿，增添无尽的乡村气息。

供奉保生大帝的“显应宫“始建于1614年，2008年列入县级文物保护单位，2010年重新装修。“显应宫”为一进式砖木结构建筑，雕梁画栋，庙内二根石雕龙柱，硕大威严。庙前一条小道直达山顶，连接上双峰；“白鹭溪”顺圆高尖山脉而下，浇灌大片山地、农田。沿路蜜柚果压枝头，串串米蕉黄绿诱人，偶见鱼塘和圈养鸡、鸭、兔的栅栏。田中村山地面积13600多亩，其中林地约5800亩，经过几十年封山育林，大山密密匝匝，遮天蔽日，毛竹苍翠挺拔，胸径三五十厘米的松木、杉木、红榜和杂木随处可见，鸟飞蝶舞，虫鸣叽叽，让人如入世外桃源，忘却尘嚣。

潭角民居建筑群依山面溪，面前一深潭，4座方土楼错落一起。其中“潭谷楼”500多年历史，没有石基，土墙直接建在地面上，墙面可摆八仙桌。该楼在中华人民共国成立前倒塌一角，只剩箕斗型，1962年才重新修建完整。门联“潭清思欲德，谷熟悟求仁；潭涌铭盘水，谷盈比栉仓”，据说是清代楼中武秀才所作。

潭角民居群还有一座小楼“路脚学”，呈船型，两层，底层如船的底舱，用大基石垒砌于田中溪深潭，上层划分为船头、船尾、中厅等多个房间，这在福建土楼中绝无仅有。传说当年深潭砌石，余水垒建，每抬砌一块大基石，全体人员需喝一瓶白酒才能完工。新中国成立后，“路脚学”成为“田中央乡”“同盟初级社”“东升高级社”“田中大队”的办公地点，第一层（底舱）是芗剧团及文艺宣传队排练的场地，刻下历史变迁的烙印。

田中村主要有刘、萧、吕三姓，刘姓于明朝永乐癸巳年定基，已传至廿二世，迁往外地7000余人，迁往台湾1万多人。萧姓属“五永（永崇、永富、永贵、永仁、永志）衍派”的永富支脉，家庙“深正祠”坐东向西，建筑面积约2亩，供奉萧姓第六世萧仕鼎先祖。祠前有池塘，左右各二座厢房，总占地面积约6亩，门前对联：深林木森

森千枝万叶归一本，垢壑泉混混分流别派悉同源。田中萧姓大约1760年渡台开基，分布在台湾彰化、桃园、台北、高雄，人口8万多人，也仿建一座深正祠，其传下裔孙经常组团回乡谒祖。

500年前，吕良篚来到书洋镇吕厝定居，成为书洋镇和台湾桃园县吕氏家族的开基祖。吕氏清朝康熙癸卯年（1663），在田段之中夯土筑建起一座中等方形土楼，因建成于龙年，楼前田中溪有一大深潭，故取名“龙潭楼”。清朝乾隆五年（1740），龙潭楼吕氏第11代孙吕廷玉携妻东渡台湾。

吕氏宗祠建在龙潭楼对面田园上，与吕厝隔着一条没有桥的河流，吕厝人祭祖时都从溪上涉水而过。

福建土楼申报列入《世界遗产名录》时，“龙潭楼”曾装修、布展为土楼博物馆。作为省级文物保护单位、书洋镇文化中心，南靖土楼博物馆占地面积676平方米，建筑面积2500平方米，馆内设筚路蓝缕的创业史话、天人合一的建筑经典、传承不息的文化精髓、古朴淳厚的民俗风情四大主题15个展室，全面展示南靖早期开发、土楼建造技术和文化内涵、土楼人生活习俗、南靖古代杰出历史人物等，并配从新石器时代和青铜时代的石器、石锛、陶瓷及唐、宋至民国时期各种珍贵文物及各类民俗用品、生产用具、根艺作品，是人们了解土楼的窗口。

清朝嘉庆年间，田中萧清钱考取丁卯科明经第一名；同治丙寅年，田中秀才萧光福获曹进迟赐的六品顶戴。古香古色的秀才楼犹存村中，精美的廊屏和窗花雕刻，见证了当年的风光。村民每每说起享寿102岁老人苏亚陇的故事，也念念不忘吴友明一家到田中大队上山下乡的情怀。

1968 年，吴友明与父母、弟弟、妹妹一起从石码来到田中上山下乡 11 年，以后，他们陆续到美国西雅图定居。为了怀念田中人民的关心和照顾，吴友明把自己和家人上山下乡的生活写成回忆录《土楼岁月》出版，他弟弟吴友好则将田中圆楼“庆兴楼”整修 30 多个房间，无偿供村民使用。

“土楼岁月磨炼的意志够我今生今世受用”“土楼乡情是我永世的恋情”。最近几年，吴友明兄弟与家人约定：每年至少有人回田中村探望一次乡亲。这是怎样的情怀啊！

巧的是，当我接受写作田中村任务时，吴友明恰好国庆节回国，而我借助《土楼岁月》创作的长篇小说《土楼恋》又出版了，于是，我陪吴友明再次游历了一回田中村。吴友明向我介绍当年上山下乡的情形，我内心不由涌出我为《土楼岁月》所写序言中《致作者》的诗行：土楼岁月，有你的青春和梦想 / 土楼岁月，有你的泪水和悲伤 / 土楼岁月，你收获了爱情 / 土楼岁月，你坚挺了脊梁 / 番薯，是最好的营养 / 劈岸，练成运动健将 / 土楼，寓居你的心灵 / 岁月，化着你的翅膀 / 你飞越千山，没有飞出天岭 / 你飘过大海，没有飘过田中溪 / 千山万水阻隔啊 / 你一次次回到了书洋。

优越的地理条件和丰富的旅游资源，吸引许多投资者前来田中村发展旅游业。乌托邦旅游项目已签约，田中溪漂流在洽谈，吴友明兄弟也准备修建“庆兴楼”发展民宿旅游……田中村正朝着生态旅游的梦想迈进。

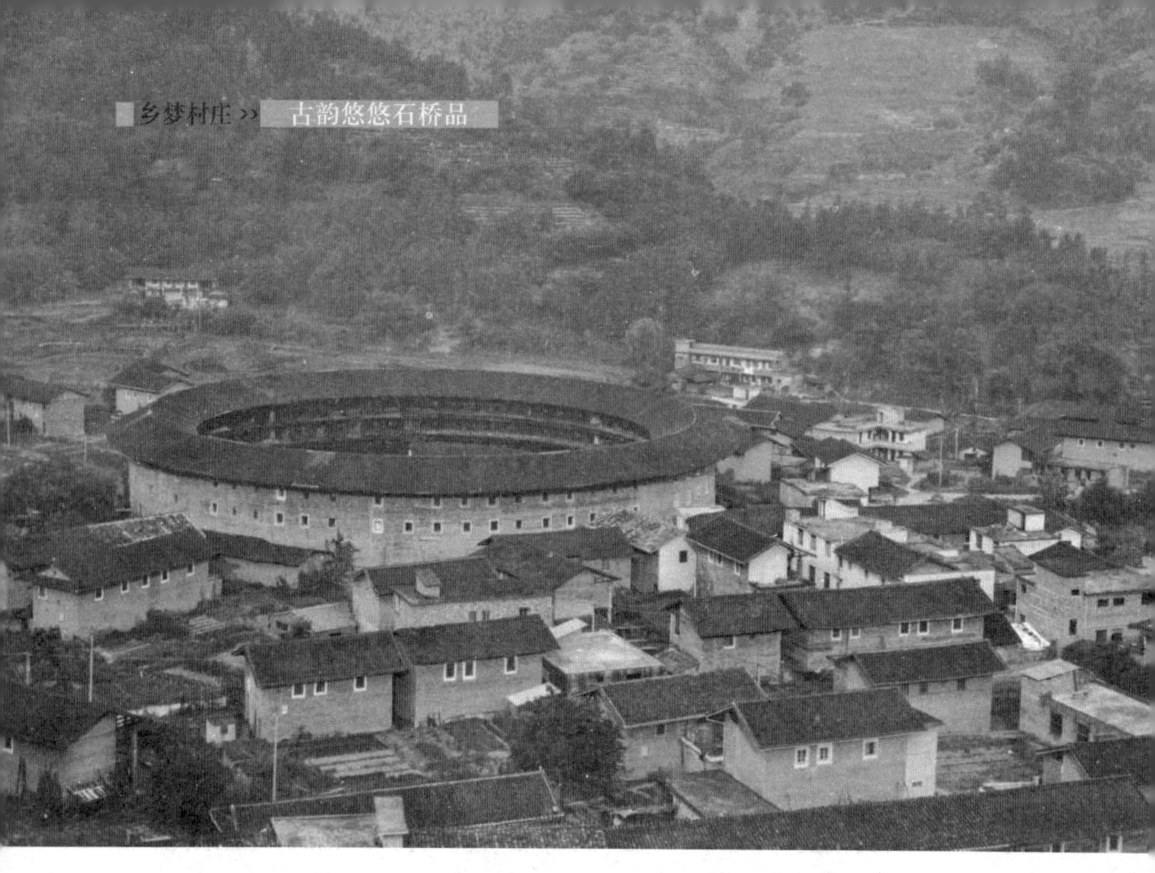

古韵悠悠石桥品

口野洋

石桥不是一座桥梁，而是一个村落。

石桥村地处南靖县素有“侨乡”“茶乡”“土楼乡”之称的书洋镇境内。它的面积很小，只有3平方公里。人口很少，不到1200人。但是名气很大，它有一块响当当的国字号品牌——中国景观村落，有两个亮闪闪的省字头名字——福建省历史文化名村、福建省传统村落。

晚秋时节，我踏足石桥村。村口路边有块刻有“世界之最顺裕楼“的花岗岩石头，引人眼球，让人惊异。这座世界遗产名录榜上无名的土楼，何以坐拥“世界之最”这顶桂冠？石头上没有明示，我只能一路走来，一路疑窦，一路猜想。石桥村，其名源自一个古老的传说。很久以前，有一块巨石横跨在穿村而流的三团溪上，成为三团溪一座天然石桥。石桥下溪水深不见底，水中有个石洞，石洞里有条泥鳅精，泥鳅精时常兴风作浪，祸害村民。玉皇大帝听闻此事后震怒，便勒令雷神下凡除妖。一天夜里，石桥村狂风乱作，滂沱雨不停，溪水猛涨，泥鳅精再次兴风作浪，守候多时的雷

神便愤怒地将其击毙。因为雷神用力过猛，击毙了泥鳅精，也击断了巨石，击碎了石洞。从此，三团溪风平浪静，村民们安居乐业。雷神击毙泥鳅精的故事一传十、十传百地传开了。久而久之，人们就把这个传说发生的地方叫石桥，因此，石桥就成为村庄的名字。

石桥村人都是张氏客家人。张氏族人张念三郎于明朝英宗正统八年（1443）从广东大埔肇基石桥村，至今有近600年的历史。真实的石桥村是个有着1000多年历史的村庄，据有关资料记载，唐朝垂拱年间，开漳圣王陈元光为巩固政权，加快经济社会发展，便下令将驻守漳州的部分士兵解甲为农，当时有罗、林、李、陈、严、程、薛、余、章、石等10多个姓氏上百名士兵携家眷到石桥村为农，他们是石桥村原始村民，明朝初期依然有罗、林、程、薛、陈5个姓氏的后裔在石桥村居住。

鼎盛时期，石桥村有土楼60多座，现存有20多座，保存较好的只有顺裕楼、长源楼、振德楼、永安楼、昭德楼、恒升楼、向月楼、迎源楼等十来座。那些消失的土楼有的因洪水冲毁，有的因年久失修而倒塌，但是更多的是被清末入侵的太平军烧毁的。长篮自然村那座残垣断壁的长篮楼，就是当年太平军火烧土楼时的受害者和见证者。位于三团溪中游右岸的永安楼，建于1550年，它是石桥村唯——座没有建造地基的土楼，也是村里现存最古老的土楼。清代两广总督张之洞为永安楼题写门联："永登百尺高楼遥岭俛倡，安得千间广厦大庇同欢"。可惜，不知出于何故，上世纪60年代，楼民们用石灰将当年张之洞留下的墨宝覆盖了，如今有一小撮石灰剥落，露出一个黑色的"庇"字，还依稀可辨。长源楼，坐落于溪背洋自然村，也就是雷神击毙泥鳅精这个传说故事发生的地方，它是石桥村最具特色的土楼。这座土楼建于清朝雍正元年（1723年），因其是沿三团溪上游左岸陡峭山坡，顺低到高的地势而建，楼的前排后排左右两边是房屋，中间是天井。前排只建一层，后排房屋建三层，左右两边的房屋高于前排，低于后排，整座楼呈长方形，又像交椅形，村民们俗称交椅楼，它真实的名字叫长源楼。顺裕楼，这座让我疑窦、让我猜想的

土楼，上海大世界基尼斯总部为我释疑。楼民向我展示了 2016 年 3 月上海大世界基尼斯总部为顺裕楼颁发的“大世界基尼斯之最（中国之最）”证书，确认为“中国房间数最多的圆土楼（单圈）”。这座土楼楼中有楼，楼外径 86 米，高 5 层 15 米，共有房间 368 间，可同时居住近千人。其建造历史不到 100 年，但文化底蕴却极为厚重，正门石枕雕饰别出心裁，门框石枕正面以浮雕麒麟作为装饰，左右两旁以浮雕牡丹作为装饰。横联“三多九如”，门联“顺时纳祜，裕后光前”。立于楼外远望，俨然一座磅礴的古城堡，移步于楼内天井仰望，丝毫没有压抑之感，密密麻麻的房间，有如蜂巢一样排列有序，美感十足。

石桥村土楼往往是一楼多用。有人畜共居的，譬如交椅形的长源楼，前排楼房就做鸡鸭牛羊圈。有的兼做私塾学堂，如清朝时逢源楼和步云楼里就建立两所私塾学堂，名叫逢源斋和步云斋，供子孙读书。当时张氏族规规定，考中秀才和举人的子女，每户奖励八石稻谷；考中进士的，每户奖励八十石稻谷和部分公田，并在大宗祠前立石龙旗杆。清朝道光年间出了一名进士，之后又出了一名贡生和两名秀才。可见，崇尚诗书在石桥村源远流长。

祠堂庙宇是闽南乡村最常见的公共建筑。石桥村祠堂庙宇众多而且建筑考究。最吸人眼球的当数张氏祠堂东山祠，这座祠堂为上下堂五凤楼结构，上堂为祭厅，共五开间。祠内的砖石雕刻有花草禽兽，还有多种祥云人物和几何图案，雕饰华丽，惟妙惟肖。村里还有多座建筑考究，有雕梁画栋，粉饰彩画的庙宇，如供奉唐朝驻漳州著名将领赵文震的北洋宫民主公王庙，明太祖朱元璋册封唐将赵文震为北洋宫民主公王；供奉“天上圣母“的永济宫；供奉玉皇大帝、保生大帝和观音菩萨等神灵的丰稔堂；供奉“伯公”（福德正神）的土地庙；专门用来做“春福”和“冬福”的圣王公庙等等。有庙宇的村庄常见，但是像石桥村有如此之多庙宇的村庄实属罕见。如此之多的庙宇，足见石桥村人对万物有灵论的众神的崇拜思想。

鹅卵石是石桥村四处可见之物。它，看似平凡实则奇峭，石桥村人用一双巧手把它拨弄成一道风景。古往今来，石桥村人近乎把鹅卵石运用到了极致，楼房庙宇，门堤天井，桥梁村道，溪堤水坝，样样有鹅卵石的身影。那些外形各异的土楼，还有那些雕梁画栋的祠堂庙宇，有哪座不以鹅卵石为基石？又有哪座土楼的天井没有用鹅卵石铺就？即使没有地基的永安楼，也离不开用鹅卵石来护墙脚。阡陌交错的村道，又有哪几条不是鹅卵石铺就？三团溪上的一座座桥梁，溪里的一条条拦水坝，溪两边的堤岸，有哪样不是鹅卵石垒砌而成？鹅卵石是土楼庙宇的奠基石，也是村道的铺路石，三团溪的护堤石，它撑起一座座土楼庙宇，又连接一个个自然村落，真叫人惊叹！忠实地书写石桥村历史的，不就是这些一身硬朗的鹅卵石吗，前瞻石桥村未来的无疑还是这些满身硬气的鹅卵石。

我生于闽南一个山清水秀、花香草芳、靠山临水的乡村。不知是因为认识偏颇，或是见识孤陋，记事伊始便以为我的村庄很美很美，直到我识得石桥村时才猛然醒悟：原来美在石桥，而非我村。树木参天，翠绿欲滴的环村群山，如摇篮，把石桥村摇成中国景观村落、福建省历史文化名村、福建省传统村落。长流不息，碧透甘醇的三团溪水，如母乳，滋润着石桥村的万物生灵。簇簇林立，错落有致的土楼，如老人，款款地述说着石桥村远去的故事。阡陌交错的村道，寻寻常常的石筑桥梁把散落于溪流两岸的一个个自然村连结成一个整体。注目此景，烦躁之心会自然而然地平静下来，安分之心会抑制不住地非分起来。漫步于光滑的鹅卵石铺就的古村道上，穿梭于一座座土楼，移步一座座祠堂庙宇，目之所及，小桥流水，百年土楼，千年红花香椿树皆是景，整个村落在秋韵中静谧安逸，沉寂时光，我有如置身世外桃源，又仿佛走进远古，如此神秘而陌生。情之所至，心灵震撼，灵感涌动。石桥村，人文景观古色古香，自然景观原生原态，如一部田园诗作，似一轴山水画卷，是一个极具灵气、古老而又清新的村庄。大山深处，竟然有如此的村庄，着实罕见，令人流连忘返，我由衷发出一声赞语：风景这里瞄！

然而，行走在风景独好的石桥村，遇见的都是地地道道的村民，而游客近乎见不到。造访石桥村的外来者，大多是建筑领域的专家学者，抑或摄影绘画爱好者，对此，我大惑不解。欲说石桥村是个身在深闺人不知的古村落，抑或未开垦的旅游处女地，我全然拿捏不定。

中国景观村落石桥村，不仅仅属于石桥村人；福建省历史文化名村、福建省传统村落石桥村，也不仅仅属于石桥村人。当然，在南靖人齐奏全域旅游曲的今日，如何因时而动，顺势而为，挖掘、开发和保护石桥村这个古村落，让其引爆人眼，也不单单是石桥村人的事。

离开石桥村，满身浸透古韵。

醉吟方圆曲江村

口野洋

南靖县书洋镇境内狮子山下，曲江溪畔有个村庄叫曲江。过去，曲江村因是侨乡而名闻南靖。而今，曲江村因是中国传统村落、中国景观村落、福建省历史文化名村河坑村所在地而名扬华夏，又因河坑土楼群是世界文化遗产而誉满全球。

与曲江村有缘见一面的人，也有缘目睹曲江村的芳容。日本《新建筑》、台湾《汉声》等杂志封面，纪录片《美丽乡村》和香港凤凰卫视《寻找失去的家园》等节目里，还有《长长回家路》《客家妈妈》《鲁冰花》《海峡》等影视剧里，都可见曲江村的景观。其实，只要留意便会时常从电视新闻和报刊上看到河坑土楼群的图文和为之点赞的文字。2013 年 12 月 1 日晚，央视新闻联播在《十八大一年来》栏目中，就以“美丽乡村带来了什么”为题，展示了南靖曲江村美丽乡村建设硕果，至今历历在目。

游南靖土楼我算是一个常客，春夏秋冬我去了再去，看了又看。每每走进南靖土楼景区，每每心动造访曲江村，却因未入行程而每每与其擦肩而过，_直未能零距离目睹曲江村真容。终于，与曲江村有缘，邂逅于 2016 年国庆黄金周这个时间节点。如约，相聚在狮子山下的曲江溪畔。曲江村与山为邻，与水为伴，东西南三面临山，两条小溪流绕村。说不清是昨夜或是数天前秋雨的滋润，村边的山朗润亮丽，有如刚刚出浴的少女般妩媚秀气。山间的竹子和花草树木，在凉爽的秋风吹拂下荡起绵软的绿波，在软和的秋阳下泛出柔软的亮光，养眼怡心两相宜。

莫道君行早，更有早行人。行走在通往河坑土楼群景区的村道上，本以为自己来得早，其实是迟到了。一群群游客与我迎面而过，一拨拨游客随我身后而至。客流如梭，熙熙攘攘，本来就是一景观。呼吸吐纳间，河坑土楼群出现在我眼前。河坑土楼群共有 14 座土楼，坐落在不足一平方公里的土地上，是福建土楼群中最密集的楼群。其以 13 座土楼进入“世遗”名录的数量，在“世遗”名录里福建土楼 6 大楼群中独占鳌头，雄踞榜首，稳坐“霸主”宝座，堪称“世遗”土楼村。土楼群以“法天象地”为建造理念，一次性规划分批次建造。1553 年最早竣工的朝水楼，与 1972 年最后落成的永庆楼，建造时间竟然跨越 400 多年。土楼的造型有明显的时间分水岭，明清时代建造的土楼都是方形，如朝水楼、阳照楼、永盛楼、绳庆楼、永荣楼、永贵楼等；而民国时期及以后建造的土楼，除南熏楼为五角形外，其它都是圆形，如裕昌楼、春贵楼、东升楼、晓春楼、永庆楼、裕兴楼等。整个楼群布局酷似天上遗落到人间的两个“北斗七星”星象奇观。如此巧妙的布局，不知是刻意为之，抑或偶然巧合？刻意也好，偶然也罢，可谓前无古人，后无来者，可称绝版的经典。

河坑土楼群，咋看，座座貌不惊人。细看，楼楼有惊人之处。方形土楼绳庆楼，建于清康熙三十八年(1699)是楼群中文化韵味最为浓厚的土楼。天井中那座祖堂，门上悬挂的那块“德式乡间“的横匾，堂梁上“狮子夯梁”的浮雕，还有堂墙上梅、兰之类的彩画一一与楼同龄，老旧的外表上散发出一股历久弥新的土楼文化韵味。绳庆楼西侧的南薰楼，其分量不轻，身价不菲。此楼初建时楼门朝西，大约百年前楼民们听信风水先生的话，将楼门改为朝南，以求得多子多孙，多财多福。楼门一改，主人是否如愿不得而知，但改出了奇迹倒是事实，成为南靖县现存唯一一座厅堂建在楼右侧的土楼。而其五角形的造型，又是南靖县现存土楼中的唯一。永荣楼，有让人称奇叫绝之处。楼内天井里有口饮用水井，其水位高过天井地面，

却不溢出井沿，井水清澈如镜，甘甜如泉。永盛楼，有故事可听。故事说这座土楼由两个同宗不同房的家族出资合建，一个家族财丁两旺，另一个家族财少人寡。1629年动工时，富人家仗势欺人，出钱不出力。穷人家忍气吞声，出钱又出力。因人心不齐，进展缓慢，直到1680年才竣工。临近分房时，一位路过的风水先生因口渴向主人讨水喝，富人家不予理睬，穷人家热情相待。“底层东西两边的房间好地理“，为报答滴水之恩，风水先生对穷人家留下这句话。穷人家依照风水先生的话选房间，果真，居住不过两代人就兴旺起来，而富人家却频频发生不顺心之事而渐渐衰败，最终漂泊异乡。故事是否真实无需考证，但其警示后人要善待他人、和睦相处，才能家兴业旺、贻福子孙的道理却很实在。朝水楼，令人叹为观止。这座土楼竟然是一座没有建造地基的土楼，仅仅在外墙地面上用鹅卵石垒砌一圈1米高左右的底墙，四百多年的风雨依然稳如泰山，屹立不倒。建土楼不建地基，堪称土楼建筑史上一奇迹！这个奇迹，怕是曲江村的先民们才有胆识来创造，也只有他们才有能量创造出来。

楼群里有座裕昌楼，与同属书洋镇的下坂村里的那座东歪西斜楼裕昌楼同名。本想走进细品慢观，比对两座同名土楼的各自特色。可是，当我走进裕昌楼时，楼群前热闹非凡。阳光明媚的国庆黄金周，我走进了阳光明媚的河坑土楼群，邂逅了一群阳光明媚的农家女。她们身着盛装，舞动鼓棒和红丝绸，翩翩起舞秀腰鼓，我驻足观看腰鼓队表演，却忘了观赏裕昌楼。一位楼民说，过去村里静悄悄，如今村里人气旺。农民公园、老人活动室、农家书屋、农家腰鼓队、广场舞蹈队、老年器乐演奏队，样样不缺，农忙时劳作，农闲时自乐，日子过得乐乎乎。

人行楼群间，楼随行人转。自以

为行走在楼群中，就可以看到楼群如景点介绍说的“北斗七星”状。可是，在楼群间行走的我，愣是看不出楼群的真面目。“不识庐山真面目，只缘身在此山中”，我只能叹当年苏东坡游庐山时之叹。“横看成岭侧成峰，远近高低各不同“，登上观景台，我又有当年苏东坡游庐山时之感。观景台位于狮子山制高点，站在观景台俯瞰土楼群，一座座土楼尽收眼底，一览无余，确实酷似“北斗七星“，它们与青山绿野溪流相映成趣，在秋阳照射下争相斗艳。白天望北斗不是一场梦！站立狮子山制高点的我，禁不住如此惊叹！观看河坑土楼群，只有从不同角度，不同的方位，不同高度，才能看清看透其“北斗七星”真面目。观看土楼群如此，察看一个人何尝不是这样！

侨乡自有侨乡的特色。曲江村人口2000多人，在外侨胞1000多人。参天之树，必有其根；怀山之水，必有其源。寻根祭祖、慎终追远是中华民族的传统美德。曲江村的在外侨胞离乡不忘乡，村里有许多的公共建筑与他们有渊源，譬如曲江华侨医院、曲江华侨中学、曲江华侨小学、曲江市场等等，都是曲江村侨胞捐资兴建。

曲江市场古色古香，地地道道的民国建筑风格，值得圈点。它由曲江村侨胞张煜开、张超宏叔侄捐资，1919年10月动工，1920年九月二十九日市。为纪念唐朝开元年间名相张九龄而命名为曲江市场。张九龄是唐朝韶州曲江人，就是现在今广东韶关市人，世称“张曲江”“文献公”。曲江市场所在地的竹塔村也因此易名曲江村。整座市场呈长方形，占地6500平方米，南北方向建有两座相向的两层楼房，有房间38间。两座楼房的走廊用大块花岗岩石板铺就，店铺前墙用大块青砖垒砌1.2米高，上面是可移动的木板墙，开店时木板拆下就成店面，关店时木板装上，便是一堵墙。市场南面和东面各建一座门楼，门楼上方都镂刻“曲江市场”四个字。大块青砖，绿瓦，拱门，圆窗，翠竹梅花鹿砖雕是这两座门楼的建造特色。东面门楼高10米，而南面门楼高20米，门宽8米，高10米。楼门上有副对联“曲径已通衢好朋来握算持筹增国家富庶，江山无定价且袖出名都巨镇为乡里安排”。当时，市场内有布店、杂货店、五谷店、糕饼店、饭店、药房、首饰店、书店、邮政代办所、旅店和摊位。每逢圩日，赶集的人来自周边的村镇，也有的来自永定和平和。

岁月洗尽当年曲江市场的繁华与热闹。如今门楼的墙头已长出丛丛杂草，墙下布满苔藓，整座市场冷冷清清。近日，央视纪录频道王毅导演考察了曲江村，有意向在曲江村建设影视基地。王导如是说，“曲江市场适合拍摄民国时期、抗战时期，以及人民公社时期等时代背景的影视剧。但愿不久的将来，曲江市场会如约走进影视银幕”。

方圆曲江村，古韵悠悠，今味绵绵，我能不醉吟？

游上坂村

□蔡小燕

（一）

周末、小长假大长假去哪儿休闲游？去上坂村玩吧。这里适合你休闲放松，适合你田野寻梦。

说上坂村你可能觉得陌生，然而说起田螺坑土楼群，你一定耳熟能详，电视上、电影里、画册上经常有它美丽壮观的影子，它是福建土楼标志性建筑。是的，田螺坑土楼群所在的田螺坑自然村就隶属于上坂行购。

上坂村位于土楼之乡书洋镇，为黄姓聚居地。根据族谱记载，开基祖叫黄百三郎，来自永定奥杳，以放养母鸭为生，起初以草寮蜗居。于元末明初至20世纪60年代才全部完成土楼群的建造，时间跨越600多年，在他身后子孙枝繁叶茂。从清乾隆年间开始，有人移居台湾桃园、台中等地，也有人迁徙周边平和县小溪、下寨大坪等乡村。

来这里除了必看的田螺坑土楼群外，春天来，你可以欣赏到漫山遍野的野花，摘一朵插在云鬓美丽心情；夏天来，你可以深入丛山老林挖竹笋，把它变成舌尖上的美味；秋天来，就更美了，梯田上黄灿灿的水稻，一片金波荡漾，大红的柿子挂满枝头等你摘；冬天来，又是另一番景象了，山上、田野里、屋顶上云雾缭绕，白茫茫一片，银装素裹，宛如仙境。

初秋，我和文友驱车去上坂村，一路上要经过几个景点：河坑土楼群、塔下、东歪西斜楼，之后到达上坂村。这里山好、水好、空气好，山是碧绿色的，连绵不绝；水是清澈见底的，村子的房屋就沿河而建；空气是清甜的，绿色无污染，堪称天然氧吧。我们到达之时，映入眼帘的便是漫山的红柿子似红灯笼一样挂在枝头，点缀在绿色的群山中，美丽诱人；熟透的稻子金灿灿在梯田上弯腰摇曳，给人丰收的喜气。这一切构成了一幅美丽的山村景图。

（二）

田螺坑自然村离上坂村600多米，土楼群由一方四圆五座土楼组合而成，依山势高低错落有致，当地有形象的俗称“四菜一汤”。站在观景台上俯瞰，五座土楼像一朵盛开的梅花，美不胜收。从山脚下仰望，田螺坑土楼群犹如布达拉宫横空出世，巍峨耸立，与青山融为一体，甚是壮观。早年，田螺坑土楼群还“养在深闺人不识“时，曾被西方某国卫星搜寻到，误以为“深山中一处核武或远程导弹发射基地“，后来才查明此地仅仅是山区独具特色的民居建筑。此后，田螺坑土楼群渐渐被人所知所识。

2003年11月，田螺坑土楼群所在的田螺坑自然村被批准为全国首批历史文化名村；2008年7月，田螺坑土楼群列入世界文化遗产名录。

对土楼申报世界文化遗产进行前期考察的美国专家内维尔·阿格纽认为：“这是我所见到的与周围环境相协调的民间建筑。”同济大学教授路秉杰带领师生完成《福建南靖圆寨实测图集》后说：“这是世界上最美的土楼群，没有看到南靖田螺坑的土楼群，不算真正看到土楼。”中国文物局、古建筑保护专家组组长罗哲文评价田螺坑土楼群：“看似千篇一律，实则不拘一格，各具特色，是世界建筑史上的奇葩。”1999年前来考察时，他诗兴大发，写下了三首脍炙人口的土楼赞美诗。

看，专家学者来了都可以诗兴大发，你来，也许竟然发现自己可以吟诗、可以作画，最不济可以拿起相机、手机拍下最具特色的土楼群美照，以作闲暇时的回忆。

（三）

走进楼群，走在鹅卵石铺就的村道上，男男女女的楼民好不热闹，有的摆小摊卖点土特产，有的经营特色小吃店兼营住宿，有的或晃悠或闲聊或以看游客为乐趣，放眼看路边青翠的菜和篱笆上盛开的喇叭花，你能感受到自足和安祥。

土楼群居中的方楼叫步云楼，始建于清嘉庆元年（1796），楼门坐东北朝西南，楼基础材料用片石垒砌，楼内砖木结构。楼高3层11.4米，每层22个房间，共66间，占地面积1393平方米。楼内设有四部楼梯，分别设在四个角落，楼顶层有4个射击口。偌大一座大楼只有一个大门出入，比较例外的是在一楼四个角落的房间，各向外开一小窗。坚固的大门一关，此楼便是坚不可摧的堡垒。为防火攻，门上设有漏沙放水的机关暗道。当你走进步云楼大门，就会发现楼内前低后高，当年造楼者因地制宜，顺着地势高低将厅堂修建成阶梯状，从门厅到后厅共有三级台阶，拾级而上，既让人品味“步步高升”的愉悦，又寄托了“平步青云”的美好愿望。这座土楼里没有水井（此种情况在土楼里甚为少见），因为地势太高，水井设在楼外，并且在井四周砌了一条水沟，供排水用。步云楼1936年被土匪烧毁，1953年按原型重新修建，现楼内住15户70人。

圆形楼叫和昌楼，和昌者，和气昌盛也。楼门座东北朝西南，楼基础材料用片石垒砌，楼内砖木结构，内院用鹅卵石铺地。楼直径33米，高3层11.6米，每层有22个房间，共66间，占地面积1268平方米。楼内设2个梯道，4个射击口，一个大门出入，有一口水井。现楼内住11户54人。

振昌楼，取意“奋发昌盛”，始建于1930年。楼门座东北朝西南，这座楼有个特点就是中厅与大门厅不对称，与大门不在同一直线上，而是偏于左侧。据说这是采纳“富不露白”的风水观念。楼基础材料用片石垒砌，楼内砖木结构，内院以鹅卵石铺地。楼直径33米，高3层11.4米，每层有26个房间，共78间，占地面积976平方米。楼内设2个梯道，一个大门出入。跟步云楼一样的原因，院内找不到水井，水井设在楼外。现楼内居住11户52人。

瑞云楼，始建于1936年。瑞云环绕，象征土地富饶，也有吉祥富贵之意。此楼坐落在五座楼的内隅，有藏风聚气之功，体现了含蓄纳吉的朴素观念。楼门座东北朝西南，楼基础材料用片石垒砌，楼内砖木结构，内院以鹅卵石铺地。楼直径28米，高3层11.2米，每层有26个房间，共78间，占地面积1063平方米。楼内设2个梯道，4个射击口，一个大门出入，有一口水井。现楼内居住17户69人。

文昌楼，寓意“文运昌盛”，是南靖土楼中唯一一座椭圆形民居。它始建于1966年，初建时受地形限制，因地制宜建成了椭圆形，村里人说像是鸭蛋形状，以此怀念开基先祖养母鸭的事迹。文昌楼坐东北朝西南，楼基础材料用片石垒砌，楼内砖木结构，内院则用乱毛石铺地，有一口水井。楼外径长45.7米，宽34.5米，内径长28.3米，宽17.1米，高3层11.8米，每层有32个房间，共96间，占地面积1288平方米。楼内设有2个梯道，

4个射击口,3个瞭望台,一个大门出入,现楼内居住22户105人。

先民们大概无法预料他们根据风口水势，凭借老一代传下来的经验，就地取材，用最常见的红土夯造起来的土楼，不经意间竟成了世界建筑奇迹。不过，根据村里一个退休教师的研究，五座楼是按阴阳五行说，依照相克原理依序建造的：和昌楼（靠东边属木）——步云楼（中间属土）一振昌楼（北边属水）一瑞云楼（南边属火）一文昌楼（西边属金）。这样的建造格局宜居宜景，体现人与自然和谐共存的愿景。

（四）

黄氏族人祭祖坟也颇为有趣。祖祠“江夏堂“就在田螺坑土楼群左下方，坐东向西，建于明洪武年间。祖祠供奉一世祖黄百三郎灵位。每年一度在农历清明前一天祭祖坟。想当头家的族人，提前一年在祖宗墓前报名，用“跌筊”（又称“卜杯”）的办法从众多的报名者中选定若干名头家。头家确定后，要进行一系列筹备工作，诸如养专门用于祭祀的大肥猪，酿糯米甜酒。祭期临近，还要采购祭品、做棟、制作祭服等。祭期一到，远在异乡的田螺坑人，都不约而同地赶回家乡，和村里的男女老幼争先恐后地到黄百三郎坟前烧“头香”。天未亮，头家们率领祭祀队伍向坟地进发，喇叭齐鸣、旗幡飘飘，长长的队伍有人抬锅、抬猪、抬酒等等，一路浩浩荡荡，在山间蜿蜒而行，有如盘龙。坟

地前空地上摆满各种祭品，每个支房也搭好了灶。家里有增添男婴的户主，必备一副丰盛祭品到此致祭，俗称“做新丁”。祭祀仪式长达两小时，十分隆重。在祭祀过程中，“做新丁”的人轮番招呼来客喝“新丁酒”。祭仪一结束，铳炮声四起。同一支房的人，就在自已搭的锅灶上做起佳肴，然后，围在桌前吃菜喝酒，一直到下午 4 点左右才结束。

（五）

俗话说靠山吃山，靠海吃海。人们除了从事水稻、李子、柿子等农作物种植和竹制品手工艺外，还生产过土纸，远销广东。最出名的传统手工艺则是田螺坑人做谷管，谷管即晒五谷的竹席子。在铝制品、塑料制品还未流行的年代，他们所做的竹制品几乎涵盖生活、劳动、休闲的方方面面。

田螺坑周围的山野盛产毛竹，郁郁葱葱，翠绿欲滴，这正是做各种竹制品的原料，你来，若一时兴起，可以截竹做最简单的竹制品，比如：笔筒、口哨等，寻找儿时的记忆。

（六）

一座藏在崇山峻岭中的小山村，因土楼而闻名天下，这样的小村庄，一定充满灵性。你来，寻梦也好，放松也行，它都是你心灵憩息的最佳之地。

观得山水入乡梦
——记下坂寮村

□方非

“望得见青山，看得见绿水，记得住乡愁！”能承载这样的梦的村庄，并不多。下坂寮却正好符合了这样的理想。村庄四面环山，溪水穿流，20多座方圆土楼错落有致，分布其间。这个建筑与山水完美结合，到处充盈着空幽迷人的秀美气息的小村庄，背山临水，安静地掩映在满目的翠绿里。山岚流荡在身边，清凉、新鲜；水却带着些凉意，让人忽忽就嗅到了流年的味道，幽深、泅润。村庄干净，就如一阕绵软的江南小调，开启了人们温柔的情怀，仿佛时间的荏苒里，喧嚣总是留不住，只有它的安然恬淡，让你的精神一下子找到了故乡。

下坂寮村，位于漳州市南靖县书洋镇的西南方，地处南靖、平和、永定三县交界处，毗连“世遗”田螺坑土楼群所在的上坂村，离“太极侨乡”塔下村也仅1公里。村庄交通便利，南通平和、上坂，北通塔下、曲江，东通书洋，西通永定。境内以山地、丘陵为主，大部分山地海拔在800-1000米间，竹木茂盛，到处是高大的松树、杉树，成片的毛竹林，可谓是山清水秀。最高的山峰蛟塘崇海

拔1392米，是南靖最高的山峰。海拔800米以下的是梯田和果园，种植水稻、地瓜等粮食作物。主要经济来源为茶和柿子。

全村有12个组，分布在李屋、李和、上节、下节、树下五个自然村。刘万七于元朝中期开基，至今已有600多年。村里居住着刘、李、黄三姓村民，现有人口1600多，人才辈出。下坂寮村人注重向外发展，外迁人口多，据不完全统计，分布在世界各地有数万人，主要在台湾地区和缅甸、泰国等国，其次是印尼、新加坡、马来西亚等国家和港澳等地区。

下坂寮是个历史文物村，县级以上的文物保护单位就有六个，其中裕昌楼是省级文物保护单位。下坂寮土楼群，紫云山寺、追继堂、水尾等三座庵堂为县级文物保护单位。此外，坂寮坪、溪心学、问渠斋等古建筑和蛟塘岽的跑马坪、风动石、石洞群景点无不是旅游休闲的好去处。

当然，历尽沧桑后的裕昌楼，是下坂寮最为浓墨重彩的地方。黄色的土墙、清澈的小溪再加上溪边盛开的白梅，总是叫人惊艳。据说裕昌楼建于元末明初，高5层，土木结构，通廊式圆楼。土楼为刘、罗、张、唐、范五姓族人共同兴建居住，因此整座楼分为间数不等的五大卦，每个家族各居一卦。大卦13开间，小卦9开间，每卦设一部楼梯，外墙设五个瞭望台。先人们讲究风水，所以土楼坐西朝东，属于观音坐莲穴位。楼内天井中心建有单层圆形祖堂，祖堂前的天井用卵石铺成大圆圈，等分五格，据说代表“金、木、水、火、土”五行。五姓人家、五层结构、五个单元、五行排列，体现楼民们祈望五谷丰登、五福临门的美好愿望。后来由于种种原因，罗、张、唐、范四姓陆续售楼搬出，目前楼内有刘姓21户123人居住。

裕昌楼最大的特色就是楼内三楼的回廊木柱朝顺时针倾斜，四楼回廊木柱则朝逆时针倾斜，最大倾斜度达到15度，看起来摇摇欲坠，所以人们都称它为“东歪西斜楼”。但实际上几百年来，经历风雨的侵蚀和无数次地震的考验，它依然巍然屹立，有惊无险。关于裕昌楼廊柱倾斜的原因众说纷纭，有工匠下料错误、工匠不满报复、工匠比拼技艺的传说，也有沼泽地基、木材未干、火灾遗害的推测。但是，最终也没能有个很一致的明确说法。裕昌楼另一个与众不同之处是除了大天井有水井之外，近三分之二的人家的一楼灶间，还各有一口水井，深约 1.5 米，直径约 0.6 米，井水清洌，水源充盈，拿起水勺伸手即可打水。

扶着楼栏，凝望天井中大气的祖堂，似乎还可听见几百年前热闹喧腾的古韵歌谣。行走在这古老的安静的建筑之间，抚摸斑驳的土墙上留下的弹痕、枪眼，听着脚下楼板“吱吱呀呀”的回声，总觉得那是历史的回音，不由人不发思古之幽情。大家族的兴衰存亡恍若岁月长河中的微芒，转瞬即逝。只有土楼仍神奇地、雄浑地矗立在田间地头，继续书写着永恒的壮阔的历史。这屹立不倒的家园堡垒，这风霜洗礼过的土楼，以它古老的传奇与伟大的寂静迎接着来自远方的客人，等待着人们去寻找和发现它特有的美丽。

下坂寮的美可不仅仅是沉稳厚重的土楼，它的轻盈俏丽也让人咋舌不已！从裕昌楼停车场上行，沿着山间小道盘旋而上，一路茶树满目，竹林摇曳，不知不觉就来到了紫云山上。坐落于紫云山间的紫云山居海拔近千米，过去人迹罕至，如今却成了一个生态旅游胜地，一个让人放松心灵、回归自然的净土。只见崇山峻岭间、茂林修竹里，掩映着一座古朴的山庄。青砖路、黄土墙、木吊顶，一切都是那么的简朴纯粹。和二三知己在长廊小坐，泡一壶清茶，赏一山云雾，聊一些人生逸事，何等畅快淋漓！高山草甸、云端梯田、空中茶园是紫云山庄的三大亮点。开垦几百年的梯田修筑在山坡上，层层叠叠盘旋而下。每到秋季，稻子成熟，田间色彩缤纷宛若一幅色彩斑斓的油画，让人不由得惊叹大自然的鬼斧神工。北坡是一片茶园，茶树漫山遍野，行走其间，呼吸着天地灵气，倍觉心旷神怡。放眼远眺，群山绵延，云卷云舒，云蒸霞蔚，如轻纱般笼罩着层峦叠嶂的山峰，简直就是一幅令人叫绝的水墨画。天气晴好的日子，能欣赏到“九峰见佛”“云中观音”的美景，若是天气极佳呢，还能看见远处的野山羊像精灵般在山

野间奔跑跳跃！再往上走，延绵数百亩的高山草甸就等在那里了。湛蓝的天空高洁迷人，令人神思飞逸。秀丽的草坪青翠欲滴，仿佛绿色的天然毛毯，像是用剪刀修过，梳子梳过。此时此刻，最适宜放空自己，做回一个天真的孩童，跑、跳、滚，赛跑、滑草、放风筝，怎么着都行，柔软的草甸给予你最舒心的呵护。

沿着林荫小道，人们可以徒步进入原始森林。清冽的泉水滋润着蓊蓊郁郁的树木。总会有无数的惊喜等着你，也许是一株千年的红豆杉，也许是一只可爱的小松鼠，又也许是一位清癯的隐士。踏着青石路，人们还可以去寻访明朝万历年间的老寺庙——紫云山寺。那里怪石嶙峋，古木参天，紫色云雾缭绕，故而名叫紫云山寺，又称石壁庵。山寺建在海拔800多米的山腰，坐西向东。遥想当年，交通不便，所有的土木乃至食物都靠手提肩背，该是怎样的筚路蓝缕。每思及此，油然而生的是对创建与维持古刹的有心人的敬佩与感动。庙里供奉佛祖释迦牟尼、观音菩萨，关圣帝君、吕洞宾等，属于典型的中国式佛道合一的寺庙。由于寺里的神佛灵验，善男信女络绎不绝，终年香火旺盛。“古刹云光杳，空山剑气深。”紫云山寺是朝拜的圣地，也是旅游观光的名胜。由于地处山腰，晨昏时分云遮雾罩，宛如仙境；若是日出雾散，却见绿树成荫、藤蔓缠绕，飞檐画栋在日光照耀下熠熠生辉。更妙的是，此地山涧流水从石缝而出，水质上乘，取水泡茶，甘醇润喉，令人神清气爽、飘然如仙。

一个村庄自然风光的美丽让人流连忘返，它的精神内核的厚重同样让人品味再三。它们各司其职，记录着岁月不息的灵韵。且容我们走进村庄，把文化的支点轻轻记住。我想，这是打开村庄不老的钥匙。下坂寮虽然是个百姓杂居地，但是民风纯正，与人为善，崇尚朴素自然，讲求笃实诚信。是以几百年来，同饮一溪水，能和睦相处，从容生活，共谋发展。多神信仰见证了文化的兼容并包，每一座庙宇都是雕梁画柱、飞檐斗拱、腾龙驾凤，但每一座寺庙的建筑造型不一、工艺精巧、各有千秋。每逢初一、十五，老百姓都会到寺庙上香，祈求家人平安，合境顺利。

在这个修心养性的好去处，如果孤独就打坐静思，如果悲伤就叩拜祈福吧！下坂寮是一个绝好的心灵栖息地，就像梭罗的瓦尔登湖，陶渊明的世外桃源。有人说，现代人的心走得太快了，灵魂都赶不上了。那么，请到下坂寮来，放宽心怀，放慢脚步，穿梭于古朴与现代之间，亲近自然，与蓝天白云为伍，与青山绿水为伴，梦想将在此地诞生！

枫树坪之恋

□简清枝

枫树坪是枫林的旧称。少年时代，每年去长教（今云水谣）东山祖祠给爷爷上香，翻山越岭，都要路过枫树坪。这个古老的村落一如村口那巨大的老枫树，一直站在我的记忆里，或满是新绿，或落叶缤纷。

枫树坪居有简、李两姓，其中李姓来自上杭，简姓始自南靖长教简氏开基祖德润公的第八子简贵信，世称二世祖。祖祠是一个家族最重要的精神高地，所有的族亲都从这里获得力量，从这里出发，去经历苦难和快乐，最后又回到这里。始建于明嘉靖六年（1527）的枫林祠位于枫树坪的风水宝地，坐东朝西，以近500年的历史守望村庄。祠前树清嘉庆年间石旗杆1对，祠内存有“南京户都主事”“钦差大臣”“诰赠一品夫人”“钦赐一品冠带”“辛酉举人”等竖牌和对联，而其中最为珍贵的是明永乐年间绘制的简贵信及其夫人“一品夫人”林旺娘肖像画，像高各205厘米、宽各98厘米，色泽明丽，品貌清晰，十分醒目。从清康熙年间开始，枫林祠简氏人家即开始渡台垦殖，后代如种子般散居于台湾以及东南亚等地。20世纪90年代以来，这些散落的子孙陆续回乡寻根拜祖，他们风尘仆仆的神情告诉世人，他们是枫树坪的子孙，血脉连绵，祖宗永在。

站在枫林祠前，四处望去，层层丘陵将枫树坪拥抱其中。这里雾岚缭绕，草木茂盛，土地多为黄壤和红壤；温和的气候，充沛的雨水，注定了枫树坪人与茶为业，与茶相依为命的漫长岁月。南靖人早在隋末唐初就有采制野茶的习俗和以茶为药的传统。唐垂拱二年（686）建立漳州时，陈元光率领的军队，又把中原种茶饮茶之风带到了这里。明代是漳州产茶的鼎盛时期，年产达数万担，已成为大宗的出口商品。而且乌龙茶的制作技术，当时为福建之冠，龙溪、南靖、长泰等县的名茶，那时均被列为朝廷贡品。

土楼人把茶叶称为“茶米”，意为茶像米一样，每天居家生活必不可少。他们饭前饭后必要饮茶，祭拜祖先、婚嫁喜事都要奉茶饮茶，待人接物，有朋自远方来，最先奉上的也是茶。因此，土楼人深谙茶道，也在制茶、饮茶中品味生活的甘醇，营养了为人处世的宽厚与平和的理念。

南壶香的老板李钦富是制茶高手，这个土楼里的能人告诉我，枫树坪遍植毛蟹、黄旦、梅占、奇兰、乌龙、铁观音等上等品种茶叶，这些茶统称乌龙茶，而乌龙茶是中国十大名茶之一，乌龙茶在制茶工艺上属于半发酵茶，因而兼备了红茶的甜醇和绿茶的清香，制茶工序大致是先经过萎凋、摇青，使之达到轻度的发酵，然后进行杀青、揉捻、最后进行烘干。加工后的乌龙茶叶条索紧结肥硕，香气馥郁，滋味浓厚。

十月，正是枫树坪采秋茶的时节。随李钦富的小车进枫林村，村里到处弥散的是制茶厂飘出的浓浓清香，令人陶醉。枫树坪人家家户户都种茶、制茶，把一座座山岗耕耘成如诗如画的茶园美景，把茶卖往全世界。枫树坪人太勤快耐劳了，我以为，这里的人均种茶面积和人均茶产量，应该都是世界第一的。你不站在枫树坪的茶山，你不会有此感慨！

车盘上一座座茶山，碧绿的茶园如绿廊，如欲滴的诗行，又如翻腾的碧浪。“情人山到了”，站在山顶北望，枫树坪尽收眼底，对面的山头兀立的是两株一高一矮的杉树，两树若即若离，像是即将分开，依依不舍，又像是久别重逢，欲语泪先流。万千茶树圆润成行，层层围拢，将两个“恋人”团团环抱，声声呼唤。若是雾天，“情人山”如坠仙境，一对恋人在瑶池里四目相对，深情款款，而山脚下的土楼若隐若现，那里是凡间俗世，有烟火缭绕，鸡犬相闻。这简直就是张艺谋的“印象”系列！待到太阳高照，柱柱阳光穿云透雾，黛岚渐次消隐、落幕，此刻，山青天蓝，澄碧如洗。

浪漫的“情人山”吸引了众多影视节目，连火爆的《爸爸去哪里》也在“情人山”尽情玩一把，几对明星父子在茶山上调皮地游戏、奔跑，欢笑荡漾，其乐融融；美女歌星褚海辰更是情动《云水端》，纯美的爱情唱醉了山下的枫树坪，唱醉身后的白云朵。

置身茶的海洋，迎风遥对那双梦

幻情侣，恍惚中，不知那两株坚贞的树木是谁的化身，会是那千里寻夫的"一品夫人"林旺娘和她的丈夫简贵信吗？

二世祖简贵信聪慧善学，精书画有才艺，明永乐年间，官至南京户部主事。简贵信为政能干尽责，得朝器重。永乐十一年，简贵信出使边境，作为钦差大臣头品冠带，在今新疆、青海、甘肃、宁夏一带，以英明的政策和高明的手法制止和平息了当地少数民族的叛乱，保全了大明江山的稳定和完整。废寝忘食忙于政务的简贵信常年居京，竟疏忽了家中的妇人和儿子，与家人失去联系。独自在老家养育孩子的夫人林旺娘虽然生活平静，但一想起数年未归毫无音信的夫君，就陷入了深深的失落中，一天天长大的孩子也几乎不记得自己父亲的模样了。旺娘内疚而苦楚。村口枫树的叶子绿了，又黄了，屋檐下的燕子又几度来回。一向柔弱的林旺娘决心进京寻夫。她带上"要人"的状纸和土楼菜干、茶米等，只身徒步从南靖出发，前往南京。跋山涉水，风餐露宿，历经数月，孤身抵京的旺娘在漳州老乡的帮助下，巧妙进宫。皇上看到状纸后召见林氏，详细了解简贵信因公忘家的实情，大加赞赏林氏忠贞勇敢，即下旨诰赠"一品夫人"。

见到夫君的林旺娘，首先呈到简贵信面前的是茶米——那包千里迢迢从老家枫树坪背来的土楼茶米。简贵信颤抖的双手接过茶，泪流满面。

美妙的传说戏剧性地遂了天下善良人的美好愿景，古老的枫树坪因此而有了丰盈真挚的关于爱的故事。李钦富说，他下一步想做大"情人山"的旅游，用土楼美景、韵味好茶诚待天下客，让更多的人爱上茶的曼妙，感悟包容平和的人生，也让更多的有情人情真意切，幸福满满。

鲁迅先生说："有好茶喝，会喝好茶，是一种清福。"岁月静好，禅茶一味，这个时节，来枫树坪饮茶的你，必是多情的人。

一个攒聚星星的村庄

□朱向青

这是一条榕荫密布的古驿道，时而弯曲时而笔直地延伸。偶尔有戴着斗笠挑着担子的村人从你身旁不急不缓地经过。边上一条溪流汩汩地流淌着。河中大小不一的石头干净而又错落地静卧。驿道不宽，有几棵古榕的枝叶伸过头顶参差地垂落至水面，榕树的倒影在溪水中清晰可辨。一切都是那么的自然而清凉，让人初到时有一丝错觉，以为到了那幽古神奇的云水谣。一起来的船场镇集星村文书小刘告诉我们，集星村果真有“小云水谣”之称。和云水谣不同的是这条清清的溪流叫新田溪，是由附近几个村落所在山脉的山泉溪流汇合而来。古驿道则是明清时期漳州至汀州、嘉应州的驿路，已有几百年的历史了。而今曾经的渡口和牙市，早已繁华不再。古榕却仍深深地扎根寨墙，盘根错节，见证着岁月的渐行渐远，又记录着欣然而来的变迁。

这里已然成了一个新兴的农民公园。入口处，一个写着“集星村农民公园”的黄底红字的牌子赫然可见。小刘介绍说，集星村正是以这条古驿道为轴心，扩建了原有的一片荔枝园，

看着村里的河水一日不如一日干净，集星村党支部刘书记愁白了头。2013年起，集星村开始谋求转型之路，全面禁养生猪，村民自行拆除猪圈4200平方米，从源头改善环境问题。村里开展生猪污染综合治理后，溪涧的水清补植了1000余株的绿化景观树，铺设了两公里长的鹅卵石路，又添置了健身设施，使公园成为集休闲、观赏、健身为一体的好去处。徜徉于公园，铺满鹅卵石的小路跌宕起伏、蜿蜒通幽，似乎在诉说着当年驿路的繁华形胜。一路又有长廊、亭台、假山、船舫、莲池等点缀其中，半隐半现。若是秋天时节来到公园，晨曦里，上百棵桂花树香气氤氲，满园飘香。“老刘，你来了。”“今天轮到你唱喽。”每天，和往常一样，村里的老人不约而至，有的在公园里拉起二胡、自弹自唱了起来，有的围坐石桌、喝茶说话。果真是“乡村似景区，家园如公园”啊。清新田园款款而来，2015年，南靖县集星村成为漳州市创建的12个美丽乡村示范村之一，集星村村如其名，如一颗星星般璀璨登场。

在这片对外开放的公益型的农民活动生态区，老百姓不止安度宁静悠闲的生活，更乐享起了红红火火的“生态红利“。以往集星村村民的生计主要依靠种麻竹和养生猪。“百姓的富裕不能以牺牲环境为代价。”几年前，

澈见底。“水质变好了，有利于健美鸭生长。”村民看见了商机，养起了船场健美鸭。“吃的是玉米粒，喝的是山泉水，这鸭子肉质肯定不错。”慕名来到南靖县船场镇集星村的人们对山涧乱石中原生态放养的健美鸭赞不绝口。健美鸭的生态养殖方式让大家大开眼界，船场健美鸭成了集星村的牌子闪亮的明星产品。

同样享受到“生态红利”的还有原先的一些生猪养殖户，纷纷把猪圈拆了改种绿化树。“改行不容易，得有人示范带动，给我们壮胆。”他们期盼着。星星点灯，照亮前程。2010年，集星村村委会张主任带头利用面积216亩的荒山种植香樟、重阳木等绿化苗木，给生猪养殖户树立了“转产样本”－在张主任的引导下，村里170户村民改种桂花、含笑、柠檬等花卉苗木近千亩。2014年，村民人均纯收入约1.2万元，集星村森林覆盖率达79.8%，茂林蔽日，楼美村幽，获“省级生态村“称号。

青山绿水中，听小刘娓娓道来，看眼前一幅幅田园画卷舒而展开，真

意茵茵的花棚里，正忙着包装客户预订兰花的花农老叶喜笑颜开。

漫步在扮靓了的集星村，小刘引我们去看另一番别样的风景，她指点着随处可见的文化墙、宣传栏、海报等，说："这是我们美丽乡村的'廉'元素"。果真墙上栩栩如生画了许多"警钟长鸣""铁面无私"等图样，这也是集星村的亮点啊。

小刘一路如数家珍陪伴我们。她说，"我们还设有'农民书屋'，文化生活多彩丰富。可惜你们这次来没逢上村周边的庙会，村里还有由22名'穆桂英'组成的'大鼓凉伞'舞蹈队，表演时穿黄色服装的鼓手胸挂大鼓，手握鼓槌，步伐整齐地在鼓的两面交互敲打。穿红色服装的伞手则手持彩伞，踩着鼓点一边对舞一边旋转。舞队三进三退，循环而进，舞姿威武，粗放强劲。一鼓配一伞，红黄斑斓，煞是好看。每逢村周边大小庙会或'新溪尾'节等重大节庆日，大鼓凉伞队都会受邀参加，它的出场总与欢乐喜庆的日子紧密跟随。一曲终罢，伞拢鼓起，掌声阵阵。已然成为集星村的一大特色资源，堪称星级。"

眼福没饱上，口福倒是蹭上了。经过一户人家的果园时，勤劳的主妇正踮起脚尖摘取架上的果实，看我们经过，热忱地塞给我们一把刚摘下的圆鼓鼓的百香果，"尝尝，甜不甜？"

是印证了"风景在路上"这句老话。不听不知道，小刘说，南靖古称兰水县，据说就是因为属下的南坑镇盛产兰花的缘故。那么作为集星村原有的拳头产品兰花在新农村的建设下又是怎么焕发它的光芒呢？勤劳的集星村人自有他们的创意。每到夏季将至，集星村一些兰花种植大户又开始忙碌起来。有的一大早就驱车几十公里山路来到海拔800多米高的高港村搭建兰花大棚，准备把集星村的1万多盆洋兰搬到这里"避暑"6个月。据介绍，高港村夏天日平均气温比集星村低10摄氏度左右，洋兰就像住进了空调房，效果同在兰花大棚安装空调并无二致，集星村人兴起了"候鸟式"养兰。也有的与台商合作种植兰花，一方是良好的气候地理条件，一方是现代科学的兰花种植管理技术，在两年多的时间里，花农成功地组培出寒兰"花中花""大花蕙兰""金玉满堂"等10多个兰花新品种。"我的花卉品种新，花儿长得好，坐在这里我就能把花儿卖到全国各地。一年下来挣十几万元没问题。"谈起合作带来的好处，绿

可以想象，当来到这里的人们欣赏了乡村特有的自然风光、民俗文化、古堡民居，再品上健康天然的农家果农家饭，那是何等惬意；回程再给亲朋好友捎点儿土特产，把乡村印象化成舌尖上的记忆，又是多么可喜。这一切不再是遥远的梦想，2015年底，本草春“寨水一方”旅游养生城落户于集星村，打造“食、住、行、乐、修”健康休闲体验新模式，将成为熠熠闪光的一个新景区。

一条清溪，一路逶迤，跟随我们回到了村口。溪畔有一棵佝偻着背的老榕树，苍虬的枝干仍是不知疲倦地伫立。小刘不由自主走向它，说，“这棵榕树有100多年了，我邻居一位八十几岁的阿婆说在她小时就有呢，我也是在这棵老榕树下嬉笑长大的”。小刘近前轻轻地摩挲着这棵老榕树，看得出她对村里的一切是如此喜爱和熟悉。凉风中，慈祥的老榕树似乎也伸出它那枯干而又有力的手宽厚地把人触摸。我问小刘，“从村里走出去又回到村里工作，苦吗累吗？”小刘爽朗地笑了，说，“到哪里都是付出啊”。一生就做一件事，说不定也能收获意想不到的惊喜呢。是啊，想起《南村辍耕录》也有一句：“一事精致，便能动人，亦其专心致志而然矣。”转头再看小刘，落日的余晖中，小刘年轻秀美的脸庞似乎笼上了一层温和坚定的光芒。这是集星村最美最亮的一颗星啊。

天色渐暗，我们踏上归途，来时的青山和田野在渐合的暮色中消隐。据说集星村正是由零星分散的村落聚集而成，故名集星。再回首，古村落所融之古民居、古树、古桥、古溪，也正如一粒粒明珠，纳入山谷。此起彼伏，渐次闪烁。

世禄的梦

□徐洁

世禄村，乍一看村名，不觉微微一笑，说："该村一定乡风不俗，祖上富足，藏有许多绵长、轻快、动人的故事。"

不料，陪同的镇宣传干事却告诉我：村名与贫富无关，小村原名共和大队月眉社，"世禄"是一位年轻烈士的名字。闻之愕然，连忙向她打听详情。

王世禄，河南省博爱县人，1946年参军，同年入党，1949年9月随长江支队南下，任南靖县第一区区委副书记，到此开展剿匪工作。12月中旬的一天黄昏，王世禄外出开会刚刚返回宿舍，因叛徒告密，被土匪李开瑞一伙包围。匪徒高声叫嚣，先是展开攻心战，极力劝降，并许以种种诱惑，遭到王世禄一顿痛斥。匪徒恼羞成怒，开枪围攻。此时，老乡和同志们还都在别处忙碌，王世禄孤身一人，情况万分危急。他毫不犹豫拔枪反击，经过激烈枪战，终因寡不敌众，身中数弹，壮烈牺牲，年仅28岁……闻讯赶来的战友和群众含泪掩埋了王世禄，修建陵园纪念英烈。为让后代子子孙孙永远铭记烈士的英雄事迹，人们将村名改为"世禄"，村小学命名为"世禄小学"。

廿八岁，人生最灿烂的年华。

为了成立新生的共和国、为了人民的幸福，英雄的前辈将青春的热血洒在了闽南贫瘠的山乡。

怀着深深的感动走进小村，一尊矗立在芳草丛中的白色花岗岩雕像映

入眼帘，雕像高约12米，高冠长袍，美髯飘飘，双目炯炯有神，神情刚毅，左手握剑，右手举于胸前，似乎正要发出出征战令，极具威武之气。雕像后方隔一小湖便是著名的千年古刹新溪尾寺，主奉的神灵便是雕像人物——赫赫有名的东晋名相谢安。

谢安，自幼聪慧，才识过人。前秦苻坚带领号称“投鞭可断流”的百万雄兵，水陆并举，大举南侵，志在吞灭东晋，统一天下。此时，军情危急，朝野上下一片恐慌。时年63岁、负责军事的谢安仅拥兵8万，双方兵力悬殊。他毫不畏惧，从容镇定，率领将士赶到淝水，与秦军隔河对峙。他利用苻坚生性多疑的弱点，巧施谋略，摆出晋军强不可摧的阵势，使苻坚自畏“风声鹤唳，草木皆兵”，踌躇不敢进兵。谢安趁机挥师过河，杀得秦军阵脚大乱，大败而逃。“淝水之战”凭借以少胜多、以弱胜强的辉煌战绩，成为千古传奇……两年后，65岁的谢安病逝。孝武帝追封他为“庐陵公”，赠“太傅”。清乾隆年间，乾隆皇帝再次追封谢安为“广应圣王”。

追根溯源，南靖与谢安生活的年代相隔甚远，世禄村为何如此隆礼膜拜？莫非此地有谢安的后裔？

村人笑曰：自古兵家崇拜谢安，将其视为军神。唐总章二年（669）“开漳圣王”陈元光平定闽南，许多兵士落籍定居南靖，他们回河南老家省亲时，特地请来谢安香火，供奉于附近庵坑底一小庙，世代传承，绵延700余年，经久不衰。

可惜，当时间老人缓缓走至明洪武年间，一场咆哮的山洪无情地将古庙冲毁，乡民急忙将谢王公神像暂时请进世禄村新溪尾一石洞内敬奉，不曾想，世事难料，这一请，“广应圣王”在石洞中度过的岁月，竟整整跨越了234年。

直至明天启二年（1622）的某一天，有位慈眉善目的老人来到新溪尾一带，对村中长者说：洞外不远处，有一块极佳的风水宝地，有“坐甲向庚，双

龙抢珠"之妙，可为谢公修庙，定保村社福瑞平安……村人见其颇具仙风道骨，言辞笃定，连忙依言而行。

于是，闻名遐迩的古刹诞生了，取名"安善堂"。

或许真是受惠于老人指点，小村自此风调雨顺，安宁祥和。乡民感念之余，渐渐悟到：莫非老者是谢王公派来点化的高人？随着时间的推移，这一猜测，在人们绘声绘色的描述中完成了美丽的神话转换，流传至今，听来玄虚风趣，引人入胜。

谢王公颠沛辗转的经历，神秘的乡间传说，使历经沧桑岁月洗礼的寺庙，愈发显得苍劲古朴，历史厚重。古庙几经损坏、几经修葺，如今的寺庙，依山傍水，古树参天，庙堤宽阔，风景秀丽。二层高的庙宇，采用现代混凝土建筑结构，飞檐翘角，彩瓷华丽，由主殿、侧楼、石雕山门、水面桥、碑亭等组成，宏伟壮观。寺内存有唐代铜香炉和三面明清时期石碑文等极其珍贵的历史文物等。1993年以来，成为县级文物保护单位、宗教活动

场所、对台交流重点寺庙、闽南著名的朝圣旅游胜地，香火远播港、澳、台及周边各县区。自1998年以来，每年接待中国港、澳、台地区以及泰国、马来西亚、新加坡等国家的海内外游客有数十万人之众……十一月廿六日是谢安的生日，当地群众视为寺庙圣节，一连数日举行丰富多彩的民俗文化活动和乡镇"旅游文化节"，前来朝拜的人群络绎不绝。袅袅轻烟漫卷飞升，虔诚诉说对历史英杰的崇敬爱戴和对平安、祥和、美好生活的追求与向往……多年来，寺庙香火鼎盛，善款不菲，朴实的乡民将其用来维护和进行寺庙建设，弘扬民俗文化、修桥造路、扶贫助学等慈善公益事业，营造和谐美好的社会环境。

寺庙正前方依湖而建的广场，绿草茵茵，花木葱茏，宽阔舒朗。湖面微波荡漾，湖堤翠柳成行，景色清新怡人。每当夜幕降临，星空闳远，山

峦隐约，辽阔的广场华灯齐放，习习凉风送来淡淡芳草馨香，间或传来阵阵蛙鸣，实为村民们茶余饭后、休闲娱乐、健身的好去处。这样的“农民公园”，是农民朋友告别落后、愚昧、单调的生活方式，追求文明、健康新生活而开创的美好舞台，成为古村有史以来最朝气蓬勃、富足安宁的亮丽风景。

在村庄深处，一座建于明朝时期的圆形三层土楼，至今已走过600多年历史，历经风雨雷电，严寒酷暑，残垣断壁、荒凉破败是难逃的必然命运，尽管皆在意料之中，仍让人不由自主心怀不舍。土楼建筑风格十分独特别致，楼的正门，门面阔大。楼内有三厅二十四房，防火、防水、防匪功能完善。于顶层三分处各减建一间，形成三个鼎足状缺口，建筑技艺高超，令人惊奇不已，从高处俯瞰，土楼形同闽南早年常用的灶具一“烘炉”，民间俗称“烘炉楼”，有老伯说：祖上盖这样的房子，大有讲究，具体什么意思，我也说不清，只知道寄托了他们对村庄、子孙后代美好的庇护和祝福的心意。

或许正是应了先祖的祈愿，千余年的光阴，小村积淀下丰富的自然资源、厚重的人文资源以及独特的红色基因，令人赞叹不已。世禄村，总人口1300余人的小村，在建设富美乡村的征程上，群策群力，铆足干劲，他们挖掘古村自然人文资源，开发旅游产业；因地制宜，发展现代农业；开办工厂，深度农产品加工，开发生产的食品罐头行销全国各地；精心培育的兰花珍稀品种，以其幽香清远、端秀高雅的风姿，带着闽南山乡的清新气息，带着农家人建设家乡的梦想，款款步入大雅之堂、走进千家万户，送去农家人朴实宽厚的一缕心香。

这一切，英烈王世禄泉下有知，一定会开怀欢笑——世禄村繁荣昌盛的今天，正是他为之献身的美丽梦想。

坑头村的美

□唐瘀

坑头村的美，是那依山而上修建的一座座灰墙黑瓦的土楼；坑头村的美，是那点缀在楼前屋后的老树古木；坑头村的美，是那四通丿I达的石阶古道；坑头村的美，是那穿岭而下的两条蜿蜒山涧；坑头村的美，是那一丘丘梯田和一垅垅茶园。

第一次发现坑头村的美，是两年前的事。那时，我正在为一家民营旅游公司写一部《八仙围棋山的传说》故事集。初次上八仙围棋山，驱车路过该村，透过车窗，惊鸿一瞥，就给我留下初恋般美好的印象。从此，坑头村成了我的“梦中情人”，时不时在梦里与我相会。

今日，梦想成真！我应南靖县文联之邀，前往坑头村采风。此村此景，风光依旧，没有遭到人为的污染和破坏，成了摄影爱好者的“天堂”，当然，也渐渐吸引了不少远客前来观光旅游。

我想，一个古村落，要想遗存百年千年，就要像坑头村这样保护原生态。如何保护原生态呢？村主任黄进中告诉我，坑头村地处海拔 700 多米的深山里，是南靖县长方形土楼最密集的古村落，共有“一”字形土楼102座，由于是泥瓦土墙，且顺山势逐高而建，错落有致，就形成具有向阳、通风、干燥、卫生的特点，加上村庄座落在两水汇合处，又有 39 棵古树庇荫，空气特别清新。自从被评为中国传统古村落后，村民们更加注意保护自己的绿色家园。近年来，村里投入大量人力物力进行环境卫生整治，村口建有垃圾池，各户配置垃圾桶，由保洁员集中焚烧处理垃圾，村中央建有冲式公厕，各家建有卫生间和沼气池自行进行污水处理。

坑头村是南靖县船场镇的一个行政村，距县城32公里，距镇区10公里，距福建土楼景区28公里，总面积2.3平方公里，人口500余人。

坑头村四面环山，森林面积6000余亩（其中茶园450亩），耕地面积700多亩。村民们以耕田种粮为主，抚育山林为辅，祖祖辈辈过着农耕生活。因村庄后有山形如官帽，古人取村名为纱峰，解放后之所以改为坑头村，是因为村两边的山涧有很多泉眼，涧水丰富，汇成源头坑水，东高西低地流向九龙江支流船场溪。

坑头村自1773年先祖黄文通、黄文卦、黄文振三兄弟开基以来，世世代代和睦相处，互助互爱，艰苦创业，聚下了古村落这份宝贵的产业。为纪念祖德宗功，先民们在村里建了三座黄氏宗祠：宝光堂、肃清堂和燕翼堂，并分别在宗祠前刻下大门联。宝光堂门联是：“宝树蕃荣，椒衍瓜绵追祖德；光前烜赫，水源木本念宗功。”，肃清堂门联为：“肃善勤廉承祖德，清酷即酌荐宗功”等等。更难能可贵的是开基祖留下的《黄氏祖训格言》：“勤耕勤读是荣华，交商买卖不乱花。天花乱酒无利益，净讼赌博破丁家”“勤与俭是治家上策，忍而和是处世良规”“世间善事忠和孝，天下良谋耕与读”“莫求黄金重重贵，恳望儿孙代代贤”等等。这些格言警句，言简意赅，朴实无华，具有勤俭、孝悌，敬业、修身等为人处世之道，激励后人奋发有为。

坑头村的美，除了村中的宝光堂、燕翼堂、肃清堂三座黄氏宗祠及全县唯一的盘古大王庙外，村外的主要名胜古迹还有神秘的八仙围棋山和灵威远播的西天禅寺。

八仙围棋山海拔949米，山顶有一片百亩大的盆地，盆地中有石笔、石旗、石鼓、石棋盘和石棋子，棋子上刻有一“帅”字。石鼓旁，有“天官赐福”四个大字和一个与成年人相仿的五趾分明的“仙脚印”。盆地四周，有狮头山、虎头山、天台山、纱帽山、观音山、凤凰山、金龟背印山、银象朝月山等8座山岗，所以统称为“八仙围棋山”。

八仙围棋山半山腰，有一座古庙，叫西天禅寺，原称金石庙，1564年，乡人从云霄县西霞寺“挂”来释迦牟尼佛祖的香火在此建庙，庙因灵验而香火鼎盛。站在庙顶眺望，但见十八座岗峰，像十八支大鼓凉伞正在为它开路。西天禅寺就像即将出巡的神轿，在忽浓忽稀的岚雾中摇晃显灵。运气好的话，你还可能看到奇异的七彩佛光。西天禅寺周围还有阿秋法王舍利塔、灵龟池、灵鹫飞来石、千年一笑石、小风动石等景观可供游览。

有名胜古迹，就有民间传说。与神仙有关的故事，除了盘古大王庙签的许多灵验事迹外，还有八仙围棋山中的盘古心（特大风动石）、无底洞（传为与地狱之门相邻）、龙船石、出米石等；与张果老、铁拐李等八仙有关的故事，有棋盘石、仙脚印、石鼓、石钟、石棋子、仙澡塘等；与开漳圣王陈元光有关的故事，有金石庙、金石洞、紫云殿等；与现代人物李开瑞（土匪头）有关的故事有土匪坑、土匪林、土匪洞等。这些民间传说，或神仙鬼怪、或历史人物，无一不带有传奇色彩，均给人们以丰富的想象。这些口口相传的民间故事，其实也是坑头村的一笔非物质文化遗产。当然，更重要的非物质文化遗产还是这里的民俗文化活动。

坑头村的民俗文化活动很频繁，每个月都有举行。主要节日习俗有：正月初一拜大年，正月初二女婿拜望岳父母。正月初五的迎神接福，全村参与，各家门前备有清茶、水果，燃香放鞭炮，迎接巡村神明的到来。正月十五闹元宵，凡新添丁的户主都要在各祠堂里点灯。二月初一，要请道士或和尚在西天禅寺释迦牟尼佛祖神坛前祈愿合境平安。三月清明节，要先到本县丰田镇祭拜开基上祖，接着公祭祖公祖婆，然后才祭祠各家祖坟。四月初八日，家家备三牲果品，宰猪祭拜盘古王，在盘古庙前祈祷风调雨顺、五谷丰登、六畜兴旺。五月初五端午节，家家户户包粽子、插艾草榕枝，中午用“午时水”泡雄黄，用艾叶蘸了，挥洒在房前屋后，以驱蛇辟邪气，再到坑水边洗澡，以清毒洁身。六月初一，庆“半年圆”，户户都水煮甜汤圆，敬拜各路神明。七月十四，过“七

90周岁以上的老寿星。十月是“酿酒节”，女主人们用木制的酿酒器具，自酿白米酒，以备全年饮用。那酒甘醇可口，具有御寒增温，舒筋通络，解除疲劳之功效。十一月过“谢冬节”，此时节，水稻等农作物已颗粒归仓，家家户户都要宰猪杀羊，在盘古庙前供上猪头五牲和自酿的白米酒，请道士引领全村人跪拜进香，以谢神恩。到那时，盘古庙前的楹联就要新贴上“昔日祈求合境平安，今朝答谢众位神明‘和横批’村泰民安”。此楹联虽不合联律规则，却表达了村民们的一片虔诚之心，也就年年贴此联了。十二月二十四，送灶王爷上天，此后开始忙碌到除夕围炉过大年。除此每月都有的民俗文化活动外，每逢初一、初二祈神明保佑，每逢月底“做月尾”答谢众神明也成了家家户户必做的“功课”。

月半节”，要在祠堂里跪拜列祖列宗，还要在村外祭祀孤魂野鬼。八月十四至十六中秋节期间，全村宰鸡杀鸭，备办猪头五牲，米糕果品，与从四面八方赶来的信众们一起上山，祭拜释迦牟尼佛祖。这天，车来人往，热闹非凡，村庄道路，彩旗招展，气球飘扬。西天禅寺前要上演大班戏、歌舞和木偶戏。九月初九重阳节，也是敬老节，各房族长与村“两委”干部们都要带上红包和刚煮好的甜面线，上门慰问

坑头村的美，还有很多很多，如村民的忠孝节义等美德，就够说上三天三夜。因时间关系，我无法做深入了解，只作此浮光掠影之文以赞之。

寻找西坑

□徐洁

偶然听说在南靖县船场镇西坑村，聚居生活着汉代刘邦的传人。乍闻之下，惊奇不已，那“大风起兮云飞扬“的刘氏后人如何会南行千里，落脚于闽南崇山峻岭之中？曾经的王朝传衍的后裔，如今会有着怎样的生活状态？带着强烈的探秘兴趣，一日，走进绿意盎然的西坑村，渴望探寻其独特的历史传奇。

西坑，史上曾名西汤乡，上世纪五十年代，更名西坑。人口2000多人，地处南靖西部，自古人杰地灵，物华天宝，民风淳朴。据说祖上曾涌现出武举人、县令等优秀人物。如今更是不乏博士、硕士、大学生、公务员、企业家等国家有用之才，颇使崇文重教、讲求诗礼传家的村民们引以为自豪。但对于汉刘邦裔脉的说法，刘氏后人却茫然无解，只说祖祖辈辈一直流传这种说法，是否真有此事，谁也说不清楚。闻之，心生感慨：光阴荏苒，世事沧桑，积淀在历史深处的重重迷雾，有谁能——拨开。

流连小村，在村西群山环抱、近千米高的青山顶上，一块正方体的巨石，一如电视剧《红楼梦》片头的传奇仙石，蕴含别致神秘的气息，引人注目。村民告诉我：当地人将其称为“四角石”。登临其上，极目远望，可见蓝天高远，白云悠悠；俯瞰四野，只见层峦叠嶂，郁郁葱葱，美丽的船场镇尽收眼底。此时，倘若伸展双臂，便会有身轻如燕、翱翔半空、飘飘欲仙之感。

说起“四角石”的来历，颇具神风仙气。相传古时，一位仙人肩挑两块巨石直奔东海而去，途经此地，扁担折断，巨石滚落，一块坠落此山，一块飞落南坑乡的另一座青山，仙人急忙使出神力，欲将其重新整装启程。无奈，巨石犹如执拗的顽童来到心仪的游乐场，死活不肯离去，且落地生根，深嵌大地，大有修成镇山之宝之状。仙人无奈，徘徊良久，叹口气，拍拍石头，默祝祥福之词，飘然离去。

“四角石”从此矗立山巅，与小村相依相偎，日夜看顾庇护着村庄的幸福与安宁。

这样的传说，并不诡异离奇，明显是先民们茶余饭后演绎的民间神话故事，而非真有其事。虚编故事的起因，也许是先民们不解为何青山顶上会有一方巨石，而展开的美丽想象，但奇巧独特的故事本身，让我们明白：千百年来，“四角石”在一代代西坑村民心中，已不只是一道山间奇观，更是西坑村人的家园标志。

在“四角石”山峰脚下，一座已显破败、庞大的土楼，绊住了我们匆匆离去的脚步。听村民说：此楼为“西川楼”，始建于明末清初，有“犀牛望月”的美名，是祖先留下的风水宝地，迄今已有近400年的历史。

这是一座坐西向东、位于村西部、四方形的土楼，木卜实的黄泥土夯打出的墙体，坚实而又斑驳。楼高共4层，有房88间。有几处明显有火烧痕迹，那是清光绪年间，溃败的太平天国流寇洗劫西坑留下的罪证。所幸古朴的“西川楼”没有彻底焚毁，几经修缮，一如一位朴实而又倔强的老农，傲然屹立在时光的怀抱里，在黄昏脉脉斜阳的映照下，愈发透射出古朴沧桑、老迈却又顽强的生命力量，让人心生敬畏，感佩不已。我怀着崇敬的心情跨入青石门槛，楼院大门的墙体厚实得让人意外，主人自豪地现场为我们丈量：门墙厚度为2.3米，四面墙身厚达1.8米，据说在闽西南星罗棋布的土楼群中绝无仅有，真可谓最厚的土楼，惊叹之余，人们纷纷伸手触摸厚厚的土墙，仿佛由此便能与苍茫的岁月衔接，感受古时兵荒马乱的动荡年代，山民们为防匪患，苦挣苦拼，挑土和泥，建造遮风挡雨家宅的辛劳与不易。徘徊阔大的楼院，那一排排紧挨的房屋，无声地告诉人们：数百年前，刘姓家族在这里开基繁衍，曾经是何等的人丁兴旺、热闹非凡。遗憾，曾经堪称繁华的土楼现已少人居住，村民纷纷修房另住或外出经商务工等，只留下少数怀旧的老人带着留守的少儿坚守着古老的楼院不忍离去。

都说，山水相连。西坑村千百年来藏于深山，青山环抱，绿水长流，颇具“天府之国”小盆地的模样，四周茂林修竹，在“四角石”落脚的山峰半山腰上，有一片笼罩着原生态神秘面纱的亚热带雨林，总面积约15亩。没人能说得清它走过多少岁月，只知应是洪荒年代遗落凡间的仙草后裔，繁衍至今，已蔚然生成儿孙成群、散发着远古气息的原始森林。

林中，古树参天，名贵树种繁多，遮天蔽日，绿意盈盈，空气清新得犹

如天然“氧吧”，只需深吸一口，便觉心旷神怡，疲惫的身心犹如洗过一般，通体轻盈舒泰，实属避暑纳凉的绝佳之地，闻名遐迩，被人们誉为“洗心谷“，可谓风雅别致、名副其实。

林间，一条约4米宽的山溪清澈见底，有罕见的鱼、蛙、灵龟在溪中安家落户。野鸡、松鼠、鸟儿和许多不知名的小动物们在这里栖息，它们在这里或悠闲地散步、或飞快地旋舞、或迅捷地在古松跳跃翻飞，真是奇妙的动物天堂。

走进这里，令人叹为观止的是：雨林深处竟隐藏着一个小巧的天然瀑布，清泉如柔滑的白练从悬崖上一泻而下，落差足有20余米，瀑面虽并不宽大，但水流丰裕，水质清甜可口。水花飞溅，瀑声隆隆，构成一幅醉人的高山流水、古藤老树、小鸟轻歌的世外仙境。

在西坑的青山顶上，有水质清洌优良的泉水，山下却有汩汩温泉，温度高达65摄氏度，村民每逢宰杀猪羊、鸡鸭等，可直接取温泉水洗涮褪毛等，便捷利索。经相关部门检验表明，当地温泉柔软温润，矿物质含量高，水质极佳。既有很好的养生保健作用，又为村民发展水产养殖，提供了得天独厚的绝佳助力。饲养的鱼虾肉质好、产量高，销路顺畅。用山泉水浇灌、种植的麻竹、柚子、橙子、柑桔等农作物，同样品质优良，产销两旺，为村民的小康生活和乡村经济发展插上了腾飞的翅膀……忙碌的村民，每当夜晚来临，习惯取一盆温泉水洗去劳作一天的风尘和疲乏，若再讲究一些的人家，会在自家的浴缸、木桶中舒舒服服地泡上一个温泉澡，舒筋活络，放松身心，清爽而惬意。也许是得益于青山秀水的滋养抚慰，据说，面朝黄土背朝天的村民们，个个身强体健，很少有人生病，实在是令外乡人艳羡的美事儿。

有这样的家园，真好。

西坑的村民不无骄傲地告诉我们：他们正筹划如何进一步开发得天独厚的自然资源、旅游资源，打开千百年来隐于乡野的人间仙境的大门，与世人共享天赐的美景佳肴和神奇美妙的神话传说，建设更加美丽富饶的新西坑。

梧宅行

□庄火旺

南靖县有许多个自然环境优美、人文历史深厚的古村落，船场镇梧宅村便是其中之一。

初秋的一个星期天，秋阳高照，秋风送爽，我和南靖文艺界的几位朋友相约前往梧宅村采风、游玩。驱车从县城出发，经旅游大通道山梅公路到船场，沿船场至奎洋的山间公路行进，越过高高的“分水岭”，便来到群山环抱中的梧宅大山坳。梧宅大山坳有4个行政村，即梧宅村、星光村、鼎寮村和笔峰村。梧宅村人口2200多人，土地面积近2万亩，是4个行政村中最大的村。

到达梧宅村村部，村支书卢清风接待了我们。他一边泡茶，一边介绍梧宅村的有关情况。他说，梧宅村的主要特色是古民居分布广，数量多。还有境内的石门岩风景区景色优美，远近闻名，梧宅古民居以两层的土木结构为主，形状有方有圆，大小不一，主要分布在石鹰山山坡上和梧宅溪两岸。这些古民居大都有几十年以上时间，有的甚至上百年，至今都保存完好。

站在村部楼顶眺望，整个梧宅村一览无遗。北面的石鹰山海拔700多米，高耸云天，山上林木茂盛。石鹰山因其主峰和侧峰状如翱翔的雄鹰而得名。山腰上分布着营顶和罗祠尾自然村。村民房屋依山就势，呈阶梯状分布，看起来很像西藏的布达拉宫建筑群。卢书记说，山上的古民居在晨雾弥漫的时候若隐若现，仿佛仙境一般。他指着最上面的一座圆形土楼说，当地人都叫它“营顶寨“。梧宅村成为革命老区村，与当年营顶寨人积极投身革命运动有很大关系。

离开村部，我们来到附近的“溪沙”自然村。这里有一座建于民国初期的内方外圆的二层土楼。周围分布着几座建于20世纪五六十年代的土木瓦房。圆形楼前有一方水塘，一群鸭子在水塘里悠游戏水。水塘前方是一大片稻田，此时，金灿灿的水稻已成熟，秋风吹拂，送来缕缕稻香。走进楼里，过道上几位老人正悠然自得地闲谈着。旁边的狗儿目光柔和，视线随我们的走动而移动。楼内，目光所及皆古旧的东西，古门窗、古井、古农用具等。我曾在土楼生活过很长时间，置身于此，不禁勾起了我对土楼生活的美好回忆。卢书记介绍说，以前楼里住有100多人，几乎是一个生产队的人口，大家劳作之余和谐相处，气氛融洽。改革开放后，楼里陆续有人迁出，在村主干道边建新房，楼里一下子冷清不少。值得一提的是，自南靖土楼申报世界文化遗产之始，大家保护古民居的意识提高了，一旦发现楼房有破损的地方，会主动积极加以维护。

看过溪沙古村落，我们沿村主干道去石门岩风景区游玩。村主干道近1公里长，路边房屋都是带店面的楼房，水泥路面宽畅整洁，车来人往，与城镇里的街道没有两样。卢书记说，几年前这里规划成新农村建设用地，随着村民生活水平提高，楼房越盖越高，家庭设施越来越现代化，是梧宅村发展变化的缩影。

不知不觉，我们来到石门岩风景区山门前。牌坊式的大门上写着“石门寺”和“石室灵山藏宝佛，门岩古洞隐真仙“的对联。门前排列着十二生肖石雕，形态逼真，引得游人驻足观赏。大门右侧有一广场，是寺庙热闹时演戏的地方，也是梧宅村的文化宣传中心。走过古朴的山门，莲花池中挺立着一尊高大的观音抱子塑像，塑像栩栩如生，与后面的寺庙和亭亭玉立的水尖山构成一道独特的风景。

石门寺寺庙飞檐翘角，雕梁画栋，古色古香。庙后有一棵挺拔茂盛的大樟树，浓荫遮盖在庙宇上方，给古庙增添不少神秘色彩。石门寺始建于唐宪宗元和四年（809），迄今已有1200多年。庙里供奉“大众爷公“神像，历代香火鼎盛，远近闻名。走进庙内，阵阵香味扑鼻而来，沁人心脾。

拜过“大众爷公“后，我们开始踏上庙右侧蜿蜒的石阶。脚步叩在布满落叶的石板上，脚底发出“沙沙”的响声。林间怪石嶙峋，各种动物造型的石头惟妙惟肖，如“豹隐石”“蚯蚓石”“金鳌望蓝天“等。有的石头上居然长有树，根须布满石面，令人称奇。这里的石刻很多，从石刻上的诗赋可以看出，宋代理学家朱熹、清代数学家庄亨阳、清代学士吴铎都曾到此朝圣游玩。徜徉在这静谧的林间，呼吸浓郁的山野气息，任思绪在藤条间萦绕，仿佛疲惫的灵魂在这里可以找到皈依之所。

走了一段石阶，我们来到“听泉”旁的茅屋休息。茅屋搭在石坑上，四周林竹葱茂。细心静听，石头下泉水叮咚。周围幽静得仿佛时间都过得很慢。在此小憩，我们感受了一回陶渊明笔下世外桃源的意境。

登完1000多级石阶，上到“孔子庙”。“孔子庙”由三块巨石供成。管庙的老伯见我们满头大汗、气喘吁吁，赶忙取出山泉水让我们喝。喝下甘甜的泉水，顿觉疲劳大减。仰望山上悬崖峭壁，一道水流挂于壁上。站在庙前护栏眺望，对面巍峨的八仙山，山下古朴的村落和层层梯田，以及从梧宅村中流过的小河尽收眼底。此时，阵阵山风夹着最原始的山野气息扑面而来，身上的疲惫随风儿渐行渐远，身心舒畅了，惬意之情油然而生。

在石凳上坐下来，老伯给我们讲了一个故事。相传很久以前，水尖山上有一蚯蚓精经常下山祸害百姓。到了唐代高宗时，朝廷派陈政、陈元光父子入闽平乱。陈元光在追杀蚯蚓精期间，与当地一位叫“白仙姑”的女子产生爱情。后来，陈元光因战事繁忙一去不复返。白仙姑等呀等，等到最后化成一尊白色人形石像。老伯说，那石像就在右边险要的山坡上，当地人都叫它“白石仙姑 "。听过故事，我们不禁被白仙姑纯真的爱情所感动。

离开孔子庙，我们转到左侧约600米处的“龙透气”景点。“龙透气”其实是一处洞穴。洞口只有碗大，洞深莫测，洞内气浪翻腾不息。我们拿树叶置于洞口，有时被吸入洞内，有时被抛向空中，煞是好看，真是一处天然活景观。游人到处，小孩子经常玩得久久不肯离开。

看过龙透气景点，我们钻进“螺旋洞”下山。石洞如田螺旋来转去。我们时而直立行走，时而弯腰匍匐前进。洞窄处仅容一人侧身挤过，洞宽

处能容纳几十人，里面有石桌、石凳供游人休息。洞深的地方还可听到泉水淙淙，如天籁之声。石洞里冬暖夏凉，简直就是天然空调室。

走出“螺旋洞”，便又来到石门寺庙宇左侧。洞口上方是一块天然巨石，石上刻了一遒劲大字“佛”，字旁还刻着弘一法师的诗句“众生一日不成佛，我梦终宵有泪痕，，。看过石门岩美景，再仔细品味弘一法师那深刻的诗意，我对自然、人生有了更加美好的憧憬。

从石门岩下来，我们在梧宅村的一位友人开的农家乐饭店吃饭。友人一家客气热情，为我们准备了一桌丰盛的当地特色的饭菜，有梧宅炒面、梧宅健美鸭肉、梧宅土鸡烧野菇和虎尾轮炖排骨等。大家吃得津津有味。吃过饭喝茶聊天。友人早年去城里打工，摸爬滚打了几年，两年前回村开饭店，生意一年比一年好。他说，石门岩的旅游业有待进一步开发建设，梧宅村山林地适合发展农家乐。友人认为，梧宅村适合人们生活，也适合人们创业发展，是个可以实现梦想的地方。

走出友人家，我们在流连忘返中离开这个美丽可爱的村庄。

无边光景一时新

□宋阿芬

从南靖县城出发，汽车沿着曲折的盘山公路蜿蜒盘旋一路向前，透过车窗放眼望去，重峦叠嶂，苍茫四野；近处，清澈的溪水，翠绿的山坡，一片又一片的茂密翠林从身边掠过。此时，当地文联蔡老师饶有兴致地说："新罗村村小名气大，这里有世界最小的土楼翠林楼、半月楼、惭愧祖师……"听到这些闻所未闻的名字，我按捺不住内心的好奇："最小的土楼有多小？为什么叫惭愧祖师？"蔡老师却笑呵呵地说："去了你就知道了，让你保持这种旅游期待。"蔡老师卖着关子，更激起我对新罗村的满心期待。

到了，到了，驱车约20公里，终于来到新罗村了。目之所及，千山同碧，竹海起伏，满目皆绿。绿得让人心旷神怡，那深浓厚重的绿意在青山间流淌，到处郁郁葱葱，生机盎然，让人感到一种生命的快意和心灵的悸动。看到农民正在搬运竹子，新罗村村主任曾福生告诉我们，全村土地总面积30000亩，种有毛竹20000多亩，竹子、竹笋、竹叶都输送到全国各地，最远到上海。此时一阵风拂过，竹子随风起彼伏，竹林中发出阵阵呼啸，让人觉得像是置身于绿色的海洋之中。

新罗村约1200人，全村300多户并非集中在一处，而是散落于山坳间。村主任说，从村头到村尾需40分钟的车程。全村的建筑是现代楼房与传统式的泥墙土房，大片竹海和古树环村自然分布，与纯朴的古村落建筑参差错落有致，散发着朴素的韵味，蕴含着古老的气息。就在这偏远寂静的山村里，隐藏着世界最小的土楼——翠林楼。我们耳熟能详的永定承启楼、遗经楼，华安的二宜楼等以大闻名中外，而翠林楼却是以小而独领风骚，它犹如“小家碧玉”般羞答答地藏在翠林深处。

来到世界最小的土楼前，我驻足仰望，屏住呼吸，睁大眼睛仔细端详着，这是一座标准圆形土楼，斑驳厚重的楼墙经过数百年来的风化默默地向人们述说曾经的沧桑与繁荣。翠林楼四周绿树掩映，万木竞秀，大树参天，叫得出树名的红榜树、柯树、松柏、樟树，叫不出树名的数不胜数，树枝交错，树叶交叠，连成坚不可摧的绿色屏障。小巧玲珑的翠林楼藏在丛丛翠林之中故取名“翠林楼”。这座袖珍土楼建于明代嘉靖年间，此楼建在森林里一块略高的平地之上，据说由于平地面积较小，不能建太大，古时人们只好将土楼顺势而建。这座土楼高不足 8 米，外墙周长不过 30 米，内径仅 9 米。此时的翠林楼已经没人居住，显得静谧祥和。我们随着村主任踏进土楼，从天井仰望，就像坐井观天。土楼共有三层，每层有 11 间房间，第一层堆放柴草、圈养牲畜，第二层储备粮食，第三层是村民居住的地方，因为干燥些，又不怕虫蛇侵入。“我们祖辈在翠林楼有 3 间房间呢。”原来村主任也是这翠林楼的“后人”之一。古时的土楼人家常年在这深山老林里聚族而居，这座圆楼就是他们的家，就是他们的根。我们站在回廊里，伸手可摸到上一层的楼板，我们打开楼内房间一看，仅能放下一张床和一张小桌，如此而已。村主任说，“翠林楼目前只是南靖县级文物保护单位，虽没有列入世界文化遗产名录，但并不妨碍我们对她的挚爱，虽然现在族人都搬出了翠林楼，但这里仍是他们一辈子的牵挂。”是的，世事变迁，沧海桑田，几百年来，这座土楼不仅承载着沧桑与历史的记忆，透露出的是富含地域文化的神秘气息，并给人以情感上的回归与心灵的慰藉。

新罗村除了袖珍土楼翠林楼外，还让你耳目一新的是罗山寺的惭愧祖师公。罗山寺坐落在新罗村大坪顶“罗山”之上。相传南靖罗山寺惭愧祖师公俗名“潘觉”，大约出生于 827 年，是广东阴那山惭愧祖师爷潘了拳之养子。潘觉七岁开始举着养父法号“惭愧祖师”，云游四方，为百姓祈福禳灾。潘觉路过广东大溪时，在一次洪水中为救老百姓丧失生命，寂化成一尊金身法像，当地百姓都说潘觉是佛祖降世，祖师化身。为缅怀他的功德及恩泽，当地百姓便用檀木雕成一尊高一尺八、头戴王冠、身穿战袍、双手抱拳、光着脚的金身法像，并尊称为“惭愧祖师公”，置于村中庙里供奉参拜。公元 899 年，广东省大溪李氏经商，为保平安带着惭愧祖师公金身法像出门。李氏过河时，不慎将装有惭愧祖师公金身法像的包袱掉落水中。惭愧祖师公金身法像随后漂流到今南坑镇新罗村大礤，被一村民捡起在家中供奉参拜，后来惭愧祖师公金身降灵罗山。罗山寺自 2006 年落成以来，因为惭愧祖师公有“上轿写字”这一特殊神迹，又由于惭愧祖师公之灵验及有求必应，霎时声播四方。各方信士感恩于惭愧祖师公之惠泽，纷纷前来朝拜祈福，遂香火旺盛绵延，同时香火也分灵各地，惠泽佑护天下苍生。

祖师公何名“惭愧”？罗山寺的一位大爷点明玄机，惭愧祖师公认为自己一世所度众生还不够广，所救之人还不够多，所修之行还不够深，心觉惭愧，故谦称自己为“惭愧祖师”。显然，惭愧祖师公已悟到禅宗之精华所在，这是多么博大谦虚的情怀啊！诚然，信仰是一种心灵的寄托，村民的信仰在一定程度上反映了村庄的民俗文化。新罗村村民信奉惭愧祖师公就是追求一种生活智慧，践行一种人

生信条一学“禅”，首先要学惭愧，自知惭愧才有禅心；修“净”，必需修恭敬，对人恭敬才有净土。

从罗山寺下来，来到半山坡。只见山顶和坡底各有一座弧形土楼，原来这就是别具一格的半月楼。半月楼完全敞开，如今这座古厝的辉煌已不再，杂草丛生，墙缺瓦碎，这些古旧物虽不光鲜，却自有其朴实和持重内涵。古旧的气息并非已与时代疏远，若忽略其表面的斑驳和沧桑，蕴含其中的，都是一些触手可及的民俗与世情。灰色的屋瓦，剥落的墙壁，鹅卵石与青石板铺就的门廊，参差不齐的柴垛，又长又弯的水沟，几棵青草在沟沿摇曳。在这偏居一隅的旮旯里，在半月楼里徘徊幽深逼仄，你可以目不斜视地穿行于浮生流年，如同光阴数百年如一日地在这巷道中踱出的方步，慢悠悠且悄无生息。在返回的路上，汽车驶到与半月楼相对的山路上停下来，蔡老师说，这里是遥望半月楼全景的最佳位置。于是我们下车，遥望罗山脚下山坡，古老的村落层层往上，高低错落，别具风格。半月楼及散落古厝成为镶嵌在翠绿山坡上一颗颗璀璨的明珠。

新罗村不小，村中还有农家书屋和水美公园呢。在村中转悠，流连观赏，竹林、果园、绿色蔬菜、富有文化底蕴的石刻等景观不断扑入眼帘，犹如走进别致小观园，一步一景，处处美得赏心悦目。秋日走访新罗村，无边光景一时新！青葱的高山、翠绿的竹林，小巧精致的翠林楼，别具一格的半月楼，有求必应的惭愧祖师……处处如诗如画，耳目一新。

葛竹的三月

□蔡刚华

其实，第一次听到葛竹是还在读书时，有个姓赖的同学每次从家里返校时，都会风尘仆仆地背着一麻袋茶叶慌张地往学生宿舍的床铺下塞。我关心的不是麻袋内的物产，而是他不自然的动作，塞完后还冲我们“嘿嘿”笑了两声……于是我记住了他起程的地点是南靖县南坑乡一个叫葛竹的地方，在茶香四处乱窜的宿舍里，透过葛竹这诗意的名称，我联想到了成片的竹海和满山错落有致的茶园……如今，我来了。

枳实花开

位于九龙江西溪源头南坑镇葛竹村一定是属于春天的，这个被树海、竹林层层包裹着的山中村落，到了春天三月，便是一片白色香雪海世界。在这南靖与平和的交接处，当年闽南游击队的主要基点村，常年弥漫着水气和花香的山中小村，盛产一种叫枳实的入药之果。到了三月，小村的房前屋后、河谷山坡凡有枳实树的地方，那白色的花儿便沸沸扬扬地开满了枝头，微风吹过，山村的草垛上、柴堆里、土楼的房檐处、满地都是撒着白色的花瓣儿。那细小且又情动的精灵，让整个山村都刹时风情万种起来。这不禁让人想起了温庭筠路过商州时，曾吟下的那诗句“槲叶落山路，枳花明驿墙。”一个明字让枳实花仿佛可以媚亮整个商州府。如今这样的媚瞬眼前，就在葛竹。

这时人在他乡的葛竹人，在这微信的时代总会被或组团或骑行的各路

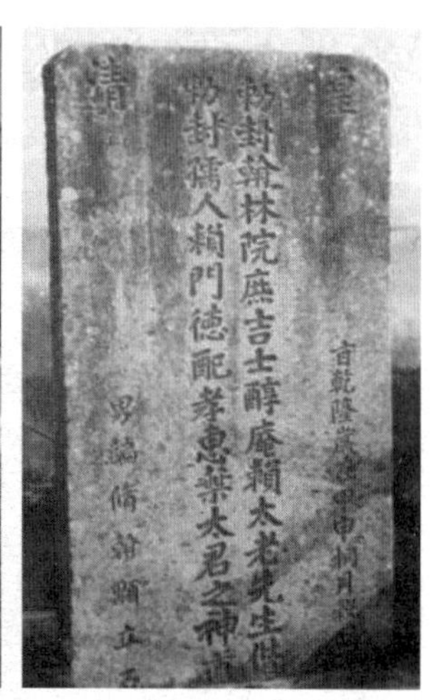

旅友把自己家乡当年看惯的美景一一呈现。这时一个久远的记忆中开始在心中萦绕，镜头下的那一片的枳实花依然是多年前的模样，满树素染似雪，透过时空传递而来的资讯，淡淡花香仿佛就从手机里弥漫开来。

在这闽南花开春暖的三月，一定要来趟葛竹。在枳实花盛开的季节，沿着河边的村道慢慢地走去，在这里还有成群的白鸭慢条斯理地在开满枳实花的树下或溪边与你分享着这一年一度的视觉盛宴。后来这些从容不迫的白鸭也入镜了，是它们把土楼、枳花、小溪与绿盈盈的春意一连串了起来。河道两旁连绵不尽的枳实树便相约怒放开来。一望而去的山峦上、茶园边到处都是一片片雪白的枳实花，赏花的游客从四面八方奔袭而来，这个属于三月的小山村便开启了网红时代。于是当地政府每年此时都会举办枳实花节，让人们一边漫赏枳实花的惊艳，穿行于连绵的花海：穿行于村庄与溪流间，在惊喜连连之后，还可以品尝到各种各样的土楼野味，既一饱眼福，又过足嘴瘾。枳实花搭台，经贸唱戏，南坑乡葛竹村就更加声名远扬了。最早发现葛竹香雪海的是南靖本土摄影师冯木波，这位《中国国家地理》的特约摄影师，在2003年偶然踏进这个封闭山村，看到这被遗忘的美景后，便开始用镜头记录下“香雪海”，和“香雪海”下的曼妙女生，于是他的作品开始在网上疯传，三月的葛竹就这样火了。

西溪源头

进葛竹之前一定要去趟西溪源头。作为一个饮着九龙江水成长起来的龙江人，没有理由不来亲眼一探母亲河的源头。西溪源头就静静地流淌在与平和东槐交界处科岭头的大山脚下，小溪边矗有一块8吨多重的巨石，刻着曾任漳州市委书记的刘可清同志书写的“九龙江西溪源”6个大字，当时市委市政府正举全力攻坚克难地出台措施保护母亲河九龙江的水质与环境。

从葛竹潺潺不息的溪流开始，她以隐约而委婉的足迹，从竹林从树海的深处走来，一路低回萦绕，一路沧桑前行，静静地滋润和流灌着她所流经的每一块山地、田野，在穿越虎伯寮的原始森林后，便掀开羞涩的面纱，欢快地融入到流经山城的溪流中，在这奔腾不息的前行中也只是在山城稍作缓慢地回望，然而她的脚步还不能停歇，在连绵杉树、山竹林的摇曳助威下，她雀跃着与更多姐妹相会，她们一定要去的那个历史的名城就叫作漳州。有时它又像是潜存在古城体内的一条不太引人注目的暗香浮动的经脉，曾为这个古老的城市输送过克拉克瓷，输送着城市不断扩张所需要的木材和粮食，也输送过一个叫林语堂的文学大师，那时他还叫和乐。河滩险急时“船夫把裤子卷到腿上，跳入河中，把船托在肩上”（林语堂语），“当五篷船驶到漳州时，视野突然开阔，两岸树木葱茏青翠”（林太乙）。然而我们这些吸吮着充沛乳汁的沿江市民却很少去问及这丰盈与甘甜的由来，很少去关注或探究这似乎就该本属于他们的一切。或是有人能够静下心来，放下手中忙碌不完的工作，去做一次认真的徒步探源之旅，去寻觅这孕育生命与灵魂的浩浩荡荡，从每一处细微到足以汇流成河，从每一条涓细长流到浩渺长川的成长经历。无论如何对龙江下游的人们，母亲河的全部蕴含之义，其实就是和黄河源头在卡日曲，长江源头在各拉丹东雪山一样。

太史家庙

葛竹是有历史的，不但有红色革命历史，还有人文历史，当然也包括有人文的历史建筑。其中就有闻名南靖的“太史家庙”宗祠，它系清进士翰林院编修特派督察院六科掌院给事中——赖翰颙（受雍正皇帝敕封为翰林院庶吉士）为其父赖钟、母叶好娘而建的祖祠。“太史家庙”在1993年被批准为县文物保护单位，建筑祠飞檐翘角，饰双龙戏珠，古雕木刻。常有慕名而来的参观者对宗祠里康熙皇帝御笔“皇恩宠赐”、乾隆皇帝御笔“三世恩荣”大感兴趣，一个偏僻的小山村里的祠堂中竟有如此大手笔的匾额。

除此之外，还有大学士张廷玉题匾“丹秘蜚声“、大学士钱塘梁题“玉堂啟绪“匾额、大学士蔡新题“内德为风风以咏，贞心匪石石应知”。如此众多如雷贯耳的人物，能应赖翰颙所约题赠笔墨，其实只能说明从山村里走出的京城官员赖翰颙在朝廷中为人的谦卑和处事的周全。如此数量众多的

精美匾额能泰然留存于葛竹，躲过了年代的侵蚀，这真是一个奇迹。

让葛竹走向辉煌的，不单是“太史家庙“前那矗立着的那具“到此文官下轿武官下马”碑，真正让葛竹与共和国的命运紧紧联系的，还有它流淌着的红色血脉。1945年年初，葛竹便率先走上了闽南革命舞台。共产党员黎炳光到葛竹发动群众，开展革命活动，在下楼府内“太史家庙“里和葛竹庵贤通堂里召开会议。到了1949年7月，闽南地委书记卢叨、副书记陈文平，闽西南联合司令部参谋长吴扬等也是在“太史家庙“召开群众大会，宣布准备配合大军解放漳州的重大消息。

贞节牌坊

如果说每一座家庙是在尽情地展现辉煌，那每一座贞节牌坊后面其实都隐藏着一个悲情的故事。大山深处的葛竹也不例外。村中的“贤通堂”前，早年就是通往南靖县城的官道，石径古道是用大的鹅卵石铺成的。古石道上就立有一座由乾隆皇帝赐建的“钦旌节孝”牌坊，原坊宽6米、高4米，是为赖翰颙的长媳、浙江杭州府知府黄金钟（龙文区湘桥人）的孙女黄氏而建的牌坊。在宫前自然村校上杆古道边有一座道光皇帝赐建的“贞女牌坊”，宽6米，高4米，为赖翰颙的曾孙赖梦祥之妻黄氏而建。二位黄氏，一位仅26岁就为亡夫而守节一生，养子育女；另一位定下婚约，未结婚其夫即病故，后来年轻的黄氏毅然如约嫁入，并守贞一世，“节妇”“贞女”是当时社会对她们的最高肯定。这两个生活在清代的女子，用自己的美好青春、灵动身躯去漫磨无尽的日子，在长辈和同族人的同情和关切中低调且内敛地践行着忠孝节义精神内涵，到了生命的风烛残年中便可以坦然地等待那用尽一生的来自官家的评判，或立碑或入志，于是便可含笑九泉了。然而这两位黄氏拼尽血和泪终于等来的、写在族人眼中“节”与“贞”的牌坊后被毁了。残风中，山道边还剩几块残柱和一块写着“节孝“的石匾，另有大学士蔡新题的石刻对联：“内德为风风以咏，贞心匪石石应知。”旷野中的残石沉寂在三月的春风里。

风在咏，石应知。村里那漫天飞舞的白色枳花一定是纷纷飘落的泪花。

村雅，春雅

□朱向青

初听到“村雅”这个村名的时候，有些诧异于一个处于深山幽谷里的村庄，竟有这样一个别致的名字。待到知道它还有个更好听的名叫“春雅”时，不由动了去看看它的念头。

乘车从南靖县政府往西南方向出发，一路竹林密布，山峦起伏，如穿行于一座天然的“绿色宝库”。在一条盘山道上迂回行走了半个多小时，到了离县城18公里左右的村雅村。村口的绿树下，黄屋边，一块写着“春雅民主大公王总坛“的牌子赫然在目。村长迎上前来介绍说，明清时村雅村原称为南靖县归德里华源总春雅社，民国时又叫永丰里南坑总春雅社，属现南坑镇，是一个有几百年历史的古村落了。村初为社，号“春雅”。

遥想几百年前“春雅”社社民们勤勉织作的农耕生活的情状，眼前出现了“春”的甲骨文字形样：春，写作“曹，从草（木）；中间是“屯”字，似草木破土而出，土上臃肿部分，即刚破土的胚芽形，表示春季万木生长。《尔雅·释天》上也说，“春为青阳，春为发生，春秋繁露”。这也正印证了春雅刘姓宗祠上的一联：“钦不欠金后裔旺，荣有草木子孙盛。”据族谱记载，春雅刘氏自万昌、万季、万积公始，人兴丁旺，繁衍至今，子孙后代万余众。

因了“春”字所寄托的美好意愿，春雅村的一切也蓬勃生长起来。村中老人说，早在隋末唐初，南靖先民就有采制饮用野生茶的习俗，明朝万历年间，南坑镇村雅村就开始种植、加工茶叶，成为南靖县最早的成片种植茶叶的地方。而南靖茶叶伴幽兰而生，聚兰香而成，兰花更是素有盛名，古时南靖县就因多出名兰佳品而被称为“兰陵”“兰水”，有“中国兰花之乡”之称号。而村雅村是南靖兰花的发源地，俗话说得好：“漳州兰花看南靖，南靖兰花看南坑，南坑兰花看村雅。”老人憨厚的神色间不由带上了几分骄傲。

村雅村何以能成为“兰花第一村”？走进村雅村张主任的兰园，只见偌大的花棚里，近六万盆的兰花整整齐齐地摆放在架子上，挨挨挤挤，绿意盎然。张主任正忙着给兰花修剪枝叶，查看花苗的长势。“我从 1980 年开始就种山上采的下山兰。我们村位于深山，地理和气候等自然条件都很适宜兰花生长。野生兰花资源丰富、品种繁多，尤其以建兰、墨兰居多，是天然的兰花生产园啊。”

“走，我带你们去古道兰园看看。”兰花种植基地——古道兰园就位于村雅村的村口，一入园内便是一股香气，幽幽而来，似有似无。“空谷有佳人，倏然抱幽独。东风时拂之，香芬远弥馥。“这便是兰花香味的独特之处。驻足在一簇兰花前，只见叶片细而翠绿，中间一根长茎上托着的兰温润如玉，恰如一位身着青绿色衣衫姿容绝丽婀娜起舞的美人。“秋兰兮青青，绿叶兮紫。”屈原的《九歌》也曾歌咏其轻盈空幽而又庄重典雅的美。兰美则美矣，对于之前只是零星种植兰花的村民来说，“抱得美人归”并不是一件容易的事。正忙着包装老客户预订兰花的曾园主停下手里的活儿，告诉我们，一开始，村民种兰就像种菜，一苗苗地种在田里，成品率不高。后来改用花盆植兰，盆里填了泥土，根还是容易烂。几经摸索、学习，终于掌握了台湾兰花的“三改技术”，即改搭斜网为平网、改种土为鹅卵石、改种在地面为架上。靠新技术种出的兰花根多而硬，生命力极强。很多客商纷纷慕名前来收购。村民们看到兰花带来的无限商机，如春风化雨，喜上心头。原本主要靠种植传统农作物或做小生意谋生的村雅村人，欣欣然而与兰花“结缘”。

村雅村山高路远，兰花养在“深闺”，如何香飘千里？“我们总是能比别人更早地获得市场上最新的消息。”奥妙在哪里？村人一语道破天机。原来村雅村在 2011 年即成立了共和兰花专业合作社，古道兰园的曾园主正是合作社的理事长，他说：“加入合作社，我们的年收益至少增加了 2% 左右。”合作社如及时雨为社员们提供技术、信息等多方面的服务，目前村雅村共有 300 多户村民专业种植兰花，种植面积达 700 亩，兰花销售红红火火。有“花无缺”家乡种花，“花木兰”外出卖花，“夫妻档”一唱一和，也有“父子档”应时而生，默契配合。“今年我儿子寒假返乡，在网上就帮我卖了一万多元的兰花！”曾园主笑眯眯地说，“外地客户看上了哪个样品图片，打一个电话，我们就给寄过去。”更多的客户开始在微信群里订购。兰花市场迎来销售的春天。如今，在村雅村，一盆在外行人看起来像韭菜一样的珍稀兰花，以上万元甚至数十万元的价格售出已不再是新闻。兰花香飘省内外，还成功出口韩国、日本，被亲切地称为“绿色股票”。

那一簇簇清幽远逸的生机勃勃的兰，生在村雅，香裕万家。兰花使村雅村人过上置身花都的幸福的日子。明白了由“春雅”而到“村雅”的缘由了。正如“春”字所寄托的美好意愿一样，“村”字也是一个丰富而绵密的概念。村落的真正意义，并不仅仅是村民居住的地方。村落应该还是一座家园，需要村民安于一隅的坚守。村长说得好，兰花也是一种事业，要靠大家共同呵护才能蓬勃发展，村雅村人奏响了一曲花香满溢的新的“乡村牧歌”。

不管是“春雅”还是“村雅”，都有一个“雅”字。古韵悠长，宛然一幅绵延的历史画卷，引领我们再去探寻这个有着能生长“厥美弥嘉”兰花的大片深山空谷幽林的古村落。人文之美是一座古村落的灵魂，往往要历经三五百年才能形成，有着几百年历史的村雅村，正是这么一座独具时光遗存之美的古村落。村落的神奇在于无论你从哪里来，只要你去村庄，村上就会有一条路，就如一位沧桑的老者，会向你伸出手臂，让你沿着它的方向，慈和地把你揽入它温厚的怀抱。就在村雅村的甘棠盂洋柏畲，我们找到了青铜时期的古岩画。宽约5–10厘米的岩画左上角依稀可辨有蹄印及人工石刻，上部有如“天王”字样，下部有如“天王后“字样，中有如人舞卧状刻痕。技艺古朴、意趣奥妙。古岩画是刻在石头上的形象的“史书”，而土楼则是闽南大地之上的神奇的建筑，据说最早的南靖土楼就在春雅。时光追溯到1310年，春雅社刘氏家族兴建了一座方形土楼春仔楼，春仔楼保存了清时期的大部分建筑样式，至今还能在楼大门后找到石刻的四个字：“金花贰朵。”传说这座楼的地基，以前还是一个涌泉。果真是“南靖山水秀，幽谷佳兰香”。有兰有土楼的村落历经岁月的沉积蕴藏成了一个古雅芬芳的王国。

村雅村却又是“俗”的。俗得红火，俗得热闹。所谓“县有城隍，乡有公王”，村雅村大望埔民主大尊王（简称民主公王），明朝时被敕封为正一品尚宝朱政护国民主大尊王。据说民主公王广施神恩，护佑平安。村雅人沿袭世代烧香祭拜的习俗，每年都会举办社戏等节日虔诚答谢。最为精彩的还属公王开光踏火活动，是日广场中间堆起一堆燃烧着的木炭，数十名村中推选出的青壮年男子，两三人一组，肩扛竹轿，竹轿上端坐公王，锣鼓声声中，赤脚飞奔跃过熊熊火焰。浩荡的队伍绕行几巡，踏火数遍。全村男女老少齐聚广场，奉祀公王，祈祷风调雨顺，国泰民安。一个村落的生命之“源“往往缩影在这些薪火相传的民风习俗中，古村落因之沧桑而焕新地“活”着。村雅村“俗”得生机盎然。

回望村雅村，绿树融村，青山环村，碧水绕村，其美恰如神话传说中仓颉创造的“兰”字：门前绿草茸茸，门内有请帖寓意的“柬”字中又是明月当空。本是山隅中一种草本植物的兰，先秦时期因幽雅高洁而被先民推崇为王者之香。想起孔子所喻一句：“夫兰为王者香，今乃与众为伍……”兰生村雅，香飘万家。

山重水复南高村

□宋阿芬

一路山风徐徐，车窗外的美景如万花筒般地扑入眼帘，翠竹绿树，茶园香蕉……经过山路十八弯，我们终于来到南高村已是正午。真是“山重水复疑无路，柳暗花明又一村”。一下车，四周的清新空气甜甜的、软软的，丝绸滑过一样抚慰着心灵，轻轻拂去你都市喧嚣的疲惫。

虽正值秋日，但这里苍松翠柏，山峰突兀，美不胜收。我们从村部出发，前往南高村的张家大宅。路上，村支书津津乐道：南高村位于南坑镇西北部，山地面积16800亩，森林覆盖率84%，是个天然的氧吧。种植香蕉、花卉苗木、金线莲是村民的主要经济来源。眨眼间就来到张家大宅，眼前的大宅依山而建，后面青山环绕、绿树掩映；大宅前面毫无遮挡，一片开阔，显得安定、平静、祥和，可称得上风水宝地。走近大宅，只见一排排整齐瓦房，气势恢宏，青石墙，灰瓦顶，古色古香。大宅前是一条黄澄澄的土路，让这座大宅更显古味，此时正午的阳光软软淡淡地抹在旧砖墙和青石板上，也投下了高低错落的块状暗影。

走进张家大宅，这是双层建筑的古民居，于1666年由张氏秀才张马笃创建，面积1500平方米，大小房间共62间。这里安静古老，空旷寂寞，大宅没有精美花草的雕刻图案，雕梁画栋已找不着痕迹，残旧的院落拙朴凝重，古旧厚重的大门，古朴的花格窗户，剥落的墙壁满覆时光的履痕，这也许是历经三百多年岁月的风雨侵蚀。或许眼前的大宅，曾是一个家族雄踞一方的见证，如今，已变成了山野之中古老与自然风光的完美结合。一位年过七旬白发苍苍的张大爷迎面走来，面容和蔼，看到我们的到来，布满皱纹的脸上笑得绽开了花。张大爷说，“这张家大宅现在只住我们几位老人了，张家子孙都搬到新盖的楼房我们在陈旧的大院里踱步，空气中仿佛弥漫着独特的远古的气息。”天井旁边是张大爷侍弄的两盆桂花，三盆品种不同的兰花，为这陈旧的大宅里增添了活力与生机。大堂前那青石板随着岁月的打磨而晶莹光洁，仿佛在诉说这里曾经发生的沧桑或辉煌的故亊。面对这百年古宅，任何的言语都是多余的。我知道，此刻的我只需静静地听，静静地看，我用旁观者的眼光打量着周遭的一切，在思绪中臆想着这里曾经发生的故事。如果大宅可以有记忆，它一定是整个村庄里知识最渊博的“老人”，它或许能告诉我们村庄的时代变迁和自然变幻，告诉我们代代村民生老病死，家族兴衰，旅人启程……此时我站在大门向远处眺望，不禁遐想，或许当年张秀才也站在此位置，面对着远处的青山，高声吟诵：“茅檐长扫净无苔，花木成畦手自栽。一水护田将绿绕，两山排I因送青来。”或许当年的秀才也倚窗吟诵：“绿树村边合，青山郭外斜。开轩面场圃，把酒话桑麻。”当你徜徉在这古宅中，恍如隔世，不知今夕是何年。

在大宅侧门的墙壁上悬挂这一幅摄影作品《张家大院》的全景，作品上写着“忘不了乡愁，南靖古民居古村落摄影”一行字。村支书告诉我们，反映两岸题材电视剧《海峡》的拍摄地点曾经走入张家大院。看来，这座历史悠久、保存完好的大宅已经吸引了不少的摄影、绘画、写作的爱好者。我也相信，古宅不仅是一种历史记忆，也是一种文化符号，透露出的是地域文化让这个村落更具有一种浓厚的神秘感。那么这座张家大宅将不再养在深闺人未识！

南高村自然景观也别具一格，南高村的梅坪山一块奇石，富有传奇色彩，据说在这块奇石上做梦即可美梦成真。相传很久以前，仙祖挑两块石头路经南高村时，由于扁担断了，两块石头一块掉落南塘村，一块掉落南高梅坪山峰，仙祖看中梅坪山峰风水宝地，就在此定居，并取名腊石祟。仙祖乐善好施，为当地群众排忧解难。海到尽头天是岸，山至高处人为峰。当地百姓经常爬到梅坪山游玩。站在腊石岽，一览众山小的感觉如此心旷神怡，山下错落有致的乡村显得格外宁静、悠然！闻一闻山间草木的清香，洗肺，净心。村民告诉我们，在天朗气清时，还可以望见漳州市战备大桥。更神奇的传闻是如果你躺在腊石岽上做梦，即可美梦成真，据说南高村许多村民都到腊石岽完仙梦……美妙的传说让南高村增添了迷人的色彩。传

说毕竟是传说，但南高村因这块能完仙梦的腊石岽，自然有了惊讶、神秘、猜疑的目光在这里追寻。

一村一寺庙，一庙一神明。南高村民信仰保生大帝，保生大帝位于南高村麻竹头组。保生大帝屋顶上装饰的飞檐翘楚、双龙雕刻，雕工细腻，气势威武。楹梁石柱上，镂有相当数量的浮雕，浮雕内容多为雕饰精美的山水、花木、虫鱼、鸟兽等，形神兼备，栩栩如生。保生大帝就是吴卒，又称大道公、吴真人，生前为济世良医，受其恩惠者无数，因他的医术高明，医德高尚而闻名遐迩，民间称其为吴真人，尊为“神医”。相传很久以前，保生大帝吴卒是从龙海角尾到南高村为百姓行医治病，常住在此处，受到当地百姓的爱戴。吴卒过世后，百姓在此处盖了一座寺庙奉祀尊为医神供大家朝拜。村民在此祈求五谷丰登，生意兴隆，消灾弭祸，家庭和睦等。南高村对保生大帝的崇拜与敬仰成风，香火极为旺盛，常年沉浸在香火烟雾的氤氲之中。尤其是每年的三月十五，百姓杀猪、买很多供品前去朝拜，同时还举行各神明过火等活动。

值得一提的是，正在兴建旅游休闲有限公司是南坑镇引进的重点休闲旅游项目，位于南高村鞍后和石边组，项目距离品牌项目南坑咖啡生态观赏园两公里，此公司由港商投资创办，项目占地面积近两百亩，将建设完成人工湖、水上餐厅、文化展示厅、水上娱乐等休闲项目……村支书满怀兴致地介绍，我们仿佛看到不久的明天呈现出一派生机的画面：绿波荡漾的湖水，成群结队的金鱼悠闲地嬉戏。假山的四周都种满四季花草让你流连忘返，站在假山顶上，环顾四周，整个休闲公园的美景尽收眼底……我想，建成之后的南高旅游休闲产业一定会引宓方来客。

山重水复南高村，南高村似一幅正在舒展开的画卷，绵延的青山，静谧的老宅，神奇的腊石岽，正在兴起的旅游产业……让人们在意境中遇见别样的美丽风情。

城隍庙·文昌塔

□杨西北

秋天某日近午时分，走访了一庙一塔。庙称城隍庙，塔为文昌塔。

距漳州西城区20公里处，九龙江西溪冲积出的小平原上，有处繁荣的集镇，叫靖城。城隍庙在镇里的街上，文昌塔在镇外不远的江边。

初见城隍庙，吃了一惊。它堂皇，气派，恢宏，宽阔敞亮的大石堤，殿堂前花岗石柱上精雕的龙，庙顶飞檐的光洁鲜艳，一切和我在史料书上看到的破旧相判若两样。在秋阳的照耀下，这座显然重新修建不久的建筑熠熠生辉，轩昂得很。

城隍庙设有管委会，主任是个老教师，他和其他的委员讲了这座庙的历史和现状。在重修的碑记上，我看到这些文字："……城内西北，有庙城隍；洪武三年，太祖钦制。城隍之神，周礼崇尚；守城卫池，护县安民；明察善恶，监管阴阳；朝代兴替，不辍祀隍。……然尘世无常，庙宇历经沧桑，几度兴废。"终于在盛世之年，乡贤达人，集资重修，有了现在这番模样。碑记右下方的时日落款是2016年3月，才过去半年多。

查阅史料，红军攻占漳州时，这座城隍庙是红十五军的政治部所在地。虽然已过去80多年，但是这种影响却是日益彰显。城隍庙的偏殿是红十五军政治部遗址纪念馆，我对这个有兴趣，便详细参观。漳州战役以红军全胜告终，还缴获了两架飞机。馆中有许多红军领袖的照片。

我曾对同年代的友人说过，我们

生活在这片没有战火硝烟的、和平的土地上，是幸福的。盛世不仅修志，盛世也修庙。靖城的城隍庙便是一例。城隍庙是许多地方都有的，祭祀对象经过漫长岁月的演变，从神到人格化的神。无论是神还是人，都寄托了老百姓的生活愿景，匡扶正义，弘扬一代贤哲的精神和理想。庙里不绝的袅袅香火，正是表达了这些寄托。

靖城镇原本是南靖县县治所在地，时间长达50。多年，它还有一个有点儿意境的古名：兰陵。现在街面上的热闹，多少折射出当年昌盛的影子。如今，在靖城镇的地面上，辟出一个国家级高新区南靖产业园，它将跳出老集镇的模式，引进新的建设理念和新技术产业，打造一个新的区域。城隍庙也在这个区域间。它的崭新气象，是不是也预7K着未来的美好？

靖城镇和高新区的领导饶有兴致地带我看了城隍庙，又看了文昌塔。这座塔，从另一角度让我感受到这块乡土的历史承载。

文昌塔在新编的《南靖县志》中的文字记述，比城隍庙多了一倍。我从中得知，这座塔始建于明万历四十七年（1619），天启六年（1626年）完工，距今已近400年。乾隆八年（1743）续建完成。塔体为八角菱形，有9层，高27米。第一层由条石砌成，内竖建塔碑刻，其余各层均是青砖砌就。第二层有两道门，门边墙壁有一块道光十六年（1836）的《文昌塔碑记》，是一个蒙古人氏的知县题写的。塔内原筑有夹道可登塔，后损毁。民国七年（1918）正月初三，罕见地来了一场大地震，塔顶倒塌，一直到1986年才由靖城镇政府修复。

后来塔基几经洪水侵蚀，底下冲出了一个深洞，使整座塔身半着陆地半依江水。从资料照片上看，文昌塔就在江岸边。但是这一天，我们走到文昌塔，不知是不是秋季水枯，江水退到远处，塔就在小高地上，这应当是原来的岸边。

一眼望去，便知这座塔有些历史了。它孤独地矗立在野外，忧郁地望着西溪的流水从眼前流过，它已不像很久以前那样的清澈，也许永远不会再那样清澈；它忧郁地望着眼底下河滩地上晾晒的薄薄的三合板片，如同母亲身上的膏药片。传说文昌塔是为了降服兴风作浪的“水妖”修建的，想必对庶民牵肠挂肚。当然这只是我的感觉。也许在秋日温暖的阳光下，它是明亮欣喜的。它的目光落在碧绿色的江面，江上有深绿色的倒影，这倒影是江对岸那片茂密的小林子；它的目光还越过林子，在那片平坦的田野上，有创业者们播下的许许多多希望的种子。

在文昌塔的身旁，其实还是很轻松自由的。秋风吹来塔的喃喃细语，是不是有明代的弦歌，或者清代的战马嘶鸣？那是数百年前的事了。我环顾周围，除了西溪如练，还有散落在平原上的农舍、田园，更多的是产业园的现代建筑。从农耕的简约到高新技术飞跃，在这里交错、叠映、融合，可能还有痛苦。一种新的孕育，都要伴随阵痛，文昌塔不也经历过地震？祝愿这片土地上的高新区能顺利长大。

告别陪同的领导和工作人员，驶回在十分宽敞的大路上，车内送出克莱德曼的钢琴曲《秋日私语》。我脑子也晃过一幅幅秋日的景象，包括那座气派的庙和那座孤独的塔。